四叶草

陈川／著

天地出版社 | TIANDI PRESS

目 录
Contents

第一章 幽灵

归队　　　　3

复查　　　　19

黄雀　　　　49

黑衣人　　　69

蚕蛹　　　　82

第二章 猫和老鼠

手术刀　　　119

美妖　　　　155

聚会　　　　197

停职　　　　217

天使之城　　233

第三章 天使的魔鬼

交易　　255

信　　　276

赏金猎人　294

赴约　　312

身份　　337

魔鬼　　357

第一章 幽灵

归　队

2017年3月12日　星期日

晚上六点，吴永强站在东城广场的中央，焦急地看着过往的各色行人。他下意识地紧了紧身上黑色双肩包的背带，里面重达十五斤的黄金是他见到小飞的重要筹码。就在他精神恍惚之际，一个维吾尔族人模样的少年与他擦肩而过并迅速将一个棕色信封塞进他的外套口袋。

吴永强还没来得及开口，那个少年已经消失在了人群之中。他掏出鼓鼓的信封，撕开后发现里面有一把有保时捷标志的车钥匙和一张纸条。看完纸条上的内容，吴永强深吸一口气，警惕地看了看四周。

犹豫几秒之后，吴永强突然起步朝着地铁三号线东城广场站的一号出入口跑去。此时地铁口的人流量很大，吴永强硬生生地从人群中挤出一条路并冲了下去。穿过下面的大厅后，他紧接着从马路对面的四号出入口跑了出去,随后又一头扎进一条几乎无人进出的小巷子。逃命般地穿过几条小巷子之后,吴永强已经上气不接下气了,肺像随时要爆炸一样,但是他顾不了那么多。拦下一辆出租车后,他立刻前往纸条上写的地址——钢铁新村。

吴永强下车的时候,天空变暗很多,落日的余晖洒在东城区尽头的大型红砖建筑群上。钢铁新村是一个建于20世纪70年代的老小区,四周没有任何围墙,两条垂直交会的街区将整个小区划分为东西南北四个村。随着钢铁厂的整体搬迁,钢铁新村的辉煌早已不复当年,此时的小区就像一个被废弃的西部小镇,路边的破旧报纸在风的帮助下肆意地撞击着可以触及的一切。吴永强一路上没有看见任何人,一排排的红砖小楼被刷上了一个又一个大大的"拆"字。循着楼号,吴永强找了近十分钟,才找到纸条上写的地址,一栋位于小区东村的四层小楼,楼下一棵参天的梧桐树像是天然屏障一样守护着这栋孤独小楼。

吴永强最先看到的是停在小楼旁的一辆白色保时捷卡宴越野车,那车牌号是由"飞"字的拼音首字母和小飞的生日数字构成的,是他托关系亲自帮小飞选的。他打开车门,发现主驾驶的座椅上躺着另外一张纸条。

读完纸条之后,吴永强按照要求将背包竖直放在小楼前的一块小空地上,随后迅速钻进车内。接下来,他需要沿着黄海大道一直朝西开,纸条上说汽车启动二十分钟后,他会收到小飞的具体定位。吴永强很愤怒,早已习惯了被前呼后拥的他,此时却感觉自己像一只实验室里的小白鼠一样被人玩弄于股掌之中，但是比愤怒更加让他难以忍受的是一种足以让他窒息的恐惧，他唯一希望的就是对方能够信守诺言。到目前为止，他连对方的声音都没听过，而这正是让他感到恐惧的重要原因。

天空变得更黑了，死一般的寂静笼罩着整个钢铁新村，吴永强不敢耽误哪怕一秒钟，驾车快速驶出了小区。二十分钟之后，他果然收到了小飞发来的微信，是一张定位截图，吴永强随即将目的地名称输进了导航。

吴永强怀疑小飞的车被安装了追踪器，不然对方怎么知道这辆车的动态情况？他尝试打电话给小飞，但是发现小飞的手机依然是关机状态。

导航显示还需要四十分钟才能到达目的地，吴永强下意识地深踩油门，几乎是贴着一辆双层旅游大巴冲上了通往西城区的高架桥。他不知道此时还要不要联系刑侦队的卢辉队长，之前卢辉队长的整个部署和对他的叮嘱已经彻底被那封信打乱了。吴永强希望身上的定位器不要再出什么差错。

下了高架桥之后，吴永强紧接着驶上了朝西的高速公路，导航显示他与目的地之间的距离越来越近，同时他的心脏也开始跳得越来越剧烈。

十五分钟后，吴永强终于到达了目的地——西郊的一座废弃工厂。他认得这里，这是一座废弃的劳改监狱，十年前他曾来这里探访过一个朋友。经过一条坑坑洼洼的L形水泥路之后，吴永强来到了工厂的大门——一个高达五米的大门洞前。穿过两扇敞开着的破败不堪的黑色大铁门，吴永强小心翼翼地驶入工厂。一条年久失修的水泥路通向不远处的一栋三层小楼，水泥路两侧各有一栋高大的厂房。路尽头的那栋三层小楼像是一座幽灵古堡，耸立在黑夜之中，监视着周围的一切，两边的大厂房则仿佛是它的左膀右臂。整个厂区静悄悄的，唯一能听见的声音是来自风的低声嘶吼。

吴永强停下车。他不知道小飞被关在哪里，对方也没有再发来消息，于是他先快步走向左手边的厂房。他透过厂房的铁窗朝里望，里面漆黑一片。他将头伸进窗里，大喊了一声："小飞！"但是只有微弱的回声，并没有人应答。小飞是被绑架的，手脚肯定被捆了起来，嘴巴一定被胶布封住了，就算他想叫也叫不出声。想到这里，吴永强沿着厂房外墙继续走，很快找到了厂房的入口。

厂房的铁门没有锁，他费力地推开高大的铁门，踩着煤渣般的地面进入厂房内部。吴永强几乎将整间厂房走了个遍，除了被熏黑的高大内墙和裸露的钢筋，什么也没有。于是他迅速退出，跑向对面的厂房。这间厂房里面的环境和左手边那间几乎是相同的，只是面积大了点，但是仍然没有找到小飞。

小飞到底在哪里？

走出右手边这间厂房的时候，吴永强的目光锁定在了路尽头的那栋三层小楼。就在这时，他的手机再次响起了信息提示音，他快速掏出手机，发现这则信息只有三个字——地下室。

吴永强望了一眼路尽头的三层小楼，紧张地咽了咽口水，他肯定小飞就在那栋楼的地下室里！吴永强紧握着手机，用着近乎求生般的速度朝那栋三层小楼跑去。到了之后，他一边呼喊着小飞的名字，一边寻找地下室的入口，最后终于在楼东侧的楼梯旁发现一扇虚掩着的黑色铁门。他拉开铁门，举着手机，踩着满是灰尘的楼梯紧张而快速地朝下走。

下去之后是地下室的大厅，吴永强发现正对着楼梯的一侧墙上依次有三扇铁门。从右边开始，吴永强试着打开了前两扇铁门，每一扇铁门后面都有一个面积较大的房间，但是都空无一人。

还剩下最后一扇铁门！

吴永强的心跳速度几乎达到了极限，他努力放松，用颤抖的右手推开了那扇铁门。随着"吱呀"一声，房间里随即传来了某种金属撞击声。吴永强迅速将手机的灯光对准声音传来的方向，他惊恐地发现有一个人正坐在一张破旧的木椅上，这个人连同木椅的靠背一起被绑在身后的混凝土柱子上。虽然这个人被套上了黑头套，但是他还是一眼就认出来了，这个人就是他的儿子小飞。小飞的头垂向一边，胸前插着一支像箭一样的钢制长杆，不断喷出的血液已经浸透了他的灰色卫衣。

"小飞！"吴永强冲了过去，一把扯掉小飞的头套，哭着抱住了他，"你千万不能死啊，爸爸带你去医院！你一定要挺住啊！"

吴永强流着眼泪发疯般地撕扯小飞身上的尼龙绳，但却怎么也解不开，他甚至用上了牙齿，温热的咸咸的液体很快从齿缝流入他的嗓子。

2017年3月20日　星期一

赵云飞紧紧盯着水面，只见浮子不停地往下沉。这时，不远处传来一阵欢快的声音，像是歌声，但却完全没有曲调可言。

"云飞，这个大柱来得真不是时候。"楚楚说。

"不用管他，我们继续钓鱼。"

赵云飞握紧渔竿，立刻感到渔竿那头有着一股强烈的求生欲，但是那种求生欲无法与人类凶狠的捕食能力相抗衡。他熟练地拉扯渔线，随着一番力度的调整，猛地甩起渔竿。

歌声停止了，一个眼角上斜的小个子男人跑了过来。

"乌龟，是乌龟！飞哥，你钓上来一只乌龟！"

赵云飞将乌龟从渔钩上小心地取下，随后看了一眼身旁的小个子男人说："大柱，这么早你一个人跑出来瞎晃悠什么？"

大柱傻笑着说："我妈让我去我姐家拿东西，飞哥，你这么早就来钓乌龟啊！"

"大柱，我是钓鱼，不是钓乌龟！"

赵云飞白了大柱一眼，然后用力将乌龟扔进了池塘。

大柱的姐姐嫁到了隔壁的村子，虽然不远，但是根据赵云飞对大柱的了解，他可能需要一个上午才能顺利返回，也难怪他妈让他这么早出门。

乌龟在空中划过一道完美的弧线后落入水中，溅起一朵巨大的水花。大柱一动不动地站在原地，观察着水面，他想看看这只乌龟会不会自己浮上来。看了一会儿，他突然捂着肚子，满脸通红地看着赵云飞说："飞哥，你有没有带纸，我想拉屎。"

赵云飞将渔竿插在池塘边，叹了口气说："大柱，你今天是存心不想让我钓乌龟……呸，钓鱼！"他从渔具包里翻出半卷卫生纸，扔给了大柱。

"谢谢飞哥。"

大柱接过纸就开始脱裤子。

赵云飞皱着眉头看着他："嘿，你换个地方啊，你想把我熏死啊？去那边竹林！快！"

看着大柱提着裤子吭哧吭哧飞奔的傻样，赵云飞摇了摇头："这么多年过去了，一点儿都没变。"

楚楚笑着说："云飞，现在的医学技术虽然发达，但是大柱这种遗传病在全世界都还是无药可治的，他能开开心心地生活不也是一种幸福嘛！"

"是啊，傻人有傻福。"

大柱钻进竹林之后不久，赵云飞看到一辆白色越野车慢慢驶了过去。他这几天经常看到这辆车，不是村里的，他怀疑车里的人是来偷狗的，不过他并没有听说最近哪家狗丢了。

赵云飞掏出鱼食，向池塘里撒了一些，随后继续盯着水面。当他再次望向竹林的时候，他看到两个男人正使劲地将大柱往车里推，其中一个人还捂住了大柱的嘴。

"妈的！是来偷人的！"

"快去救大柱!"

赵云飞扔下渔竿,快速从渔具包里摸出一样东西插入腰间,然后朝着竹林方向追去。此时,越野车已经飞速驶向村外的国道。

上国道之前,越野车得右拐经过老孙家的养虾田。赵云飞边跑边快速计算着时间。没过多久,他冲进一户红色大铁门的人家,甩了一句话后便骑走一辆蓝色的摩托车。

赵云飞骑着摩托车在田野上狂奔,但是已经看不到那辆越野车的踪影了,那辆车一定是上了国道!他随后加大了油门。驶上国道的瞬间,他的前方出现了那辆越野车的尾部。

追上越野车之后,赵云飞不停地按喇叭,示意司机停车,司机不但没有停车,反而提高了车速。透过车窗玻璃,赵云飞看见车上一共四人,包括靠在后排座椅上似乎已经睡着了的大柱。

赵云飞再次追上了越野车,他左手控制着方向,右手从腰间掏出一把枪。观察完前方的路况之后,他用枪把击碎了驾驶室的侧窗玻璃。

"我是警察,再不停车,就开枪了!"

看着赵云飞狰狞的面孔以及黑洞洞的枪口,驾驶员惊慌失措地停下了车。

"你是警……"

司机从没见过看起来这么像匪徒的警察,他的话还没说完,就被赵云飞从车里拖了出来并放倒在了地上。车上的另外两人被枪吓得不敢动弹。赵云飞用摩托车后面绑货的麻绳将三人牢牢地捆了起来。据三人交代，他们盯了大柱很久，计划把他贩卖到外地，说是有人愿意出高价买下他所有的健康器官。听完之后，赵云飞狠狠地给了说话人一记耳光。

赵云飞从其中一人的身上搜出一部手机，他用这部手机联系了村里的人。大约半个小时之后，数部农用车和家用轿车组成的车队赶了过来，一群农家汉子迅速将坐在地上的三人围了起来。

一个六十多岁的妇女从一辆农用车上下来之后哭着跑向赵云飞，说道："小飞啊，我们家大柱在哪儿？他有没有出事啊？"

赵云飞握着女人的手，安慰道："婶，大柱应该是被打了一针睡着了，一会儿醒了就没事了。"

几个年轻的村民想动手打那三个人，但是被赵云飞制止了，他已经给镇上派出所的老杨打了电话，他们正在赶来的路上。

赵云飞重新回到钓鱼池塘的时候已经快中午了，他脱下外套，叉着腰站在池塘边，发现自己最喜欢的那根渔竿已经被鱼拖进了水里。

"云飞，虽然咱们今天没有钓到鱼，但是你救了大柱，这可比钓鱼重要多了。"

看着楚楚满脸崇拜的样子，赵云飞笑了。他望了望刺眼的阳光，对楚楚说："咱们回去吧，改天再来！"

还没进院子，赵云飞就闻到了前院厨房飘来的红烧肉的香味。除非来了客人,否则他哥哥不会亲自下厨做红烧肉的。走到院外空地,他发现哥哥的那辆白色面包车和他自己的那辆灰色老马自达6旁多了一辆挂着夏阳市牌照的深绿色三菱越野车。这辆车他再熟悉不过了,他曾经开着它执行过无数次任务,车身两侧的划痕在他看来是最好的拉花。

"云飞,你猜谁来了?"楚楚问。

赵云飞还没来得及回答,就听见一道熟悉的声音从前院大门处传来,"师父!"随后一个高大健壮的汉子朝着赵云飞冲了过来。

赵云飞放下渔具包,惊讶地看着他:"牛晓峰!大牛,你怎么找到这儿来了?"

"我们也是刚到没一会儿。师父,您手机是不是扔了?打您电话一直都是关机,我打听了一圈,最后才找到这儿!"

说话间,一个女孩朝他们走了过来。

赵云飞笑着问:"这位美女是?"

"飞哥,您好!我叫宋雪,刚刚调入刑警队。"

宋雪微笑着向赵云飞伸出右手。

"欢迎加入警队,握手就算了,我刚钓鱼回来,手不干净。"

"钓鱼?"牛晓峰瞅了瞅赵云飞身后,"师父,我好像一条鱼都没有看见哦!"

赵云飞尴尬地笑了笑,说:"说来话长,你们先进屋,我去洗洗手。"

一旁的宋雪悄悄地打量着这个警队里的传奇人物,面容黝黑沧桑却有几分俊朗,双眼清澈有神,牙齿很白,中等身高,身上穿着一件黑色针织衫,腰间系着褪色的迷彩外套,再加上一头乱发和脸上的络腮胡,宋雪觉得他更像是一名云游四海的艺术家,怎么看都不像警察。

"云飞,你和你同事先上桌!"大门右边的厨房里传来了赵云飞嫂子的声音。

餐桌上牛晓峰询问了赵云飞的近况,赵云飞说停职的这一个多月以来,他已经完全适应了农村生活,帮哥哥打理养鸡场,送货,不忙的时候就钓钓鱼,每天跑跑步,爬爬村后的小山,生活非常规律,心情也好了很多。说完,赵云飞还故意开玩笑问大牛是不是来召他回警队的,他说自己已经做好了辞职的打算,准备和哥哥一起把养鸡场经营好,同时也方便照顾年迈的父亲。大牛没多说,一直听着,直到吃完饭,赵云飞的哥哥和嫂子离开之后,他才开始说案件的事。

听完牛晓峰简单的案情介绍,赵云飞站了起来,将右手搭在大牛的肩膀上:"大牛,我给警队惹了那么大的麻烦,都上电视了,还有脸再回去吗?"

"师父,侮辱人民警察,那事换成我,我也得动手!局里也是没办法,那个臭小子的妈是电视台的一个小领导,政府里面也有点关系,如果局里不给个交代,头头们也不好过。这处分不就是给那个小领导看的吗?再说,局里也想让您放个长假好好休息休息。"

"不管是给谁看的,局里的处分肯定没错,打人就是不对,更何况是警察打人,这叫知法犯法。我现在也算想通了,当了这么多年警察,也该歇歇了,夏阳那么多优秀警察,少了我照样抓坏人!"

"师父……"

"大牛,当我是师父就别说了,你回去转告卢辉,我下周会亲自将辞职报告送上!"

"飞哥,您可是我们警队的传奇啊,我来的这段时间经常听到大家提到您,我们都希望您能回警队带领大家一起破案。"宋雪说。

赵云飞笑着摇了摇头:"天网恢恢,疏而不漏。没有什么传奇不传奇的,破案也不是靠我一个人就行的,都是大家团结合作的结果,我相信卢辉队长也一定能带领大家破案的。"

就在宋雪感到交谈气氛越来越尴尬的时候,大门外响起了急促的敲门声。赵云飞的嫂子刚一开门,一个妇女就带着一群人冲了进来,每一个人都非常激动。他们一进门就问赵云飞在不在,当他们看到隔壁房间的赵云飞后,立刻拥了进去。

赵云飞一看是大柱的母亲,赶忙迎上前去:"婶,您怎么来了,大柱醒了吗?"

大柱的母亲握住赵云飞的手,激动地说:"醒了醒了,多亏了你啊,小飞,如果不是你,我们家大柱怕是已经被人……"

"婶,您这话说的,大柱跟我从小一块儿光屁股长大的,我能眼睁睁看着他被人抓走吗?"

大柱母亲从随行的一个人手里接过一个坛子,递到了赵云飞的手里："小飞啊，鸡啊啥的你们这儿都有，我也不好意思送，我知道你喜欢喝酒，这是我自己酿的桂花酒，你可别嫌弃啊。"

"怎么会呢！婶，您太客气了，我还没来得及去看大柱呢，您倒是先上我这儿来了，搞得我都不好意思了。"

牛晓峰在一旁听得一头雾水，后来宋雪问了赵云飞嫂子才知道，清晨的时候，赵云飞从几个人贩子手里救下了大柱。如果不是他及时在国道上截住对方的车，大柱很有可能就被贩到外地去割掉器官了。

大柱妈等人离开后，牛晓峰笑着说："师父，没想到您早上还拍了警匪片啊！您的枪不是已经上交了吗？"

赵云飞笑着掏出枪，塞到了牛晓峰手里："枪是上交了，这把枪是假的。"

牛晓峰掂量了一下，和真枪重量差不多，他又将枪还给了赵云飞。

"师父，您钓个鱼还带着这家伙啊！"

"平时没事练着玩的。"

牛晓峰随后又聊了一些无关痛痒的事情，他假装看了一眼手机，然后向宋雪使了一个眼色。他握着赵云飞的手说道："师父，我尊重您的选择，我不勉强您了，警队还有事，我和小雪先回去了，您如果改变主意了直接打我电话。"

听牛晓峰这么说，宋雪惊讶地看着他，她没想到大牛这么快就放弃了，她原本以为他会继续使出浑身解数进行劝说。

回去的路上，宋雪不停地叹气："大牛哥，咱们回去怎么跟卢队交代啊？"

牛晓峰满脸自信地看着宋雪，"别担心，我一开始还真害怕师父不会回来了，但是看到那个大柱妈和那把仿真枪之后，我觉得师父肯定会回来的。你不知道，他这个人为了破案可以不吃饭不睡觉，人称"亡命警探"。而且他还认识吴飞，吴飞这个案子，我相信他绝对不会袖手旁观！"

"你确定？"

"当然确定啦！我师父我还不了解吗？不信咱们打赌，赌顿牛肉火锅怎么样？就上次那家，那家味道还真不错。"

宋雪摇了摇头："又是牛肉火锅，你怎么那么喜欢吃牛肉火锅？你自己就姓牛，你就不怕那些牛的冤魂半夜三更来找你啊？"

"当刑警的，不怕牛鬼蛇神！"

晚上十点，赵云飞仍然在房间里来回踱步，随后他打开床边书桌上的台灯，坐在了书桌前。他闭上眼睛，将白天牛晓峰描述的案情在脑海中重新演绎了一遍。

"云飞，你说凶手为什么搞得那么麻烦，直接杀了吴飞不就行了吗？"

赵云飞左手托着腮看着楚楚："我也想知道凶手为什么要多此一举。另外他的作案动机是什么呢？我觉得那个黄……"

门外响起了敲门声。

"云飞，是我！"

是哥哥赵云龙的声音。赵云飞赶忙开了门。

"哥，啥事？"

"看你房间灯还没灭，你嫂子让我来和你聊聊。"

赵云龙走进屋里，犹豫了一下，坐在了床边的一张椅子上。

"哥，这么晚了你想聊啥？"

"你嫂子让我劝你回去继续当警察。"

"怎么，嫂子要赶我走啦？当警察可比养鸡辛苦多了。"赵云飞开玩笑地说。

"不是不是，"赵云龙连忙摆手，"你嫂子不是那个意思，今天你们同事来的原因你嫂子也向那个小姑娘打听了。你哥我从小读书不好，没啥文化，但是我知道，你心里其实还是想回去的，从你今天救大柱我就能看出来。你嫂子和我真不是撵你，你嫂子跟我刚才也聊了很多，我们真的觉得你还是当警察比较适合。咱爸那边你不用担心，他身体好着呢。当警察可是你从小的梦想，难道你真的要因为楚楚的事而放弃吗？"

赵云飞没有回答，他走到窗户旁。窗外漆黑一片，没有城市里的那种灯火辉煌，无比宁静。过了一会儿，他转过身来："如果我走了，养鸡场怎么办？你跟嫂子能忙得过来吗？"

"这你别担心，到时候你嫂子把她弟弟给弄过来帮忙，我再从村里雇两个人，肯定够了。你不知道，今天你救了大柱，全村的人都在夸你，我听了不知道有多自豪。你之前的那事，村里人都说你做得没错，那种人就是欠打。"

赵云飞没想到一向不善言谈的哥哥居然说了这么多。

"哥，你和嫂子真的支持我回去？"

"我们兄弟俩,你心里想什么难道我还不知道!你其实早就想回去了,别当我看不出来。你今晚走我和你嫂子都没意见。我回去了,你也早点回去!"哥哥笑了一下,"说错了,是早点休息!"

赵云飞目送哥哥走向后院的三层小洋楼,小洋楼再往后就是养鸡场。

"云飞,回去吧,大哥大嫂都同意了,我也想我们夏阳的家了。"

"那咱们今晚就走!"

赵云飞从柜子里摸出一包东西,走进了卫生间。看着镜子里犹如野人般的自己,赵云飞拿起了刮胡刀。刮完胡子,他又将电动理发器接通电源。理完发、冲完澡之后,赵云飞重新站到了镜子前。

"我的云飞身材保持得不错!"

听到楚楚的夸赞,赵云飞忍不住又看了一眼镜子里的自己,皮肤黝黑,面容刚毅,精神状态和去年大破邪教案的那个赵警官相比有过之而无不及。

赵云飞翻出了那条早已洗褪色的蓝色牛仔裤和一件黑色工装夹克,穿上后,他又找了些衣服叠好,塞进了床下静卧了一个多月的黑色软包。他拎着包走向书桌,拿起了外壳磨得发亮的车钥匙并关掉了台灯。

车启动的瞬间,赵云飞发现哥哥房间的灯亮了起来,他放下车窗,看到哥哥和嫂子正站在窗前朝他挥手。他也朝着他们挥了挥手,然后看了一眼副驾驶位上的楚楚:"咱们回家!"

复　查

2017年3月21日　星期二

牛晓峰躺在沙发上，看了一眼手机，已经凌晨一点了，他却毫无睡意，他总觉得自己在等待着什么。这个时候，手机铃声突然响起，看到来电显示后，他快速地点击了通话键。

听到话筒那端传来的熟悉的声音，牛晓峰激动地从沙发上坐了起来："在家！师父，您现在在哪儿？"

"师父，我就知道您一定会回来的！您头发剪短之后比以前还要帅，绝对是满血复活啊！"坐在副驾驶位的牛晓峰不停地说着。

"过度夸奖就是嘲笑！"赵云飞边说边偷偷看了看后视镜中的自己，他发现后座上的楚楚正捂着嘴巴偷笑，于是他赶忙转移话题，"这个凶手的作案手法很特别！"

牛晓峰叹了口气："是啊，而且非常专业，非常狡猾！我们对这个凶手可以说一无所知，现场也没有发现任何有价值的线索。"

行驶将近一个小时后，两人来到了西郊的案发现场。

"这里之前是一所劳改监狱，生产柴油机的，五年前监狱搬迁后就一直荒着。"赵云飞说。

"师父，您说得对。真不知道凶手是怎么找到这里的。"

牛晓峰带着赵云飞来到了案发的地下室，他打开其中一扇铁门，走了进去："这里就是案发现场，死者是被凶手布置的机关杀死的，吴永强打开铁门，刚好触发机关，一支锋利的钢箭射向吴飞胸口，正中心脏，吴飞当场死亡。"

赵云飞拿着手电筒检查凶手布置的滑轮和轨道，可以看出整个布局非常规整，涉及非常严谨的机械动力学原理。接着他又检查了死者身后的混凝土柱子，上面有被尖锐的东西反复击中过的痕迹，这些痕迹刚好对应着钢管制成的箭管。

"看来凶手之前已经演练过了好多次，从而能够保证一箭穿心。混凝土柱子都能有这么明显的痕迹，更别说人的心脏了，那肯定必死无疑！"

"是啊，可惜我们没有采集到凶手的脚印，指纹就更别谈了，凶手很有反侦查意识。现场能采集到的指纹和脚印全部来自吴永强，如果不是吴永强事先报警说有人绑架了他儿子，我们完全可以怀疑是吴永强布置的现场并杀死了他的亲生儿子。"

"现场除了那辆保时捷卡宴，发现其他车辆的车轮痕迹了吗？"

"刑技那边查过了，整个监狱，除了那辆卡宴，并没有发现其他车辆进出的迹象。"

两人随后又将整个地下室勘查了一遍，依旧没有任何发现。两人走出地下室，站在破旧的主干道上。赵云飞望了一眼夜空，天空像是蒙了一层灰，没有乡下的那种清朗，看不见任何星星，只能看到朦胧的月亮。

他打量了一圈四周，像是自言自语道："凶手为什么要选择在这里杀死吴飞，但是拿赎金的地方却是在东城区呢？"

"是啊，我们也想不通，东城区也有几家废弃厂房，想杀人，那里也可以啊，而且离那个钢铁新村还比较近。"

"吴飞失踪前发生了什么？"

"失踪前吴飞跟几个朋友在酒吧喝酒，后来他女朋友过去开车接他回家。但是回去的路上，两人吵了一架，吴飞把他女朋友从车上赶了下去，然后自己开车走了。"

"那不是酒驾吗？"

"肯定是酒驾啊！他那个女朋友被赶下去的地方还挺偏僻的，地铁和公交车都没有，打车也打不到，后来她女朋友打了电话给朋友，她朋友开车来把她接走的。"

"他女朋友有人证和物证吗？"

"枪神和小松核实过了，他女朋友说的都是真的，手机通信记录都没有问题。"

"后来吴飞的女朋友有联系过吴飞吗？"

"当天晚上和第二天都联系了，但是联系不上，吴飞的手机一直关机,那个女孩还去吴飞家找过吴飞,家里没人,女孩也没有钥匙。"

"吴飞最近得罪过什么人吗?"

"这些我们都查过,吴飞最近并没有和什么人结仇。"

"他父亲吴永强那边呢?"

"吴永强是个生意人,还算比较本分。去年邪……"大牛犹豫了一下,没敢继续说下去。

赵云飞看了一眼大牛,把话给接了下去:"去年邪教案的时候,他还帮过我们。"

"是的,您还借过吴飞的那辆保时捷去追捕嫌疑人。"大牛说。

"那些黄金没有找到?"

"是的,就像消失了一样。"

"很有意思。"赵云飞摸了摸下巴,望着天空说了一句。

大牛上次听赵云飞说这句话还是半年前,当时破获重大邪教案之前,他也是这么说的。

"师父,今天的晨会您参不参加?"

"参加!好久没有见到兄弟们了!"

当警员们陆续来到夏阳市刑侦支队开放式办公大厅的时候,他们都不约而同地注意到了一个留着板寸、穿着黑色工装夹克的人。这个人有着刚毅的黝黑面孔,正在认真地阅读西郊凶案的卷宗。新来的警员好奇地看着这个人并小心地询问周围的老警员，老警员则激动地喊道："飞哥，您终于回来啦！"

负责西郊凶案的警员进入会议室不久，队长卢辉推开了会议室的门。他正准备开口，目光突然被角落里一个熟悉的身影所吸引。卢辉径直走向这个人，这个人也立刻起身相迎。

"老赵，你……不会是来辞职的吧？"卢辉说完一拳击向对方的胸口。

赵云飞迅速用右手握住了卢辉的拳头，笑着回答："辞职了谁给我发工资？"

向来严肃的卢辉突然笑了，紧紧地握住了赵云飞的手，接着给了他一个热情的拥抱："兄弟，欢迎归队。"

卢辉刚说完，一个大约五十岁、穿着警服的高个男人走了进来。他是夏阳市公安局局长崔刚，刑侦支队的前任队长，一个有着近三十年一线刑侦经验的老刑警，同时也是夏阳警界的传奇人物。

崔刚进来的瞬间，会议室里所有的警员都站了起来，齐声喊道："局长好！"

"大家好，坐下吧，咱们开……云飞！听说你小子要辞职？"崔刚激动地走向赵云飞。

赵云飞不好意思地笑了笑："崔局，我后来想想还是不辞了，怕辞了之后找不到工作。"

崔刚拍了拍赵云飞的肩膀："你如果辞职了，那不光是我们警队的损失，更是夏阳的损失！你能回来真是太好了！我们先来看看案子，复职手续会后再办。"

有"枪神"之称的周豪打开幻灯片，先将案情从头至尾快速回顾了一遍，然后进行阶段工作汇报。

"最新线索，我们已经找到了当时塞信封给吴永强的那个维吾尔族男孩。那个小孩名叫买买提，今年十六岁，父母在东城广场附近开了家新疆餐馆。前段时间家里有事回了趟新疆老家，昨天刚到夏阳。买买提说12号下午有一个人给了他五十块钱，让他到东城广场送一个信封，还承诺事成之后会再给他一百五。"

"那个人男的女的，长什么样看清了吗？"卢辉急切地问。

周豪点了点头："是男的，但是买买提说那个人戴着帽子、口罩和墨镜，看不出模样，而且有一点非常奇怪。"

"哪一点奇怪？"卢辉问。

"买买提说那个人和他说的是同样的语言，维吾尔语。"

"维吾尔语？难道是维吾尔族人？"牛晓峰惊讶地说。

随后其他警员开始议论起来，但是赵云飞却一言不发。崔刚看了一眼赵云飞，问道："云飞，对于这个案子，你怎么看？"

赵云飞看了看崔局长，又看了一眼卢辉，随后说："犯罪嫌疑人是维吾尔族人或者是会说维吾尔语的非维吾尔族人，两种可能都有，暂时我们还无法判断，我觉得我们得先弄明白凶手杀人的动机。"

"老赵，凶手的杀人动机肯定是为了钱啊，不然要那两百万黄金干吗？"卢辉语气有点不屑。

赵云飞摇了摇头："我觉得不像是纯粹为了钱。你们想想看，如果是为了钱，凶手已经拿到了黄金，为什么还要借吴永强之手杀死吴飞？钢铁新村在东城，而案发现场在西郊的废弃监狱，现场的杀人机关又布置得那么精巧，不是很多余吗？"

"老赵，你去过现场了？"卢辉问。

"是的，早上我让大牛带我去的。"

大牛笑着纠正："师父，两点多应该算是凌晨吧！"

"老赵，你真是一点都没变！"卢辉说完了一眼旁边的崔局长，发现他满意地点了点头。

"另外，我觉得那两百万的赎金有点少了。"

"少？"崔刚微笑着问，"云飞，你说说看，怎么个少法？"

"凶手绝对不是一时冲动，从案发的过程我们可以发现，凶手非常有计划地设计了整个过程。从这一点，我相信他对于吴飞的家庭背景是有了解的，肯定也做了调查。吴永强是夏阳著名的服装大王，资产有几十亿，如果真是为了钱，我觉得怎么也得千万起步吧。当然这些都只是我的推测，可能钱多了也不方便转移。但是我觉得，杀死吴飞才是主要目的，至于黄金可能只是顺带。"

崔刚点了点头："分析得有点道理，但还需要证据来证明。这个案子由于吴永强的关系，上面非常重视。当然啦，咱们做刑警的，不管死者是什么背景，破案都是我们的本职工作。命案必破，这是我以前做支队长时对自己和下面兄弟们的要求。这段时间，大家辛苦点，要想尽一切办法，早日捉拿凶手！"

卢辉看了赵云飞一眼："老赵，对于接下来的调查，你有什么好的建议?"

"首先,我建议对凶案现场进行复勘,范围可以扩大到整个工厂甚至工厂外围。其次,对钢铁新村进行再次走访,结合监控,重点调查那辆卡宴和驾驶员。再次,通过我们的线人打听最近地下有没有大数量的黄金交易。最后,我觉得有必要再查一下吴飞的住处和他的女朋友。"

卢辉看了一眼崔刚,点了点头:"我们接下来就按老赵的方案来,大牛,你带几个人再去一下凶案现场,进行地毯式搜索。枪神和小松,你们两个去钢铁新村。吴飞女朋友那边的调查就交给老赵和宋雪。"

赵云飞的目光赶忙转向卢辉,刚要说话就被他抢先了:"老赵,宋雪可是刑警学院毕业的高才生,这个月才调到咱们刑侦队,你好好带带她。"

"宋雪算是目前你们刑侦队一线唯一的女同事,你们照顾着点。"崔刚笑着说。

"飞哥,请多多指教!"宋雪双手抱拳,满脸的兴奋。

赵云飞没有说话,只是狠狠地瞪了卢辉一眼。卢辉也不甘示弱,回瞪了过去。

宋雪偷偷看了一眼驾驶位上的赵云飞,他简直像变了一个人,昨天还穿得像个落魄的艺术家,今天却像电影里的冷峻特工,充满了神秘感。

路上前十分钟左右的时间里,赵云飞一句话也没有说,只是严肃地开着车,坐在副驾驶位的宋雪感觉自己就像空气一样。然而就在她以为这种尴尬气氛会持续到吴永强家的时候,赵云飞突然开口了。

"宋雪,你为什么选择当刑警?女孩子干这行很辛苦很危险的。"

宋雪很高兴赵云飞能主动找她说话,于是赶忙回答:"我从小就喜欢看侦探小说,夏洛克·福尔摩斯是我的超级偶像,我当时就下定决心,长大之后一定要成为和福尔摩斯一样厉害的侦探。但是长大之后我才知道,咱们中国根本就没有侦探这种职业,所以我高考就考了刑警学院,毕业之后考了警察。飞哥,您当初是怎么想起来当警察的啊?"

前方是红灯,赵云飞将车停下,看着窗外说道:"我小时候有两个梦想,当军人和当警察。"

"那您应该当武警,既是军人又是警察。"

"当时不懂这么多,高中毕业我就去当兵了,后来转业到地方又选择了成为一名刑警。"

绿灯亮起之后,赵云飞又恢复了沉默,宋雪也没再继续问了。十五分钟之后,两人来到了位于夏阳山南麓的一个名叫"林语墅"的别墅小区。

穿过两扇巨大厚重的黑色铁门后,车驶向小区的中心地带。黑色的碎石柏油路两侧是一栋栋风格迥异的独栋别墅,实体围墙以及高大的灌木丛将别墅整齐地分隔开,充分保证了每一户的私密性。

宋雪盯着窗外，看着不同风格的别墅逐一消失在眼前，最终车子停在了一栋两层法式别墅的门前车道上。别墅的入户大门前站着三个人———一对满脸悲伤的中年夫妇和一个年轻女孩。宋雪之前在警队见过这对夫妇一次，他们是吴飞的父亲吴永强和母亲何超，他们夫妻俩创办的永超集团是夏阳市的著名服装企业。

吴永强主动迎接走出车门的赵云飞，何超看到赵云飞就像看到了救星："赵警官，由您负责这个案子简直太好了，您一定得帮我们把害死小飞的凶手抓住啊！我们就这一个儿子……"

话没说完，何超就哭了起来。

"两位请放心，我们警方一定会竭尽全力破案。我今天来是想再了解一下案发前的情况。这位是我的同事，宋雪警官。"

吴永强让女孩把何超扶进卧室休息，他自己领着赵云飞和宋雪进入别墅。

透过宽敞的会客厅落地窗，宋雪可以看到这栋别墅的南向花园及室外游泳池。望着四周颇为考究的装修，宋雪心中暗自感叹，即使再有钱也无法让死人复活。

在赵云飞的要求下，吴永强忍着眼泪将案发前的情况重新描述了一遍。

听完之后，赵云飞沉思了一会儿，问道："您是12号，也就是周日凌晨收到小飞被绑架的视频的？"

吴永强点了点头："对方开始是发来的语音通话，我刚接通就被挂断了，然后发来了视频。"

赵云飞在警队的时候看过那个视频，视频中吴飞被绑在一个水泥柱前，面对着镜头，哭着让吴永强准备价值两百万元的黄金，晚上六点的时候在东城广场等待。视频中的背景就是案发地点，西郊废弃监狱的地下室。

"小飞出事之前，您和他联系过吗？"

"9号晚上的时候，小飞打过电话给他妈，说周末有个聚会，不回来吃饭了。刚好那两天我和他妈妈也有应酬。"

"小飞的女朋友张莉，您对她印象如何？"

吴永强的头突然抬了起来："张莉和小飞的死有关吗？"

"有没有关系不能随便下结论，但是作为调查，任何的可能性我们都不能放过。"

吴永强再次低下了头："小飞带那个丫头回来吃过一次饭，丫头家里条件一般，自己在一家医药公司上班，我对她印象还不错，丫头长得漂亮而且比较有礼貌。但是我老婆说对她不放心，她觉得丫头是看中我们家有钱，反正她对那个丫头比较冷淡。小飞还因为这件事和他妈吵了一架，后来小飞也就没带那个丫头回来过了，但是我知道他们还在交往。我们家小飞我是了解的，脾气有时候是急躁了点，但是重感情，对朋友没话说，对自己的女朋友那就更没话说了。"

"小飞出事后，你们有没有和张莉联系过？"

"小飞出事的那天晚上，我老婆就打了电话给她，问她是不是得罪了什么人，小飞为什么会被人绑架。当时丫头说了什么，我也不知道，不过，我老婆在电话里骂了她。丫头当时挂了电话就赶来了医院,当她知道小飞死了之后,那个表情肯定是假装不出来的。她说周五晚上的时候和小飞吵了一架,她被小飞赶下车后就再也联系不上他了,去小飞家找他,他也不在家。这个你们警方之前也调查过,丫头确实没有撒谎。"

赵云飞点了点头,随后说:"关于小飞的案子,我个人认为凶手可能不是单纯为了钱。"

"那到底是为了什么呢?小飞这孩子平时都是以事业为重的,能招惹到什么人呢?"

"具体原因我们目前还不知道。小飞家的钥匙您有吗?我想再去他家里看看。"

"有的,我这就找给你。"

半小时后,赵云飞和宋雪来到了夏阳市政务区一个名为"月亮湾"的高档小区。这个小区南面是政务区的大型人工湖——月亮湖,东西两侧分别是大型体育公园和夏阳市博物馆,北侧是在建的夏阳市电视台。小区规模不大,只有四排多层洋房和两栋高层建筑,其中高层建筑的外立面镶满了蓝色的玻璃。

询问了小区物业,两人发现吴飞的家刚好位于靠近体育公园的那栋蓝色玻璃建筑的二十层。穿过层层绿化带,经过一个超大的无边泳池之后,两人刷卡进入了一楼的挑高电梯大厅。走出电梯后,两人才发现一层其实就只有一户人家。

"一层就住一家,居然还配了三部这么宽敞的电梯,真奢侈啊!"宋雪感叹道。

吴飞家的入户门打开后,便是一个明亮宽敞的玄关。宋雪兴奋地往里走,边走边感叹:"上次大牛他们来的时候就说吴飞家很大很漂亮,简直就像豪华酒店一样!"

赵云飞检查了门口的鞋柜,里面除了两双黑色正装皮鞋,其余全是各式运动鞋。他拿出一双全白色的运动鞋,看后又放了进去。吴飞鞋柜中所有的鞋都擦得一尘不染。穿过玄关,右手边是一个宽敞的客厅,和餐厅连在一起,赵云飞目测大约有十五米长,巨大的落地窗外连着宽大的阳台。阳台地面铺着木质地板,很像船上的甲板。这时他发现宋雪正站在阳台眺望着前方的月亮湖。赵云飞有点后悔带着这个刑警学院的高才生,她就像是来玩的,太不专业。

"宋雪警官,请检查一下客厅和厨房,看看有没有什么特别的。"

宋雪听到后立刻返回客厅,站得笔直,朝着赵云飞立正并敬了个礼:"是,飞哥!"

看着宋雪像老鼠一样在客厅搜索,赵云飞摇了摇头,随后走进了客厅西侧那间唯一朝南的卧室。卧室面积很大,配有超大卫生间,卧室的墙上挂着吴飞和美国 NBA 球星的合影。赵云飞环顾四周,到处都是 NBA 主题的抱枕和玩偶,可以看出吴飞是湖人队的铁杆粉丝,科比应该是他最喜欢的篮球运动员。他接着走进了衣帽间。衣帽间里运动服居多,其中一面衣柜挂了整整一排的连帽卫衣。

赵云飞刚走出衣帽间,就撞上了突然闯进来的宋雪,他的鼻部软骨与宋雪的坚硬头骨发生了激烈的碰撞。

"不好意思!飞哥,我把您眼泪都撞出来了。"宋雪说完伸出手想帮他擦去眼泪。

赵云飞用左手快速截住了宋雪的右手,腾出右手赶忙擦拭眼泪:"没事,你有什么发现?"

宋雪立刻恢复了笑容:"这个吴飞简直有洁癖,家里太整洁太干净了,客厅倒没有什么特别发现,但是厨房里的电器和厨具好像从来没有用过,烤箱、微波炉,还有燃气灶就跟新的一样,一点儿油渍都没有。"

看着宋雪一脸认真的表情,赵云飞感觉刚刚对她的判断可能有点偏激,于是对她说:"你检查一下这个房间,待会儿把你的发现告诉我,我现在去其他房间看看。"

"飞哥,您是不是开始正式传授我破案的实战经验了?"宋雪笑着问。

赵云飞没有回答,只是说了句:"去寻找,你就会有所发现。"
"寻找什么?"
"等你找到的时候就知道了。"

看着宋雪的两颗小虎牙和她爽朗的微笑,赵云飞觉得眼前这个短发女警员的举止就像一个假小子。

赵云飞接着又检查了朝东的两个房间,其中一间是空的,另外一间摆放了一部健身龙门架和一台跑步机。就在赵云飞走向第四间朝北的卧室时,宋雪跑了过来,激动地说:"飞哥,我有重大发现!"

"说说看。"

"主卧面积那么大,我发现除了一个相框,没有一件和女孩子有关的东西,衣服啊,化妆品啊,什么都没有!"

"吴飞是男人,要什么女孩的东西?"

宋雪看着赵云飞,脸上写满了不可思议的表情:"他不是有女朋友吗?难道他都舍不得让他女朋友来他的豪宅住吗?"

"接着说。"赵云飞对宋雪的这个发现比较满意。

"刚才在吴永强家,吴永强说吴飞因为张莉还和他妈妈吵过架,证明吴飞是非常在乎张莉的,是很爱她的。装着张莉照片的那个相框我是在床边柜子的抽屉里发现的,是装在绒布袋里的。"

"他为什么不把相框放在柜子上?"赵云飞问。

"飞哥,您是故意考我的吧?我觉得吴飞和张莉两个人的感情最近肯定出现了问题,不然吴飞不可能那么刻意地要将张莉从生活中抹去,连照片都不愿意拿出来,不过他抹得并不彻底。我在想,张莉是不是交了新男朋友,但是吴飞的心里却还爱着张莉?"

"你判断的依据是什么?"赵云飞边说边打开了最后一个房间的门。

"直觉!"宋雪自豪地说。

"破案的时候直觉确实能帮到我们,但更重要的是拿出证据来验证你的直觉。"

赵云飞走进房间,这个房间的面积与朝东的两个房间相比略小一点，进门右手边是一张两人位的布艺沙发，正对着门的那堵墙是一整排的书架，一半是书，另外一半摆满了各种玩偶。与书架垂直，背靠落地窗的位置有一张大的办公桌和一把旋转靠背椅。办公桌的桌面右上方整齐地摆放着几本和金融有关的书以及一支黑色中性笔。赵云飞接着检查了办公桌的抽屉，在最下面的一个抽屉里发现了一个印有苹果标志的鼠标和一张鼠标垫，书桌的内侧柜里有一个空的灰色电脑包。赵云飞将鼠标和鼠标垫从抽屉里拿了出来放在了桌子上。

"飞哥，怎么没有看到电脑？"宋雪皱起了眉头。

"这个问题问得好！"

"吴飞在银行上班，应该是不用自己带电脑的。三种可能，一是拿去修了，二是借人了，三是被偷了。"

"你的直觉认为是哪一种呢？"

宋雪抓了抓头："现在几乎人人都有电脑，借人应该不会。这个小区这么高端，安全性一定很高，不会那么容易被偷吧。我认为可能是坏了拿去修了。"

"你有电脑吗？"

"有啊。"

"用了多久？坏过吗？"

"我那个是联想的，很普通的，用了三年了，没有坏过。"宋雪突然眼睛一亮，随即微笑着看着赵云飞，"我懂了，我那个普通的联想电脑用了三年都没坏过，人家这种高档的苹果电脑应该质量更好，所以很有可能是被人给偷去了。"

"苹果电脑的质量好不好我不知道，但是电脑不在而电脑包还在，这就有点奇怪了。"赵云飞说完便从书桌下拎出了空空的电脑包。

"确实有点奇怪！上次大牛他们来的时候好像并没有留意电脑的事，我们可以去物业查一下监控，看看是不是真的有人进了吴飞家并偷走了电脑。"

在物业的监控室里，工作人员调出了3月9日至13日吴飞家那栋楼的所有监控录像，赵云飞和宋雪很快就看完了，并没有发现有其他人进入吴飞的公寓。此外，那几天的车辆出入记录中，除了9号那天和10号上午，也没有发现吴飞的保时捷卡宴。

"飞哥，难道我们推测错了？"宋雪小声地问。

赵云飞没有回答，而是转向一位物业工作人员，问道："这栋楼的楼梯间有监控吗？"

"没有。只有每层的电梯厅才有监控。"

"可是如果不进入一楼大厅的电梯厅，是无法进入楼梯间的啊！"宋雪说。

"也不是，从地下车库可以直接进入楼梯间，地下车库的楼梯间入口和电梯间入口是分开的。"物业工作人员说。

"除了每栋楼的楼梯和电梯，小区里有其他通往地下车库的入口吗？"赵云飞问。

物业工作人员点了点头："园区里还有几个户外楼梯可以通

往地下车库，主要是为了地下车库通风和采光用的。"

"那几个楼梯间里安装监控了吗？"宋雪问。

"没有安装，因为平时很少有业主从那儿进入车库，我们小区每栋楼的电梯和楼梯间都是直通车库的。"

"地下车库有监控吗？"赵云飞问。

"有，不过都是安在电梯间和车库出入口的。"

"那就够了，麻烦你将9号到13号小区所有出入口包括地下车库的监控调出来。"

"好吧。"物业工作人员的语气中透露出一丝不情愿。

赵云飞和宋雪死死盯着监控室的几块液晶屏，突然，赵云飞让物业人员锁定了其中一台液晶屏的画面。一个穿着深色连帽运动外套并且戴着黑色口罩的人从月亮湾东边的地下车库的人行入口走了出来，身上背着一个黑色的双肩背包。监控上的时间显示是3月11日凌晨零点五十。而二十分钟之前，一个戴着黑色针织帽，拎着一个大布袋的人低着头从该入口进入了车库。

"外面的人通过这个入口也能进入小区吗？"赵云飞问。

"能进入地下车库，但是无法进入楼栋，因为每栋楼都有门禁，没有门禁卡，即使进了车库，也进不了电梯间或者楼梯间，除非刚好碰上哪个业主在刷卡，跟着一起进去。"

赵云飞拷贝了一份监控视频，随后他带着宋雪通过楼梯间来到了地下车库。楼梯间的出入口在电梯大厅的侧面，电梯间又是实体墙面，因此里面的摄像头完全捕捉不到电梯间之外的情况。

两人从楼梯间出入口一直走到地下车库的东侧出口，出来之后是小区外的市政道路，道路东面便是体育公园。赵云飞观察着道路两侧，露出了微笑。

赵云飞带着宋雪来到了政务区公安分局，局长潘军见到他显得格外热情。

"老赵啊，一个多月不见了，我真怕你一时冲动辞职不干了。"

"我是想辞啊，但是舍不得那份工资和五险一金，好歹也是国家公务员对吧？"

潘军拍了拍赵云飞的肩膀："老赵，你的玩笑还是那么冷。对了，这位美女是……"

宋雪微笑着伸出右手："潘局长，您好，我叫宋雪，刚调入刑侦队没多久，现在跟着飞哥查案。"

"那你可要小心了，老赵是那种为了破案不要命的亡命警察。"潘军笑着转向赵云飞，"还是吴永强儿子那案子吧？听说卢辉忙了一个星期也没啥进展，我当时就在想老崔会不会让你回来，果然给我猜中了。"

"这案子非常复杂，我忙一个星期也不见得比卢辉好到哪儿去。你这边离得近，帮我查一下月泉路的监控录像。"

在监控室里，潘军让人调出了3月11日零点至一点的公安监控录像。观察了一段时间后,赵云飞发现一个戴着黑色针织帽的人从北边的一条巷子里远远走来,但是在进入月亮湾地下车库前的那段时间里他全程低着头。

"老潘,那边的巷子有监控吗?"赵云飞问。

"那边监控上个月坏了,正在报修。"

接着三人又观察起那个穿着深色运动外套的人,那个人走出小区的时候戴着兜帽,再加上嘴巴上的黑色口罩,看起来就像一个幽灵。监控显示,那个人步行了一段时间后,拦下了一辆出租车。由于监控的距离较远,车牌号无法确认。

"这个人和吴飞的案子有关吗?"

"还不能肯定,我们还得去一趟大洋那边。"

在去交警支队的路上,宋雪要求在一家便利店前停一下车,随后冲进店里。几分钟之后,她提着一大袋食物钻进了车里。

"飞哥,我们吃点东西吧,不然没力气了。"宋雪边说边递给赵云飞一份猪肉三明治和一盒鲜奶。

赵云飞看了一眼手表,发现已经下午两点了,此时他的肚子也不争气地开始发出声响。他接过食物,尴尬地笑着说:"谢谢,确实有点饿了。"

穿深色连帽运动衣的人所乘坐的出租车以及乘车路线很快就被锁定了,交通监控显示此人穿越了大半个夏阳市区,最后在东城区下了车,下车后很快消失在了老城区的小巷之中。

"这个人下车的地方离钢铁新村不远。"宋雪说。

"老赵,这哥们儿的反侦查意识很强啊,咱们的高清摄像头都拍不到他的脸。"

"大洋,再帮我查一下另外一辆车的行踪。"

听着赵云飞将吴飞的保时捷车牌号脱口而出告诉刘洋,宋雪很是佩服和惭愧,她之前也跟着查了一周的案子,但是她从来没有想过要把吴飞的车牌号背下来。

刘洋将吴飞的车牌号输入系统之后,很快就查到了他失踪后所有抓拍到的照片和视频。赵云飞从吴飞离开市中心的酒吧街开始观察,监控一直跟踪到其进入城西的郊区。在此过程中,可以清楚地看到是张莉在开车,而吴飞则坐在副驾驶位。

"这个吴飞像是睡着了一样,眼睛都是闭上的。"宋雪说。

赵云飞将监控往回倒到两人离开酒吧街之后遇到的第一个十字路口。

"你们看,吴飞这个时候眼睛还是睁着的,手里拿了杯饮料。"赵云飞说。

监控显示,从那个十字路口开始,过了大约两个路口后,吴飞手里的饮料消失了,同时人也闭上了眼睛,头垂向身体一侧。随后一直到监控结束,吴飞的眼睛都是闭着的。

"大洋,他们被最后一个摄像头捕捉到的位置距离吴飞开始闭眼的十字路口大约有多远?"

刘洋将两个摄像头的位置在系统中标注了出来,根据车辆行驶的路线,很快就计算出了路程。

"这次抓拍之后，再出现就是吴永强驾驶着这辆卡宴了，中间间隔了一天多的时间，监控都没有拍到。大洋，你说对方是怎么做到的？"赵云飞问。

刘洋笑着说："很简单，我们刚刚查到的所有资料都是根据车牌查的，通过识别车牌信息进行数据搜索，但是如果对方把车牌拿掉或者换成其他假牌照，那么系统就搜索不到这辆车的信息了。但如果是套牌车，我们系统是可以显示出来的，除非原车牌的那辆车和套牌车的车型与颜色完全一致。"

"再帮我搜一下从9号到12号这几天市里所有这种卡宴车的行驶信息，只搜索通往东城区和平路方向的。"

很快，前往和平路方向的所有卡宴的信息就调了出来，只有两辆，都是白色的，其中一辆是9号白天出现在那里的，另外一辆则是11号晚上。

"这辆卡宴的司机肯定有问题，晚上开车还戴着帽子和口罩，明显是不想被拍下来。吴飞的卡宴也是外白内黑的配色，你查一下这辆车的车牌，看看有没有问题。"赵云飞说。

刘洋让工作人员查出了车牌信息，确实是本地牌照的卡宴。

"我怀疑11号晚上和平路的那个车牌是假的，再帮我查查这个车牌10号到12号的监控视频。"

监控视频显示那段时间有两辆同样牌照的白色卡宴在市区活动，其中一辆的活动范围主要集中在城南区域。另外一辆却只在11号晚上出来过，从城西的郊区开向城东，而且司机刚好戴着黑色帽子和口罩。

"大洋，两辆卡宴同样的车牌，连座椅颜色都一样，你怎么看？"赵云飞笑着问。

"确实真假难分！不过从系统里调出车主信息，一联系便知道谁是李鬼，谁是李逵。"

赵云飞指着前往和平路方向的卡宴说："帮我拷贝一下这个'李鬼'司机的视频和抓拍画面。这个案子得从捉鬼开始。"

"这个鬼估计比较难捉，头裹得跟木乃伊似的，祝你们好运！"

离开交警支队的监控指挥中心后，赵云飞让宋雪联系了吴飞的女朋友张莉，并约好八点去她的住所了解情况。

张莉住在市中心一栋高层建筑里，从出入一楼大厅的人员来看，赵云飞推测这是一栋商住混合的公寓楼。光线昏暗的奥的斯电梯载着两人来到了二十楼，随后宋雪敲响了电梯出口右侧第五户的入户门。很快，一个披着长发的漂亮女孩打开了门。

"你们找谁？"

宋雪掏出证件微笑着说："张莉女士，您好，我们是市刑警队的，之前是我打电话约您了解情况的。"

看着张莉眼中怀疑的目光，一旁的赵云飞也展示了自己的证件。

女孩叹了口气，随后示意两人进屋。

张莉住的是一居室的单身公寓，入户门右边是一个开放式厨房，左边是卫生间，往里面走是开放式的客厅和卧室。整个公寓弥漫着一股清香。

"你们之前已经问过我很多遍了，我真的不知道到底是什么人绑架了吴飞并杀了他。你们还有什么要问的最好今天全部问完，吴飞的事情已经快把我折磨疯了。"张莉说完停顿了一下，看着两人，"你们是不是怕我骗你们？为什么每次了解情况都会换一批人呢？上次来的不是你们。"

赵云飞暗中观察着张莉的表情，没有丝毫痛苦，提到吴飞的时候更像是在讨论一个毫不相干的陌生人。他打量了一下四周，然后坐在床边的一张两人座布艺沙发上。

宋雪也跟着坐在了赵云飞旁边，掏出了小记录本。

"张女士，吴飞失踪的那天晚上，在酒吧和吴飞一起喝酒的人当中，有陌生的面孔吗？"赵云飞问。

张莉摇了摇头："没有，每次都是那几个人，都是他处得比较好的朋友。"

"那您接他回去的路上，他有接过电话吗？或者短信什么的？"

"没有电话也没有短信，他那天喝得有点多，手机都没有掏出来。"

"张女士，冒昧问一句，当时你和吴飞是为了什么事情吵架的？他为什么要将你一个人丢在荒郊野外？"

张莉瓷白的面庞泛起一道微弱的红晕，同时她的眼神中极快地闪过一丝犹豫，但是这丝犹豫却被赵云飞敏锐地捕捉了下来。

"这些我之前都已经说过了,当时我要和他分手,但是他不同意,所以后来我们发生了争吵。"

赵云飞可以感觉到张莉说话的语气变得谨慎了,不像刚才那样放松。

"张女士,您方便透露一下您要和吴飞分手的原因吗?"宋雪问。

张莉看着宋雪,叹了口气:"吴飞的父母是夏阳著名服装公司的大老板,而我的父母只是夏阳市的普通工薪阶层,我们根本不是一个世界的人,他家人根本就看不上我。我第一次去他家的时候,他妈妈知道我爸妈的工作和我的家庭情况之后,她当时的眼神我一辈子都忘不了。她虽然嘴上没说,但是我心里很清楚,在她眼里,我根本配不上她儿子,我就是为了骗财产才和她儿子在一起的。"

宋雪合上了小笔记本:"张女士,那吴飞本人心里是怎么想的呢?他对您怎么样?"

张莉停顿了大约两秒的时间,说道:"吴飞他并没有因为我的家境普通而看不起我,他对我很好,这套公寓的房租都是他帮我付的。"

"张女士,吴飞既然对你这么好,为什么他那天晚上会狠心把你一个人丢在那么偏僻的地方,他不担心你的人身安全吗?"赵云飞问。

"那天他喝多了,再加上我和他提分手,他很生气。"

"那天是你第一次和他提分手吗？"

"是的。"

"你和你现在的男朋友是什么时候认识的？"

"什么？"张莉睁大眼睛看着赵云飞。

赵云飞面无表情地说："吴飞身材高大，穿44码的运动鞋，你们口鞋架上的那双男士运动鞋最多42码，而且那双运动鞋是阿迪达斯。你和吴飞相处这么久应该知道，吴飞所有运动鞋和运动服全是耐克的。"

"那双鞋是我……表弟的。"

宋雪注意到张莉脸上的表情越来越不自然，说话也开始吞吞吐吐，没有了先前的流利。

"张女士，现在科技很发达，我把这双鞋送回警队一查，就可以知道是不是你表弟的。我希望你能说出一些更有价值的信息。"

"你在威胁我？"张莉瞪着赵云飞，脸变得通红。

"张女士，你说你和吴飞吵架了，但是没有任何人可以证明；同样的，仅凭你的聊天记录和通话记录也不能证明什么，这些东西都可以伪造。另外，那天晚上你们为什么要往西郊的方向去？"

"我本来想早点回家，是吴飞他想去那边兜风的，你的意思是吴飞是我杀的？"

"在案件侦破之前，我们肯定不能放过任何一条线索，这一点请你理解。"

宋雪在一旁听得十分紧张，她没想到赵云飞面对一个漂亮女孩，问起问题毫不客气，很有压迫感，甚至有点冷酷无情。

张莉突然起身朝着落地窗走去,她盯着落地窗外的街景,努力将眼中的泪水憋回去。过了大约半分钟,她转过身来,看着赵云飞。

"好吧,我承认,我其实很想摆脱吴飞,但是我并不恨他,更没有想过要杀他,我不会那么傻,因为他而葬送我的后半生。"张莉说完之后,终于还是没有忍住,眼泪像泉水一样涌出。

宋雪拿出纸巾,走向张莉:"张女士,您有什么委屈就说出来吧。"

"谢谢,"张莉接过纸巾,擦去了眼睛周围的眼泪,接着说道,"吴飞对我很好,但是和他相处了这么长时间之后,我才慢慢意识到我们的家庭背景、性格和生活习惯都相差太大了,我以后就算真的和他在一起也不会幸福快乐的。我早就和他提出分手了,但是他不同意。"

"张女士,你和吴飞交往的时候,住过他家吗?"赵云飞问。

张莉点了点头:"住过一段时间,但是他这个人有洁癖,太爱干净了,地上掉了一根头发都要立刻捡起来,我受不了他这种强迫症,后来就搬到了这套小公寓。"

"难怪在吴飞家里,我们看不到任何和您有关的东西,除了一张照片。"宋雪说。

张莉紧张地看着宋雪:"什么照片?"

"就是一个木制相框,里面是一张您穿着卫衣拿着篮球的照片,他用绒布袋子包着放在床头柜里的。我觉得他不同意和您分手是因为他还爱着您。"

张莉苦笑着摇了摇头："他根本就不知道什么叫爱，他如果真的爱我就不会拿照片来威胁我。"

"什么照片？"赵云飞问。

张莉犹豫了一会儿，又哭了，哭了一会儿后她用手擦干了眼泪："只能怪我太傻太无知了，刚开始和吴飞在一起的时候，在他的要求下被他拍过一些裸照，后来我和他提分手的时候，他就拿那些照片威胁我，说如果我和他分手，他就把照片发到网上去。"

"既然这样，那你为什么敢再次向他提出分手呢？"

"因为我现在的男朋友，门口的那双运动鞋就是他的，他现在在夏都。我们认识有一段时间了，计划年底结婚。所以我不会再和吴飞在一起了，我当时和他说如果他敢把照片发到网上，我就去法院告他。"

"你现在的男朋友知道那些照片的事吗？"

"他知道，我告诉过他，但是他并不怪我，那些都是我认识他之前拍的。只能怪我当时太天真太傻，吴飞提什么要求我都答应。"

"吴飞有说过照片放在什么地方了吗？"

"他说照片存在他的电脑里，我对电脑不是很懂，我以前也偷偷翻看他的电脑找过，但是没找到。"

听到电脑，宋雪悄悄向赵云飞使了个眼色，随后问道："那您偷偷去把整个电脑拿走不就行了？"

张莉摇了摇头："我搬出来之前和吴飞吵了一架，把他家的钥匙和门禁卡都还给他了，我想偷偷去拿电脑也没办法去啊。"

"我们今天去吴飞家里的时候，并没有发现电脑。"赵云飞说。

张莉惊恐地看着两人："不可能的，吴飞的电脑一直就放在书房里的。那电脑去哪儿了？我的照片怎么办？"

"电脑的事情我们会继续调查，找到的话一定会找专业技术人员帮你删除照片。另外，你现在的男朋友叫什么？他是做什么工作的？"赵云飞问。

"他叫孙琦，孙悟空的孙，琦就是王字旁加奇怪的奇。他是夏阳一家房地产公司的项目经理，现在在夏都负责一个叫城市之光的房地产项目。"

"吴飞把你丢在郊外的那个晚上，孙琦先生知道吗？"

"他知道，是我后来打电话告诉他的。他当时很生气，想回来找吴飞算账，但是我告诉他，吴飞喝那么多酒开车，肯定会出事的，我让他安心上班。谁知道，吴飞真的出事了。"

"孙琦先生这段时间回来过吗？我指的是吴飞出事之后。"

"没有，他们项目现在非常忙，经常晚上开会开到很晚。你们不会怀疑他吧？他个子没有吴飞高大，人也没有吴飞强壮，根本打不过他，更不可能杀他。"

赵云飞看着张莉，随后站了起来："张女士，你不用太紧张，我们只是例行调查，孙琦先生那边我们肯定也是要调查的，请你们理解。"

张莉微微点了点头："我也希望你们早日抓到凶手，吴飞怎么说也是他家的独子。"

回到车里后，赵云飞看着宋雪："你之前的推测挺准的。"

宋雪的目光从小笔记本上移开,不解地看着赵云飞:"什么推测?"

"你说张莉可能交了新的男朋友。"

"这是女孩子的直觉。虽然她交了新男朋友,但不见得就是她的那个男朋友干的啊。飞哥,我们接下来调查什么?"

赵云飞看了一眼手表:"我们先回警队,明天我们去夏都拜访一下城市之光的项目经理孙总。"

晚上十点半,赵云飞用颤抖的手打开了夏阳市家中的入户门,随后快速地将门关上,生怕被人看见似的。他闭着眼睛靠在冰冷的钢制门上。虽然只是一个多月没有回来,他却感觉像是过了一年那么久。

当刑警的这些年里,赵云飞出入过的危险场所不计其数,他从来没有畏惧过,但是此刻进入自己的家中,他却感到无比紧张和害怕。

"云飞,一个多月都没回家了,你想不想我们的小窝啊?"

赵云飞轻轻地点了点头,看着黑暗中楚楚的笑容,他觉得放松了很多。他没有开灯,跟着楚楚走进了卧室。

"云飞,我这张照片是不是很漂亮?"

赵云飞的目光从光秃秃的床板移向床头背板上方,出神地盯着墙上的结婚照,称赞道:"非常漂亮!"

黄　雀

2017年3月22日　星期三

夏阳宏都置业有限公司位于夏阳西城区商业中心一栋建成不久的写字楼的第二十六层，赵云飞和宋雪到达的时候刚好八点半。经过一个无人值守的接待台后，两人来到了公司的开放办公区，面积在两百平方米左右，装修风格以深色商务风为主。整个办公区空荡荡的，一个人都没有。

赵云飞冲着大厅喊了一声："有人吗？"

"有！"

一个满脸疲惫、戴着眼镜的卷发胖男人从一间封闭的办公室走了出来。

"两位有什么事吗？"

"你好，我们是市刑警队的，想来你们公司了解点情况，你们负责人在吗？"赵云飞边说边掏出证件。

男人脸上的疲惫瞬间被惊恐所替代："你们是警察？我们张总……他去外地谈生意了，我是公司的人力总监，有什么事你们可以先问我。"

"你不用紧张，我们只是想了解一下你们公司孙琦先生的情况。"赵云飞说。

"孙琦？了解他干什么？"

"我们正在调查一宗刑事案件，希望你能配合警方的工作。"

"刑事案件？这么严重！你们进我办公室谈吧，待会儿公司里的同事就要来了，我怕对孙琦影响不好。"

看着卷发男人双手摆动的紧张模样，宋雪忍住没有笑。这时大厅来了一个提着早点的女孩。

走进办公室之后，卷发男子立刻关上了门。赵云飞和宋雪坐在一张三人位的黑色皮革沙发上，卷发男人则坐在旁边的靠背椅上。

"警察同志，请问是什么样的刑事案件？"

赵云飞没有回答他，而是直接说道："先说说你对孙琦的认识。"

卷发男人掏出一包香烟，但是当他看到赵云飞的严肃表情后，连忙把烟放了回去。

"孙琦是五年前进入公司的，当时是我们张总亲自面试的。一开始他还只是楼盘的销售人员，短短一年时间就因为业绩出色被提升为销售主管。前年他负责的销售团队在我们公司的新疆项目中销售业绩非常好，回来之后就被升为项目经理了。孙琦这个人工作非常认真非常努力,他能犯什么事?"

"孙琦去过新疆?那他会说维吾尔语吗?"

"维吾尔语他当然是没问题的,他小的时候就生活在新疆,十岁之后才离开那儿,他维吾尔语说得和维吾尔族人一样溜。他现在在新疆还有不少亲戚呢。当时我们张总就是因为他这个优势才派他过去的。"

"孙琦平时的个人生活如何?"

"他啊,简直就是个机器人,经常健身,烟酒几乎不沾,和领导吃饭,只有他敢以茶代酒敬领导。没办法啊,人家工作就是出色,业绩就是好。五年过去了,我是越来越胖,他几乎没怎么变。"

"孙琦现在有负责新的项目吗?"

"有,他现在在夏都负责我们公司一个叫城市之光的城市综合体项目,是一家香港开发商投资开发的,投了不少钱。"

"他们的项目经常需要开会开到很晚吗?"

赵云飞说完看了一眼宋雪,发现她正在小笔记本上拼命地记录着。

"开会肯定有的,但是主要集中在开盘前期,需要集中统一话术和销售说辞。城市之光项目本身位置就好,在夏都那块区域能排到前三,不需要那么频繁开会,就算开我估计也不需要开到很晚。孙琦这个人非常注重效率,而且他每天还要回夏阳,开会开到很晚,他自己也不愿意啊。"

"他每天下班都要从夏都回来吗?"

"是啊！所以说他与众不同呢，夏都虽然离夏阳不远，但是开车起码也要一个多小时。其实我们公司在夏都是租了房子给他们当宿舍的，像他这种项目经理级别的，可以单独租一套。但是他不愿意，每天下班仍旧开车回夏阳，第二天再开车去夏都上班，公司给他的租房补贴都被他拿去加油了。"

"孙琦结婚了吗？"

"他和他女朋友应该还没结婚吧，结了肯定会通知我们的。他女朋友我见过，长得很漂亮。不过听说那个女孩是有男朋友的，而且男方家在夏阳好像还挺有钱的，具体是干什么的孙琦没说。他就说他要横刀夺爱，我还劝过他要量力而行，但是他根本不听，说那个女孩会为了他放弃那个男人。"

"那个男人已经死了。"赵云飞冷不防地说了一句。

"死了？"卷发男人惊讶地看着赵云飞和宋雪，"你们说的那个刑事案件不会就是这个吧？你们该不是怀疑那个人是孙琦杀的吧？"

"在确定真正的凶手之前，我们会调查一切的可能性，但是这并不意味着一定是孙琦杀的人。你最近这段时间有和孙琦接触过吗？他有异常的表现吗？"

卷发男人推了推滑下鼻梁的眼镜："他每周一上午都会来公司开会。说到异常，我还真想到了一些，但应该也说明不了什么。"

看着卷发男人犹豫的表情，赵云飞说："没事，想到什么就说什么。我们也不会因为你说了什么就随便抓人的。"

卷发男人点了点头，随后说："我记得上周一公司开主管例会的时候，孙琦好像有点心不在焉，当然也可能是工作的原因，他们前一个星期天刚刚开盘，人比较紧张。我记得当时张总还让他多注意身体，多休息。"

"开盘的时候，孙琦是不是必须在现场？"

卷发男人笑着说："那是必须的，他可是项目经理啊！那天我还去帮忙了，当天推出的两栋楼除了顶层的几套大面积复式，其他全部售出。中午的时候，孙琦还请大家吃了顿饭。"

"这年头，房地产还是很赚钱的啊！"赵云飞微笑着感叹道。

看到赵云飞的笑容，卷发男人放松了很多。

"现在是赚钱，过几年就说不好了，地总有开发完的那一天。"

赵云飞又向卷发男人了解了他和孙琦在工作中接触的一些细节，同时也询问了夏都城市之光项目的相关情况。

离开之前，赵云飞叮嘱卷发男人不要将今天的谈话透露给其他人，卷发男人非常认真地向他们两人保证，即使是孙琦本人，他也不会说。

来到写字楼外的露天停车场，宋雪激动地说："我觉得我们很快就能破案了！"

赵云飞看了她一眼，随后打开车门，坐了进去。

宋雪走到驾驶室的车窗外，手搭在车门上，兴奋地说："飞哥，您怎么看？这个孙琦有没有可能是杀死吴飞的凶手？"

赵云飞摇了摇头："肯定不可能！吴飞是吴永强杀死的。"

宋雪愣了一下，随后笑着说："对，是吴永强杀死的，但是孙琦会不会是那个绑架吴飞并且布置杀人机关的人？"

"先上车！"

车刚驶出停车场的收费岗亭，宋雪立刻开始了她的分析。

"飞哥，您看，之前给吴永强送信的那个维吾尔族男孩说让他送信的人说的是维吾尔语，孙琦刚好也会维吾尔语。吴飞大晚上的把张莉抛弃在荒郊野外，作为男朋友的孙琦肯定是怒气冲天啊，不找吴飞拼命才怪！再者，吴飞还收藏着张莉的裸照，所以我觉得孙琦是凶手的可能性最大。"

赵云飞没说话，只是微微点了点头。

看到赵云飞点头后，宋雪感觉自己得到了极大的认可，于是接着说："还有，我觉得张莉可能也参与了作案！"

"这个推测很大胆，说说你的理由。"

"昨天我们在张莉家，她说孙琦的项目经常开会到很晚，但是刚刚那个人力总监又说他们只有在开盘前才开会，还说孙琦每天都要回夏阳，不可能每天开会开到很晚的。这样看，张莉肯定在撒谎啊！她一定是想掩饰什么！"

"你分析得很有道理，那你觉得要证明孙琦确实是绑架吴飞和布置陷阱的凶手，我们还需要哪些有力的证据呢？"

"有力证据？"宋雪望了一眼窗外的过往行人，笑着说，"那个维吾尔族男孩和月亮湾的监控！"

"买买提当时没有看到黑衣人的长相，最多只能认出他的声音,咱们假设孙琦就是黑衣人,但如果他当时故意变声,买买提不见得能认出来。另外,月亮湾的视频也只能看到身形,无法提供正面的清晰照片,也无法作为有效证据。"

"那可怎么办啊?"

宋雪脸上原本的兴奋表情瞬间淡了下去。

赵云飞笑着说:"你刚刚分析得已经很不错了,不要着急,我们先去会会孙琦,怀疑了人家这么多,我们连真人还没见过呢!"

"是哦!"宋雪"扑哧"一下笑出了声来。

到达夏都的时候,已经中午十二点了。赵云飞先带宋雪在夏都一家老字号餐厅吃了顿午餐,然后两人直奔城市之光售楼部。

城市之光位于夏都市的政务新区,项目由六栋高层公寓和一座高达七层的购物中心组成。销售中心就位于项目旁,纯白的外立面使其看起来更像是一座美术馆。

两人刚迈进销售中心巨大的感应玻璃门,一位身着蓝色职业套装的漂亮女孩就面带微笑朝着两人快步走来,宋雪觉得女孩看他们的眼神就像是看到了猎物。

"您好,两位是第一次来看房吗?"女孩说话的声音像是经过了严格的训练。

赵云飞看了一眼销售中心接待台后的其他几名女孩,笑着说:"不好意思,我们是来找孙总的,他在吗?"

女孩的微笑虽然褪去了大半,但是仍然不失礼貌:"你们找孙总啊,他临时去开发商那边开会了,一会儿就回来,你们先坐会儿吧。"

"好的,谢谢!"

两人坐下没多久,女孩热情地送来两杯茶水。

赵云飞指着中央沙盘两栋贴着售罄标识的模型,笑着问:"美女,你们是真卖完了,还是藏了一些好楼层留着涨价后再卖呢?"

女孩笑着说:"先生,是真卖完了,最后一套顶楼复式昨天下午被一个外地客户付全款买走了。您就算找孙总,他也是没有房源的。您如果想买的话,可以等我们下次加推的两栋楼,那两栋楼位置更好。"

"看来房地产行业还是很有'钱途'的。对了,我想帮我一个亲戚咨询一下,我那个亲戚是一个女孩,长得也不错,今年夏天大学毕业,也想做房地产销售,不知道你们这样的工作需不需要经常加班?"

"其他楼盘有加班的,但是我们这儿从来不加班,除了开盘当天要签合同可能会忙得晚点,其他时间五点半就下班了。晚上没什么人看房的,而且我们孙总非常反对无效的加班。"女孩说话时的语气很是自豪。

"那挺舒服的,也不用开会吗?"

"开会都是早会,很快就结束了。"

"谢谢,看来我得建议我那个亲戚把简历投给你们公司。"

"我们公司挺好的,最近有好几个新项目都在招人,欢迎她加入!"

女孩刚离开，售楼部里一下来了好几组客户，四位售楼小姐拿着户型单快速迎了上去。

宋雪拿起茶几旁的几张户型单，小声地问："飞哥，刚刚为什么不告诉她我们的警察身份？"

"怕吓到她们。"

半小时之后，一辆黑色的宝马5系轿车停在了销售中心门前的停车位上，一个穿着黑色西装的男人从驾驶位走了出来。男人中等身材，身形硬朗干练。赵云飞推测他就是张莉的男朋友孙琦。

男人刚进大厅，接待台后面一直在说笑的女孩们立刻变得安静，随后便传来一声又一声的"孙总"。

"孙总，两位客人找您。"之前接待赵云飞和宋雪的女孩说。

孙琦走向售楼部左侧的休息区，赵云飞和宋雪同时起身。

"孙总，你好！"

"您好，两位是……"

赵云飞笑着说："我们是从夏阳来的，我姓赵。"

"哦，是夏阳来的警察同志吧！"

宋雪惊讶地看着孙琦，随后又看了一眼赵云飞。赵云飞还没来得及回答，孙琦接着说道："张莉昨天跟我说了，说夏阳的两位警察同志这两天可能会找我了解点情况。去我办公室谈，我绝对会配合警方的工作。"

看着孙琦如此轻松的表情，宋雪觉得要么就是孙琦十分善于掩饰，要么就是吴飞的死跟他没关系。

两人跟着孙琦穿过销售部，来到后方的客户签约区。孙琦的办公室位于该区域的后方，办公室的面积约十平方米，没有窗户，有一张办公桌、一把带靠背的旋转椅以及一张两人座的棕色皮革沙发。

孙琦邀请两人入座沙发，自己则找来一个塑料方凳坐在两人前方。宋雪感觉不像他们在讯问孙琦问题，反倒像孙琦在审讯他们。

"孙总，吴飞的事情你一定是知道的，我想知道这个月12号当天你在什么地方？"

宋雪觉得赵云飞问话相当直接，不给人任何过渡的时间。

孙琦点了点头，随后叹了口气："吴飞的事情我确实很震惊，但是这事真的跟我和莉莉没有任何关系。12号那天，从早上九点到晚上五点，我都在售楼部，我的同事和大厅监控可以证明。下班后，我就开车回夏阳了，到家都快六点半了，然后我就约了莉莉出去吃饭。快半夜时，莉莉接到了吴飞妈妈的电话，电话里吴飞妈妈又哭又骂，莉莉也没太听清楚她说了什么，只隐约听到吴飞被人绑架了，人现在躺在医院里。莉莉挂了电话立刻去了医院，还是我开车送她去的。到了医院我们才知道吴飞出事了。"

赵云飞对于孙琦的回答没有任何回应，直接进入下一个问题："吴飞是10号晚上失踪的，失踪前张莉去酒吧接吴飞，两人还吵了一架，后来吴飞在城西的郊区把她从车上赶了下来。

那天晚上去接张莉的就是你,你就是她的微信好友孙悟空?"

听到孙悟空,孙琦忍不住笑了起来:"那个孙悟空是莉莉闹着玩给我起的名字。12号我们要开盘,开盘前那几天我下班都晚。10号那天晚上,她打电话给我的时候,我刚到夏阳。我当时真想去把那个吴飞揍一顿,那家伙算男人吗?大晚上把一个女孩扔在荒郊野外,而且这个女孩还是他之前的女朋友。"

"孙总,我个人也认为吴飞做得很过分。有一个问题,昨天忘记问张莉女士了,她既然都和吴飞分手了,为什么10号那天还去酒吧找吴飞,而且开车送他回家?"

孙琦叹了口气:"吴飞有莉莉的裸照,他拿照片威胁她。其实那天莉莉是要和吴飞进行最后摊牌的,没想到后来会发展成那样。"

"孙总,我想知道你私下里有没有因为照片的事情和吴飞接触过?"

孙琦犹豫了一会儿,点了点头:"说实话,我确实和吴飞接触过。我和吴飞聊了莉莉的事情,我说大家都是成年人了,感情的事情不能勉强,我建议他把照片删掉,实在不行就自己留作纪念,总之不要拿公开照片来威胁莉莉。我当时是心平气和地和他沟通的,哪知道他会气急败坏,根本不讲道理,还把我暴打了一顿。他人高马大,又比我年轻,我当时完全没有还手之力。"

"那是什么时候的事情?张莉知道吗?"

"那是半个多月前的事情了,莉莉不知道。我怕她担心就没有告诉她。那个吴飞够狠也够阴险的，专挑我头以下的部位打，整个人就像发狂了一样，还好我也经常健身，身体还能挨一挨，不然真有可能被他活活打死。"

"所以你怀恨在心，决定杀了他？"赵云飞像是开玩笑地说道。

孙琦赶忙摇头："赵警官，这个玩笑可不能乱开啊，我是有那个心，但没那个胆，杀人可是要偿命的。说实话，10号那天晚上我心里真的是盼着吴飞酒驾出事，没想到他后来真的出事了。"

"吴飞打你这件事情，你当时是可以报警的。"

孙琦苦笑着摇了摇头："人家爸爸是夏阳著名的服装大王，家里有的是钱。我就一个打工的，报警有用吗？现在吴飞人也不在了，我只想以后能和莉莉好好过日子，其他过去的也就过去了。"

赵云飞点了点头，随后站了起来："孙总，感谢你的配合，咱们今天先到这儿，后面如果有需要，可能还会麻烦你。"

孙琦很是惊讶："这么快就要走了？"

宋雪也觉得结束得好突然。

回到售楼部大厅的时候，赵云飞指着中央的沙盘说："你们这房子看起来挺不错的，我带几张户型单回去看看，我老家就是夏都的。"

"这么巧啊，我们下一期很快就要开盘了，您或者您亲戚朋友要是在我们这儿买房，您提前跟我打招呼，看中哪套房源我帮忙留着，价格方面我给最高优惠。"说完孙琦让一位置业顾问小姐给赵云飞拿来了所有的户型图，连同顾问的名片一起钉了起来。

孙琦将两人一直送上车才离开。

离开售楼部后，宋雪说："飞哥，我之前觉得孙琦嫌疑挺大的，但是刚刚听完他说的那些话之后，又感觉他挺坦诚的，有问必答，一点儿也不像撒谎。"

赵云飞看了一眼后视镜，城市之光的售楼部此时已经彻底消失在了视野之中："我们待会儿再去大洋那边一下。"

"我们不是昨天刚去过那边吗？"

"刚刚孙琦说的，你都相信吗？"

宋雪看着赵云飞："感觉没什么破绽啊！"

赵云飞摇了摇头："孙琦确实可以证明10号至12号白天他的位置，但是下班之后却没有人可以帮他证明他干了什么。比如10号，之前张莉说是一个朋友送她回家的，我们当时并没有发现这个朋友其实就是她现在的男朋友孙琦。另外孙琦从夏都回来接走张莉的这段时间内发生了什么，我们也不能确定就是他们说的那样。"

"您的意思是有可能孙琦和张莉一起策划绑架了吴飞？"

"不排除这个可能，你之前不是也有这个大胆的推测吗？有可能吴飞是被张莉下了药，然后再由孙琦开车将其运至西郊监狱，张莉第二天去吴飞家找他，可能是故意制造时间证人。"

"这两人怎么感觉像是暗杀大师，这么有预谋！"

"这些暂时还都只是我个人的推测，不一定正确，所以我们需要大洋帮忙再搜索一下。"

"孙琦的车牌号我已经记下来了,是……"

宋雪打开小笔记本,刚准备读,赵云飞已经脱口说了出来,和她纸上记录的分毫不差。

"飞哥,您的记忆力怎么这么好?都不需要用笔记下来!"宋雪竖起了大拇指。

"经常练习,你也可以做到。"

在交警支队的指挥中心,刘洋很快就找到了孙琦那辆黑色宝马在10号晚上的行踪。赵云飞和宋雪发现,前往夏阳西郊方向的时候,驾驶位上坐着的是孙琦本人,但是之后再次被监控捕捉到的时候,却是张莉在开车,孙琦并没有出现在车里。

"飞哥,看来孙琦并没有送张莉回家,而且张莉回的也不是自己家,而是孙琦家。"

赵云飞点了点头:"看来孙总是送人去西郊了。"

随后两人又查看了那辆宝马车在11号和12号的监控行程,监控显示11号晚上,孙琦曾独自开车前往西郊并折返家中。

宋雪兴奋地攥紧了拳头:"飞哥,看来孙琦就是背后的神秘绑架者,张莉是他的同谋。"

赵云飞此时却皱着眉头,他让刘洋再次调出了11号晚上那辆卡宴的监控视频,发现卡宴从西郊方向进城并且被监控所拍到的时间,是在孙琦前往西郊方向之前。

赵云飞指着视频中的卡宴越野车说:"这个黑衣人又是谁呢?这个人在孙琦来监狱之前开走了吴飞的卡宴。"

"会不会是张莉?"宋雪问。

"这个不好说,但是无论如何,根据目前的证据,孙琦和张莉都已经有了巨大的嫌疑,我们得赶快回警队。"

在刑警支队的会议室里,赵云飞快速陈述了目前掌握的证据,经过短暂讨论后,他们决定先监视两人的行踪,待两人下班后,分别施行抓捕。

会议结束后,卢辉拍了拍赵云飞的肩膀,笑着说:"老赵,论查案,还是你厉害,这么快就锁定了犯罪嫌疑人,我这个队长自愧不如啊!"

赵云飞摇了摇头:"辉子,我这个人也就喜欢抓抓坏人,其他的也干不来,你综合素质比我强多了,不然怎么能当队长呢!希望我们这次能顺利破案!"

卢辉站在审讯室隔壁的房间里,透过单向透视玻璃,可以看见孙琦正焦急不安地坐在椅子上。不一会儿,赵云飞和宋雪先后走进了审讯室。

"孙总,想不到我们这么快又见面了。"赵云飞笑着说。

"赵警官,你们抓错人了,真的,吴飞真的不是我杀的。"孙琦说话的语气完全没有了之前在售楼部时的流畅和自信。

"你先别着急,我们请你过来,就是想让你再回忆下10号那天晚上,你去接张莉女士之后发生的事情,希望你这次能仔细回忆。"

孙琦无可奈何地摇了摇头："今天下午的时候我都告诉你们了，吴飞把莉莉赶下车，她打电话给我的时候，我刚到夏阳，就急急忙忙去接她了，之后我们就一起回家了。我没有去找吴飞寻仇。"

宋雪看了一眼赵云飞，然后问孙琦："孙先生，之后你们一起回的是谁家？你家还是张莉家？"

"我家。"

"孙先生，你没有记错？"赵云飞问。

孙琦眼中划过一丝犹豫，但是很快就点了点头："是的，周日我们售楼部要开盘，那个周末比较忙，所以我就没有送莉莉回她住的地方，我们一起回了我家。"

"孙先生，"赵云飞放下了手中的笔，静静地看着他，"我们既然能这么快把你请到警队来，肯定是掌握了确凿的证据，我希望你能认真配合！"

"我说的都是真的！"孙琦说。

"好，那你先看一段视频。"

赵云飞说完让人打开了审讯室的液晶屏。

孙琦盯着视频中的画面，表情越来越不自然。

视频播放完，赵云飞的语气变得严肃起来："孙先生，我相信你是个聪明人，不然你的公司也不会让你负责一个这么大的房地产项目。交通监控显示你的回忆严重有误，10号那天晚上你和张莉并没有一起回你家，是她自己开车回去的，不过有一点你没有撒谎，她确实是回的你家。但是11号那天晚上，你为什么会从西郊的方向回来？据我所知，你们公司目前在西边并没有开发项目。那边那么偏僻，我们也不会相信你是去那边看望亲戚朋友的。综上，我们有理由怀疑在吴飞的案件中，你和张莉都参与了！"

看着孙琦犹豫又夹杂着恐惧的表情，宋雪进一步试探："孙先生，你一定是出于对张莉的爱才做了傻事，你如果真为她考虑的话就应该勇敢地交代事实。"

孙琦看着两人，突然情绪失控，大哭起来："我真的没有杀人啊，真的没有杀人，我们根本没有打算杀他的！"

"孙琦，你刚刚说'我们'，除了你还有什么人？是张莉女士吗？"赵云飞问。

孙琦惊恐地看着两人，然后缓缓地低下了头："我们只是想拿回电脑，没打算杀他的。"

"你们确实没有杀死吴飞，但是你们借了他爸爸的手杀死了他！"

孙琦茫然地看着赵云飞："什么意思？"

"你设计机关，最终让吴飞的父亲误触机关亲手杀死了自己的儿子。孙先生，看来你大学学的机械工程专业知识并没有丢掉啊！"

"什么机关？我听不懂你们在说什么！我只是把吴飞丢在了废弃厂房里，其他我什么也没有做啊！"孙琦边说边激动地站了起来。

宋雪惊讶地看着赵云飞，刚想问他，就被他的眼神制止了。

"别激动，先坐下，说说10号那天晚上你到底做了什么。"

"我可以抽支烟吗?"

"我听说孙总既不抽烟也不喝酒。"

赵云飞让人给孙琦送去了烟。

"确实好久没抽了。"孙琦说完拿起一支烟,待工作人员点燃后放进了嘴里,抬头吐了几个烟圈后,他接着说道,"我和莉莉原本的计划是这样的:莉莉10号那天晚上借和吴飞复合为由,约他出来,路上用安眠药让他昏迷,然后将车开到郊外,等我过来接应。之后莉莉开着我的车回家,而我开着吴飞的保时捷将他送到西郊的那个废弃监狱。当时,我带了一辆折叠电动车,我将吴飞扔在监狱的厂房里面之后就骑着电动车从小路进入了市区,后来电动车没电了,我就打了一辆出租车回家了。"

"夜里十二点多,你去吴飞家取走了电脑?"赵云飞问。

孙琦摇了摇头:"电脑是莉莉拿的,我本来是想自己去拿的,但是她没让,她说她比我更加熟悉吴飞家和小区环境。"

"孙先生,你把吴飞绑起来,就算不杀他,他也会饿死渴死在那儿。"宋雪说。

孙琦赶忙拿掉了嘴里的烟,不停地摆手:"我没有绑他,我只是把他扔在了废弃的厂房里,而且是室内,现在这个季节,一个晚上不至于把他冻死。他醒了之后,是可以自己开车出去的。"

"就算是这样,你们不怕吴飞回去找你们吗?而且张莉还去他家偷了电脑。"赵云飞问。

"吴飞当时处于昏迷状态,他肯定不知道整个过程发生了什么,就算他后来发现电脑丢了,莉莉也可以否认的,因为没有证据。莉莉也可以说，是吴飞酒喝多了把她扔在了郊外。"

"11号晚上，你为什么又去西郊那边？"

"11号整整一天，吴飞那边都没有动静，莉莉和我都有点担心，怕吴飞在厂房里出现意外，所以我晚上悄悄去了一趟。我发现吴飞和车都不在，还以为是他自己开车走了，至少没有死在那里。我真不知道他为什么还在那里，而且还死了。"

"吴飞并没有离开那个废弃监狱，他被人转移到了地下室里。"

"地下室？那个监狱还有地下室？"孙琦的语气中充满了震惊。

"是的，就在厂房后面的那栋三层楼里。"

"那是怎么回事？这些我们真的不知道，你们要相信我们。我们只是想拿到电脑，把照片删了，杀人什么的根本没有想过，也不敢想啊！真的！"

"最后一个问题，那价值两百万的黄金去哪里了？"

"黄金？什么黄金？"

"就是绑架吴飞索要的赎金。"

孙琦拼命地摇头："赵警官，你们还是不相信我，我们没有绑架吴飞，也没有杀他，我把他扔监狱里也只是想报复一下上次被他打的事，并没有杀人的想法啊。除了他家门钥匙和门禁卡，我什么都没拿，虽然他的手机被我关机了，但是也都给他留着呢。我一年能挣七八十万，我哪里需要那两百万的赎金啊！"

看着孙琦眼中再次打转的眼泪，赵云飞知道他没有撒谎。他暂停了审讯，让孙琦先冷静一下，然后和宋雪离开了审讯室。

张莉的审讯是和孙琦同时进行的，很快大牛那边也有了结果，和孙琦说的相差无几。针对这个令人意外的审讯结果，卢辉迅速组织调查成员开了分析会。

"兄弟们，我本来以为我们可以顺利结案了，没想到竟然会是这样的结果，大家怎么看？"

"孙琦刚才的表现确实不像是撒谎，而且我们从交通监控中可以发现，当时有一个黑衣人开着吴飞的保时捷去了东城区，很有可能是这个人将车停在了钢铁新村。12号整整一天，孙琦都在夏都的售楼部，不可能同时出现在夏阳的。"赵云飞说。

"那个黑衣人会不会是孙琦的同谋，故意帮孙琦掩人耳目，干扰我们的注意力呢？孙琦会维吾尔语，那个黑衣人也会，这也太巧了吧，会不会是孙琦的维吾尔族朋友？"小松说。

卢辉点了点头："不排除这个可能，孙琦的朋友圈我们得再认真查一下，特别是维吾尔族的朋友。"

看赵云飞低着头一声不吭，卢辉问道："老赵，你有什么需要补充的吗？"

赵云飞摇了摇头，但很快又说："如果黑衣人真的是孙琦的同谋，他们共同策划了这起案件，就简单了。就怕黑衣人和孙琦不是一伙的，而是借刀杀人。孙琦是螳螂捕蝉，而这个黑衣人则是黄雀在后。目前我们所掌握的黑衣人的线索也只有买买提的描述和交通监控的录像，这个黑衣人就像幽灵一样，外貌特征我们一无所知。"

"那我们接下来的重点就是要找出这个神秘的幽灵，看看他到底和孙琦有没有关系。大家再加把力！"卢辉说。

黑衣人

2017年3月23日　星期四

晚上十点，离开警队之后，赵云飞独自驾车去了钢铁新村，在小区绕了几圈之后，他将车停在了之前卡宴所停的位置。

楚楚指着车前方的一块空地问："云飞，你说那包黄金怎么就消失了呢？"

"消失肯定不会，肯定是被人拿走了，但是是怎么拿走的呢？12号那天晚上，吴永强到了钢铁新村没多久，大牛他们就赶了过去，很快就封锁了钢铁新村东村的所有出入口，并没有发现有人拿走背包啊。"

就在这时，距离赵云飞最近的一栋楼的四楼，一个人影从东边的阳台迅速闪过。

"要不要去看看是什么人？"楚楚问。

赵云飞很快找到了人影闪过的位置，几块破木板制成的简易门后躲着一个满脸惊慌的年轻人。

"小伙子，不要怕，我是警察。"赵云飞说完掏出了警官证。

看到赵云飞和他手中的证件后，年轻人仍然紧张地问："你真的是……警察？"

赵云飞笑着看着他："你要不要打110核实一下？"

年轻人摇了摇头。

"最近发生了一起案件，想跟你了解点情况。"

年轻人瞪大了眼："和我没关系，我什么都没做过！"

赵云飞笑着说："别紧张，我又没说是你干的，就是想看看你能不能提供点线索。"

年轻人朝走廊尽头看了看，确定没有其他人后，说："进屋说吧，只要我知道的我全都说。"

屋里光线昏暗，只点着一支蜡烛。室内面积和张莉的公寓差不多，但是格局不同，进门是一个十五平方米左右的起居室，地上铺着一个破旧的床垫。

"你是这房子的房主吗？"

年轻人摇了摇头："我没地方住，看到这里拆迁，人都搬走了，所以想暂住一段时间，等房子拆了我就走。"

"你今年多大？"

年轻人低着头，不敢看赵云飞，小声地回答："二十。"

"你知不知道骗警察是会被抓起来的？"

"我十八，上个月刚刚十八。警察叔叔，我不是故意骗你的，我有身份证。"年轻人边说边掏出身份证。

赵云飞看了一眼身份证就还给了他:"赵俊,刚好我们一个姓,我也姓赵,你现在不上学吗?合肥离我们这儿那么远,你一个人过来的?"

"我今年高三,我不想考大学,想去学修车,爸妈不让,我和他们吵了一架之后就偷偷跑出来了。我一个表哥在这里,我想找他的,谁知道他的电话号码换了,我也没他微信,联系不上他。再后来我手机还丢了。半个月前,我身上钱剩得不多了,就在这里住了下来。"

"你出来多久了?"

赵俊想了想,说:"快一个半月了。"

"你知道你爸妈多担心吗?都十八了还这么不懂事!"赵云飞说完掏出手机,递给了赵俊。

赵俊不解地看着赵云飞:"干什么?"

"打电话回家啊!报个平安!"

赵俊接过手机,很不情愿地拨通了他父亲的电话,但是电话接通后没多久,他的眼泪就不停地往下淌,他和父亲说了一会儿后把手机还给了赵云飞。赵云飞在电话里安慰赵俊父母,说他会安排赵俊明天一早坐高铁回家。

"好了,下面开始我的正事。你说你半个月前就在这儿住下了,那你告诉我,十多天前的晚上,你有没有看到一辆越野车开进来?就停在你刚刚看到我的那个位置。"

"有,我见过,是一辆保时捷卡宴!"赵俊兴奋地说。

"天那么黑,你怎么确定就是保时捷卡宴?"

"我特别喜欢保时捷这个品牌，保时捷车看轮廓我就知道是哪一款，况且那辆车还是白色的。第二天车还停在那儿，我还去看了，是卡宴S，很可惜不是V8的Turbo型号，不过配的那315的后胎好宽好酷，简直像坦克一样！"

"开车的人看见了吗？"

"天黑看不清，我就记得那个人把车停下后就离开了。当时我还好奇为什么他把这么好的车停在一个要拆迁的小区里。第二天一天车都在那儿，后来晚上的时候我看到那辆车被人开走了。车刚离开不久，你知道我看见了什么吗？"

"什么？"

"一架无人机从之前停车的地方飞走了，那个无人机下面好像还挂着一个包。"

"无人机？"赵云飞终于知道为何那包黄金会不翼而飞了，他自言自语道，"什么无人机能运走十五斤的东西？"

"比普通拍照的那种大好多。无人机飞走没多久，附近又来了很多人，应该是警察，因为我看到了好几辆警车。"

"你现在可以跟我走了。"

"去哪儿？"赵俊紧张地看着赵云飞。

"没吃东西吧，我请你吃消夜。"

听到消夜，赵俊脸上立刻绽放出幸福的喜悦，他不好意思地摸了摸肚子："我确实有两天没怎么吃东西了。"

2017年3月24日　星期五

"飞哥早!"

宋雪拉开副驾驶车门,刚准备上车便看见了坐在后座的一个大男孩。

赵云飞冲赵俊眨了眨眼:"他是我远房侄子赵俊,我先送他去高铁站,然后我们再去找那个新疆的买买提。"

赵俊也很配合,立刻喊了声"阿姨好"。

"什么阿姨!叫姐姐!"赵云飞说。

赵俊红着脸,赶忙又喊了声"姐姐好"。

"你见过这么年轻的阿姨啊?"宋雪笑着摇了摇头。

去车站的路上,赵云飞让赵俊把那天晚上见到的情况又描述了一遍,说到那辆卡宴的时候,赵俊没有忍住,快速给两人普及了一遍保时捷卡宴的相关知识。

送走赵俊之后,赵云飞和宋雪前往东城广场附近的一家新疆餐馆。见到买买提,说明了来意,赵云飞便直接问道:"那个黑衣人当时是怎么找到你的?"

买买提抓了抓头:"我也不知道他怎么找到我的。当时附近的一个老客户点了几份抓饭,我爸就让我给送去,回来的路上就遇到了那个穿黑衣服的人。那个人戴着黑口罩和黑帽子,维吾尔语说得特标准。"

"那个黑衣人大概多高?"宋雪问。

买买提站了起来,用手比画着:"比我要高,我一米七,那个人估计有一米七五左右。他把我叫到一个小巷子,给了我五十块钱,让我帮他送个信封。我当时很害怕,怕他是坏人。他笑着对我说,让我不要害怕,说信封里只有一把车钥匙,还说信封送成功之后,再给我一百五十元。"

"东城广场那么多人,你怎么知道要把信封给谁?"赵云飞问。

"他说那个人背一个黑色双肩包站在水池旁,他还给我看了照片。"

"照片?之前警察问你的时候你怎么没说照片的事?"宋雪问。

"他们没问,我也没想起来说。"

"那个照片里的人和你见到的人穿着一样的衣服吗?"赵云飞问。

"穿的衣服和背的包都是一样的。那个黑衣人让我六点的时候在广场把信封交给那个人,然后就跑开了。"

"另外的一百五十块钱你后来拿到了吗?"

"拿到了,就在之前那个巷子的砖缝里插着,还是新的呢!"

赵云飞随后让买买提带他们去了塞钱的那条小巷子。小巷子与餐馆隔了两个街区,宽只有三米左右,巷子口朝着街道的位置开了家小药店。巷子两侧全都是老小区以及自建房,而且朝着巷子的方向都是围墙,整条巷子非常阴暗,几乎照不到阳光。

买买提说，黑衣人就是带他到这巷子里给他钱的，后来拿钱也是在这里。他还带着赵云飞看他当时取钱的砖墙，钱就塞在起鼓的水泥砂浆外墙的缝隙中。

赵云飞打量着周围，药店门头上朝着巷子里面的摄像头引起了他的注意，他带着宋雪和买买提走进店里。店里有一个年轻的女店员，在得知了赵云飞的身份和来意之后，她赶忙打电话叫来了老板娘。老板娘是一个四十多岁的女人，打扮得较为时尚。她热情地将几人请到了药店里面的小办公室。

"两位警察同志有所不知，我这个小药店去年的时候被人偷过，后来就找人装了监控。这个月的监控都在，我还没删呢，我一般月底的时候就会清除一次。"

老板娘很快就查到了12号那天的监控录像，虽然老板娘安装的是高清摄像头，但是遗憾的是买买提第一次和黑衣人见面的时候只拍到了买买提，并没有拍到黑衣人。黑衣人第二次去小巷子塞钱的时候才被拍到，但是黑衣人快走近摄像头的时候下意识地拉低了帽檐。

"你之前见到的是这个人吗？"

买买提盯着屏幕中的人："对，就是这个人，黑衣服、黑帽子和迷彩裤。但是……"

"但是什么？"宋雪问。

"鞋子不一样，我记得之前那个人穿的是一双黄色的靴子，就像那种军靴。"

"鞋子是可以换的。"宋雪说。

赵云飞和宋雪之后去了东城广场,虽然仅仅隔了两个街区,这里却是现代化大都市的感觉,一栋栋挺拔的写字楼像大树一样将广场围在中间。

赵云飞站在广场中央,望着之前小巷子的方向,然后又环顾了广场四周。他摇了摇头,看着宋雪感叹道:"那天傍晚的行动全都在黑衣人的掌握之中。"

见宋雪有点儿困惑,赵云飞进一步说道:"黑衣人看着买买提把信封交给吴永强之后,便去小巷子将钱塞好,之后行踪未知,但是应该在某个地方准备好了,等吴永强放下黄金取车之后,再利用无人机将黄金运走。晚上,无人机加上黑色的背包,又是在空中,大牛他们完全没有注意到,道路上的交通监控也根本拍不到,整个过程简直就是神不知鬼不觉。"

"飞哥,有一点我不明白。"

"哪一点?"

"黑衣人盯着买买提,然后去塞钱,这个我们通过监控可以确定,但是吴永强那边他是如何把控的呢?他不可能分身去盯着吴永强的,那他是怎么知道对方到了钢铁新村,然后又是怎么知道对方将黄金留下的呢?"

"我也在想这个问题,另外这个黑衣人又是如何卡点吴永强开车离开后二十分钟的时间点的呢?刑技那边并没有在那辆卡宴上找到任何跟踪器和窃听器!我觉得凶手应该不止一个人!"

宋雪点了点头："飞哥，我也觉得凶手肯定不止一个，我看至少三四个还差不多。"

宋雪说完发现赵云飞闭着眼睛一动不动地站着，她不敢打扰他，于是便端详起他的脸，她觉得赵云飞黝黑的面容充满了男子汉的阳刚之美。就在她盯着赵云飞的两道浓眉的时候，赵云飞突然睁开了眼，宋雪被吓了一跳。

"手机！"

赵云飞无暇顾及宋雪的表情。

"你要手机吗？"宋雪赶忙掏出自己的手机。

"我怀疑吴永强的手机被人窃听了！"

宋雪尴尬地将手机收好，问道："怎么被窃听的？"

"具体我也不太清楚，可能就像电脑病毒一样，吴永强的手机可能因为中毒导致被窃听了，凶手通过手机来监视吴永强的一切动静，包括他的方位。另外，这帮人如果不是孙琦的同伙，那么肯定也是通过手机远程监视了孙琦和张莉，得知他们的计划之后将计就计。"

"你说的我只在电影中看到过。这帮人是黑客吗？我们怎么才能确定他们的手机都中毒了呢？"

"我们需要咨询这方面的专家。"赵云飞说完掏出了手机。

二十分钟之后，赵云飞和宋雪来到了市中心老城区的一个大型社区，该社区东侧就是夏阳市的护城河。赵云飞要找的人住在临近护城河一侧的一栋五层公寓楼的顶楼。

赵云飞按了门铃后，一个戴着黑框眼镜、长着张娃娃脸的小个子男人打开了门。看到赵云飞后,小个子男人随即给了他一个热情的拥抱:"大飞,好久不见了。"

"我来介绍一下,电脑高手夏天,他是我的小学、初中、高中同学,我们也是一个村子走出来的。夏天,这位是我的同事宋雪警官。"

夏天微笑着伸出手:"宋警官,您好,我叫夏天,就是春天夏天的那个夏天。"

握手之后,宋雪打量了一下这套两居室的公寓:两间卧室朝南,其中一间似乎是工作室,一张大工作台上摆放了一台台式电脑、一部笔记本电脑,以及其他杂物,厨房和卫生间朝北,中间是一个小客厅,客厅的角落里有一个木制楼梯通向上方的阁楼。公寓的装修风格很简单,基本上就是白墙加近似白色的地砖。整个客厅虽然只有一张L形沙发和一张四人餐桌,却混乱无比,衣服、书籍、外卖盒等随意摆放着。

"宋雪,他的家你就当猪窝好了。"赵云飞开玩笑说。

夏天尴尬地笑了笑,快速将沙发上的衣服抱进了卧室堆在床上,为两人腾出可以坐下的空间。

"反正我家平时也没什么人来,你们随意。大飞,你啥时候回来的也不告诉我。昨天我妈来夏阳看我,说你前两天救了大柱。就因为这件事,村里好多人都开始学骑摩托车了。你今天来找我有啥事?"

赵云飞简单地将事情描述了一遍,夏天听得非常专注也非常感兴趣。他没等赵云飞再开口就说道:"虽然你们警方没有找到窃听器，但是我敢肯定那几个人都被窃听了，而且正如你怀疑的，是通过手机。你们听过美国的'棱镜门'和斯诺登吗？"

宋雪点了点头："那个斯诺登好像因为泄露了美国政府的重要机密而逃到其他国家了。"

"你们知道什么是'棱镜'吗？"夏天神秘地看着两人，没等两人回答就紧接着说，"所谓'棱镜'是美国政府的一个深度监听项目，咱们以手机为例，他们会在你的手机中植入某个病毒程序，只要你的手机还有电，即使你的手机关机，也可以通过你的手机麦克风进行监听……"

赵云飞打断了他："可那是美国政府，有大量的人力、财力和科技支持，我们面对的只是普通人，有这么厉害吗？"

"对于一些计算机和无线电技术达到登峰造极水平的高手来说，就是这么厉害。我不知道对方这样的高手有几个，但是我知道，在他们面前，我的计算机水平就像是小学生！"

"刚刚你说，手机有电的情况下，对方才能监听成功。如果手机没电，是不是就无法监听了？"

夏天点了点头："没电的手机，就是一部由各种材料组成的和石头没有两样的东西，啥也监听不到。"

宋雪紧张地看着赵云飞："飞哥，对方如果这么厉害，那咱们整个警队不是都被监听了？"

"不排除这个可能，但是我觉得对方不会这样做，他的目的已经达到了，他没必要再花大把的时间玩这种监听游戏，除非他和他的团队真的无比热爱这个。"

赵云飞双手抱头靠在沙发上，这个幽灵般的黑衣人越来越让他感到不可捉摸。

2017年3月25日　星期六

晚上七点，夏阳市刑侦支队的会议室内异常安静，大家都紧紧盯着投影幕布上黑衣人的监控照片。

大牛首先发言："我们已经调查了孙琦的所有亲戚朋友，目前只有他爸妈在夏阳，以两人的年龄和身形，和监控中的黑衣人不可能是同一个人。"

"这哥们儿穿得就像是终结者一样，监控连他眼睛都没拍到。"小松感叹了一句。

就在大家纷纷吐槽的时候，赵云飞说道："这个黑衣人肯定还有同伙，他们有着非常强的反侦查意识和技术水平。他们先是将吴飞转移至地下室，然后在我们眼皮底下指挥着吴永强去西郊监狱，还神不知鬼不觉地利用大型无人机运走十五斤重的黄金。这些人绝对不是等闲之辈，我觉得我们有必要改变调查方向。"

"老赵，怎么改变？"卢辉问。

赵云飞起身走到投影布前，用手指在黑衣人的头上画了一圈，随后看着大家："我们要重新回到起点，从被害人吴飞入手。我们得弄明白黑衣人和他的团伙为什么会选择吴飞以及吴飞和他们究竟有什么深仇大恨。"

"老赵，你的意思是黑衣人暂时不查了？"

"在对黑衣人的调查没有进展的情况下，目前我们可以重新回到吴飞这条线，再次调查他到底有没有得罪过什么人或者和什么人发生过严重冲突，一定还有一些我们没有发现的信息。死者不会平白无故被杀，凶手也不会平白无故杀人，更何况，他们还动用了如此复杂的技术手段。"

卢辉点头表示赞同，随后说道："大家加把劲！这样的技术高手，咱们之前可从来没有碰到过，正好让咱们练练兵，长长见识！"

蚕　蛹

2017年3月26日　星期日

蔡勇停了下来，望着前方高大茂密的树林和零星分布的坟墓，喘着粗气对身后的朱斌说："为了省那几十块的门票钱，一大早就这样做，值得吗？"

"废话，当然不值得啊，但谁叫咱们穷呢！如果不是想省点钱，谁愿意从这里进去！还好不是晚上。走吧，反正今天没啥事，省下的钱我们晚上可以炒两个好菜。"

朱斌拍了拍蔡勇的肩膀，示意他继续往上爬。

蔡勇倒不是怕累，主要是怕好不容易从后山翻进动物园，万一被动物园的工作人员抓到，那一切就白忙活了，到时候又要补票又要遭人骂。后山是大型猛兽区，时不时地就会传来一阵阵兽吼声，不知道是老虎还是狮子，蔡勇感到头皮直发麻，真怕树林里突然跳出一头猛兽。

又爬了十来分钟，蔡勇抬头望了一眼远处动物园后山的高大外墙。他突然发现距离外墙不远处的一棵大树上挂着一个巨大的椭圆形物体。

"朱斌，你看那是什么？"蔡勇问。

朱斌眯着眼睛，朝着蔡勇手指的方向望去："我去！好大的马蜂窝，我们过去看看。"

"我不去，万一是杀人蜂，我们就死定了。"

"什么杀人蜂，你是不是好莱坞垃圾电影看多了，我们中国哪有杀人蜂。没事的，我们靠近一点儿，就看看，又不捅它，你怕什么。"

在朱斌的怂恿下，蔡勇跟在他身后，小心翼翼地朝着马蜂窝的方向前进。然而，当他们走近，却发现那根本就不是什么马蜂窝，而是一个用麻绳紧紧裹起来的像蚕蛹一样的巨大物体。

"那里面是什么？"蔡勇问。

"不知道，看起来挺重的，你看那个树干都被压弯了。我们把绳子割断，把这东西放下来看看。"

蔡勇摇了摇头："算了吧，我们还是赶快进动物园吧，这东西感觉好恶心，里面不会是死人吧？"

"怎么可能！谁会没事把死人用绳子捆着吊在这里，你胆子也太小了，待会儿怎么翻进动物园？"说完朱斌取下他的钥匙链，打开一把小折叠刀。

绳子被割断的瞬间，树上的东西"轰"的一声砸在地上，落地后比挂在树上看起来还要大。

朱斌又割断了部分绳子并扯开，发现里面还有一层白色的塑料膜。这时蔡勇突然大叫起来，声音都有几分失真了："朱斌，这里面真的是死人！"

蔡勇吼叫的同时，朱斌也发现了塑料膜中隐约显现的人体形状，他吓得一屁股坐在地上，连折叠刀从手里滑下来都没有注意到。

蔡勇愣了几秒之后，拽起地上的朱斌就往山下跑去。

赵云飞和宋雪赶到夏阳动物园后山的时候，现场已经拉起了警戒线，法医吴秀正蹲在地上对尸体进行检查，卢辉表情严肃地站在一旁。

死者全身赤裸，整个脸被涂成了黑色，但是身上并没有明显的伤痕，死者身旁有很多剪断的麻绳和白色塑料膜。宋雪看到尸体后，惊讶得说不出话来。

赵云飞走向卢辉："什么情况？"

卢辉指着尸体："老赵，咱俩干了这么多年刑侦，你见过有死者的脸被涂黑的吗？"

赵云飞摇了摇头："这算是第一次。"

这时吴秀站了起来，看着卢辉和赵云飞，说："死者死于窒息，死亡时间大约是在昨日晚上十点至今日凌晨一点之间。凶手可能是先将死者打晕，然后用保鲜膜裹住了死者的头部，之后又用塑料膜把死者包裹起来，最后在外面捆上麻绳，这种方式等于将死者活埋。"

"死者被凶手用绳子捆住后，吊在了树上。"卢辉补充了一句。

"吊在树上？"

卢辉指着旁边的一棵大树:"一个多小时前,附近学校的两名大学生发现了这具尸体。当时尸体是吊在树上的,他们不知道里面是什么,其中一个人用刀割断了绳子,后来发现里面是具尸体,就吓得跑下山报警了。"

赵云飞抬头看着这棵大树,粗树干上的绳索勒痕清晰可见。他又看了一眼死者,身高大约一米八,身体微胖。赵云飞想起以前他们老家杀狗时的情形。

赵云飞转过身,只见茂密的树木像人群一样朝着山下排去,零星分布的坟墓就像一个个小型堡垒。树下的地面有几组非常清晰的脚印,他判断可能是那两个大学生留下的。

"飞哥,凶手为什么要把死者的脸涂黑,还要把他吊在树上呢?"

赵云飞摇了摇头:"具体原因等我们抓到凶手才能知道,首先我们得知道死者的身份。"

卢辉拍了拍赵云飞的肩膀:"老赵,吴飞的案子还没破,这又来了一起,你说是不是夏阳的各路妖魔鬼怪又要开始兴风作浪了?"

"那我们就斩妖除魔!"

死者的信息发布至夏阳市所有刑警大队和派出所后没多久,赵云飞就接到了夏阳山路派出所打来的电话,死者的外形特征和他们派出所今天上午接到的一起报案中的失踪男性相吻合,他们随后提供了失踪者家属刘娟女士的电话。宋雪联系了刘娟,她很快就赶到了警队。刘娟是一名中年女性,她看到尸体后立刻失声痛哭,死者正是她的丈夫孟向明。由于刘娟的情绪过于激动，赵云飞和宋雪决定先将她送回家。

孟向明家所在的小区位于夏阳山的东面，是一个中等规模的住宅区，既有多层洋房也有别墅，整个小区内的建筑全都是白墙灰瓦的中式风格。孟向明家位于南区，是一栋独栋别墅，建筑本身的面积不是很大，但是有个很大的院子。

孟向明家的室内装修也是传统的中式风格，和小区的整体建筑风格十分般配，深色的中式家具给人一种书香门第的感觉。带着两人进入挑高的客厅区域后，刘娟便坐到沙发上哭了起来。

宋雪安慰刘娟的时候，客厅墙上的几幅书法作品吸引了赵云飞的注意，作品署名是孟向明本人。

刘娟的心情稍微平复了一些之后，赵云飞和宋雪开始了常规的询问。

"刘女士，对于孟先生的死，我们深感惋惜。不过也请您放心，我们警方一定会尽全力破案，将凶手绳之以法。同时，我们也希望您能配合警方的工作。"赵云飞说。

刘娟看了一眼赵云飞，点了点头，清了清嗓子："昨天是我们家女儿生日，本来老孟是要回来和我们一起过的，但是由于公司忙，他就让我和女儿两个人先过，他迟点回来。但是哪知道他就再也没有回来。我打他电话，手机一直是关机的。我当时就有种不祥的预感，怕他出事，哪知道他真的……"

宋雪拿出一张纸巾，递给刘娟："刘女士，您最后一次和孟先生联系上是几点？"

"是昨天下午五点多。"

刘娟掏出手机，找到了通话记录，然后将手机递给了宋雪。

宋雪接过手机，看到最后一次通话时间为昨天下午五点十分，之后从十点开始，几乎每隔几分钟就是一个呼出电话，但是没有一个接通的。

"刘女士，最近孟先生工作上有没有遇到什么麻烦？"

刘娟摇了摇头："老孟做事一向挺稳重的，他们公司是一家普通的房产销售公司，代理了几个普通的楼盘。您的意思是生意上的纠纷？"

赵云飞点了点头。

"生意纠纷应该不会的，我们家老孟为人处世还是比较稳重的，而且他们公司只是家房产销售公司，卖卖房子而已，能和谁产生什么纠纷呢？"

"比如同行竞争，或者和买房子的人因为房屋质量问题等发生矛盾，这些也算是纠纷。"

"老孟他们代理的楼盘虽然不是什么高档楼盘，但是质量都还行的，没听说过出现什么质量问题，我们现在住的房子就是他们公司代理的。不过除了……"

"除了什么？"

刘娟叹了口气："这虽然算是纠纷，但和老孟他们公司没有关系，是政府规划的问题。"

"具体是什么事？"

"夏阳山路的金色森林小区你们听过吧，离这里也不远，那也是老孟他们代理的楼盘。一年前，由于市政规划要扩宽夏阳山路，小区的一栋十五层的小高层由于刚好位于规划的路上，刚封顶就被爆破了。"

赵云飞点了点头："这事我听说过，还上了报纸，据说政府赔了好几千万。"

"是啊，但是有些人不想要钱，只想要房子，就因为这件事，老孟他们的售楼部还被业主砸过，也有人威胁说要找开发商算账。不过，这都是一年前的事了，而且我们家老孟又不是开发商，只是销售代理商。"

"最近孟先生或者您有收到过恐吓或者勒索电话吗？"

刘娟摇了摇头："没有啊，我是没接到过，也没有听他说过。如果有，他肯定会报警的。不过前一段时间，他看起来有点焦虑。我问过他，他说他们有一个项目销售情况不太理想，当时我还安慰他不要急，慢慢来。"

"如果是这样的话，那么孟先生的事就应该和绑架勒索无关了。"

赵云飞站了起来，走到一幅写有"厚德载物"的书法作品前，指着那幅书法作品称赞道："想不到孟先生的书法写得这么好！"

刘娟看了一眼墙上的书法，又叹了口气："老孟他从小就练书法，写得一手好字，他以前是老师，后来辞职下海经商了。这些年房地产比较火，我们也赚了不少钱，谈不上天文数字，但也能保证衣食无忧。哪知道老孟他会走得这么早呢！他今年才四十，我们女儿小学还没毕业呢！你们说，什么人这么狠毒要杀死我们家老孟啊？"

刘娟接着又哭了很久，在宋雪的不断安慰下，她才渐渐平静下来，随后她向两人讲起了孟向明的奋斗史，讲他一个农村孩子如何考上大学，又如何进入市重点高中当老师，最后如何辞职下海经商。听完之后，赵云飞和宋雪两人都不免为孟向明感到惋惜。

离开孟向明家的时候，赵云飞朝着西边看了一眼，可以清楚地看到夏阳山上的信号塔。

"孟向明死在夏阳山后山，他家离夏阳山不远，这就等于在家门口丧命。"

宋雪朝着赵云飞目光的方向望去，感叹道："是啊，这个凶手真是毫无人性！您认为凶手会不会是一年前被爆破的楼的某个业主？"

"你认为呢？"

"我觉得不像，爆破是政府规划造成的，况且孟向明又不是一线的销售人员，买房子的人谁会认识他？这就好比我去商场买东西买到了假货，我也是直接找店员解决啊，哪会想到找老板。所以我觉得可能性不大。"

"那我们接下来该从哪儿查呢？"

宋雪想了想，说："我们先去孟向明的公司，调查一下他生前见过什么人，发生过什么事，公司里的人应该比他老婆知道得更多。另外，我们还要知道他是什么时候离开公司的。"

孟向明的公司位于市解放路的一栋商住两用公寓楼的顶

楼，由四套单身公寓打通而成，装修风格非常简单，给人一种皮包公司的感觉。公司里只有一个穿着深蓝色职业套装的女性，三十岁左右的年纪，是孟向明公司的会计。

会计热情地接待了赵云飞和宋雪。待两人亮明身份和说明来意后，会计惊讶了好半天才缓过神来，她随后小心地问了一句："你们的意思是我们孟总被人杀了？"

赵云飞点了点头："就在昨天夜里。"

会计随后不停地摇头："不可能的，昨天晚上我还和孟总一起开会来着！"

"那就麻烦你回忆一下昨天晚上发生的事情。"

"好的，"会计紧张地喝了一小口水，赶忙说道，"昨天下午五点半下班后，孟总、我和市北楼盘的一个项目负责人一起讨论开盘定价方面的事情，大约是在八点五十结束的。结束之后，我搭那个项目经理的车一起走的。我们走的时候，孟总还在公司。之后发生了什么我就不知道了。"

"你们公司有监控吗？"

"还真没有，公司人不多，孟总不喜欢被监视的感觉，而且我们这栋楼治安一直挺好的，没听说过有被偷被盗的，所以孟总没让安监控，不过楼下大厅有。"

会计带着两人来到公寓大厦的监控室，大厅的监控显示孟向明是九点一刻离开大厅的，走的时候很匆忙，是跑着出去的。看完视频后，他们又回到了孟向明的公司。

"你们孟总最近得罪过什么人吗？或者有没有与其他公司的

纠纷？"赵云飞问。

会计果断地摇了摇头："没有，绝对没有，我们孟总虽然抠了点儿，但是为人处世很圆滑的，他常说和气生财，肯定不会得罪人的。"

"听说你们公司代理的金色森林小区去年因为爆破的事情让很多准业主失去了房子？"

"警察同志，您话可不能这么说啊，爆破是政府规划导致的，我们公司也是受害者，而且政府也对业主进行了赔偿。他们房子是没拿到，但是是有补偿金的，是按当时的市价补的，不少人又买了我们后面几期的房子。"

"有人因为这件事闹过吗？"

"有些业主比较激动，来闹事甚至要砸售楼部，这些我们都是可以理解的。可是您想想看，这是政府的规划，哪个房产公司都得尽力配合工作吧。"会计停顿了一下，随后问道，"警察同志，你们的意思不会是说我们孟总的死和那次爆破有关吧？"

"我们调查案件肯定不能放过任何一个线索和可能性，我们询问不代表孟总的死就一定和那次爆破有关。"赵云飞说。

"但是那些业主闹也是去售楼部闹啊，找也是找买房子的置业顾问，不可能去找我们孟总的，他们连我们孟总是谁都不知道。而且，事情都过去一年多了，好多人估计都忘了。而且您别说，政府领导的眼光确实不是我们普通老百姓能比的，没有了那栋楼，现在在夏阳山路上，即使离得很远，也能一眼望到路尽头的夏阳山，真的很漂亮。"

"你们孟总平时上班是自己开车还是有司机？"

"我们孟总很喜欢车，他喜欢自己开车，所以也没雇司机。他最早开的是一辆大众帕萨特，这几年公司赚了不少钱，他也换了好几辆车。现在开的是一辆黑色的奔驰越野车，就是那种方方正正像个盒子一样的越野车，叫什么大G，两个月前刚买的，搞好牌照都两百多万了。我们孟总内心其实是很狂野的，真想不到……"

赵云飞记得他们并没有在凶案现场周围发现任何车辆，他随后向会计要了孟向明的车牌号，又问了一些他们公司的事情。

离开孟向明的公司后，宋雪立刻开口道："飞哥，咱们待会儿是不是要去交警队？"

赵云飞看着她那严肃认真的表情，微笑着说："是的，交通监控一定要充分利用好。"

上车前，宋雪自豪地说："待会儿孟向明的车牌号我来说。"

在交警支队的监控中心，大洋调出了孟向明遇害之前的车辆行驶监控，最后的抓拍照片显示是在夏阳山附近，时间是晚上九点五十八分。赵云飞又让大洋搜索了全市所有奔驰G型越野车在此时间之后的行驶状况，结果显示同款车型一共只有两辆，虽然都是黑色，但是都是在市区活动，并没有去过城西，而且驾驶员和车牌照也显示和孟向明没有任何关联。

"这辆车怎么感觉就像消失了一样？难道之后凶手把车藏起来了？"宋雪疑惑道。

"我也在想这个问题，上次吴飞的保时捷虽然被安装了假车牌，但是我们也通过监控找到了，尽管看不清嫌疑人的面孔。

这次不一样，这次是车完全不见了。"赵云飞又转向大洋，"如果你是凶手，你会怎么让这辆奔驰越野车消失在监控之下？"

大洋笑着说："消失是肯定不可能的，除非是开去了没有监控的地方。夏阳山西边那块儿都还没怎么开发，路灯和监控都还没有安装到位，除非再往西上了高速才会有摄像头，否则不会被拍到的。当然也有另外一种情况。"

"什么情况？"赵云飞问。

"如果凶手把原牌照拿了下来，使用临时牌照的话，可以逃过电子眼，因为我们的监控无法识别临时纸质牌照，但是监控还是可以拍到的。"

"那就麻烦你把那段时间内的附近的监控录像都调出来，我们自己查。"

两个小时后，赵云飞和宋雪看完了所有的监控录像，并没有发现任何奔驰越野车的影子。

"飞哥，咱们把附近的监控录像看了个遍都没有看到那辆车，说明那辆车根本没走这些路，不然肯定会被拍下的。"

赵云飞看着监控，摸了摸下巴，皱着眉感叹了一句："很有意思。"

夏阳市刑侦支队会议室。

赵云飞开始介绍案情："死者孟向明，男，四十岁，夏阳市景铭置业有限公司的老板。死者最后一次和家人通电话是在昨日下午五点十分。据死者公司员工反映，昨日孟向明在公司开会开到晚上八点五十左右，公司公寓大厅监控显示九点一刻孟向明离开公司。孟向明开着一辆黑色的奔驰G型越野车，交通监控最后一次抓拍到的时间是在晚上九点五十八分，地点是黄海大道前往夏阳山的路段上，之后周围道路监控就再没有抓拍到这辆车的行驶画面了，包括西郊高速的监控也没有拍到。"

卢辉用细长的手指敲了敲桌子："也就是说，孟向明是自己开车去夏阳山的，但是我们在案发现场周围并没有发现任何车辆，那一定是凶手杀了人之后驾车潜逃了。你们说这辆车后来又去了哪里呢？"

赵云飞说："夏阳山西边那块儿都还没怎么开发，交通监控和公安监控都没有安装到位，在高速入口和这辆车最后被抓拍的地点之间存在一个没有监控的真空地段，不过可以肯定的是，凶手并没有开车离开夏阳。"

"凶手肯定把车藏了起来！说不定就藏在附近的树林里。你们说凶手为什么要把死者的脸涂黑呢？是为了不让别人认出死者的身份吗？"宋雪问。

刑技的王克说："经过鉴定，死者面部的黑色油漆就是最普通的油漆，随便什么卖建材的地方都能买到。"

"凶手给死者脸上刷上了油漆，为什么会有这样的操作？真让人不可思议，是想暗示什么吗？"大牛说。

会议室里一阵讨论之后，大家又安静了下来。卢辉朝赵云飞使了个眼色："老赵，你有没有什么要补充的？"

"我在想凶手为什么要选择孟向明。死者的爱人并没有收到任何关于绑架的电话和信息，基本可以排除谋财的可能。"

宋雪想了一会儿，说："会不会是孟向明出轨了其他女人，这个女人没有得到自己想要的，一怒之下买凶杀人，将死者面部涂黑是想骂死者不要脸？"

"有这么毒辣的女人？"大牛开玩笑说。

"不要小看女人，女人残忍起来超出你的想象！对吧，小雪？"枪神说完故意冲宋雪眨了眨眼。

宋雪瞪着眼睛，朝枪神挥了挥拳头。

卢辉看了看会议室的人，总结说："像孟向明这种事业有成的男人，死亡原因不是钱就是女人。既然跟钱没关系，那接下来，我们就要查查你们说的这个恶毒女人是不是真的存在。我们还要继续查找那辆失踪的奔驰车。另外，吴飞的案子，大家继续跟进。"

赵云飞离开警队大楼的时候刚好九点一刻，和孟向明离开公寓楼大厅的时间完全相同。这时，一道闪电划过漆黑的天空，照亮了大片的乌云。很快，豆大的雨点狂暴地砸了下来，像是要摧毁一切。

"云飞，你还记得我们以前一起在阳台上看雨的情景吗？"楚楚问。

"当然记得，咱们今天一起坐在车里看下雨！"

雨刮器不断擦去打在挡风玻璃上的雨水，赵云飞一口气将车开到了夏阳山的山脚下。他停下车，发现附近有一条被人踏出的小路通往山上。

如果孟向明也是通过这条路上山的话，那么这条路就是他的不归路。赵云飞望了一眼窗外，随后继续朝着夏阳山后山的方向行驶，路上没有路灯，也没有任何监控设备，荒郊野外，最近的人家也离公路很远。

车外的雨小了很多，赵云飞将车停下，借助车灯，他又发现一条约三米宽的土路通向路边的小树林里。

赵云飞想都没想，直接将车开了进去。这条土路泥泞不堪，埋伏着数不清的大小水坑，路两边的树枝像无数双魔鬼的利爪不时地从车身两侧划过。

"云飞，你应该知道不能把家用轿车当成越野车来开吧！"

"放心吧，我对我的老马还是很有信心的。"

几分钟之后，赵云飞艰难地穿过了这条林间小路。

赵云飞将车停在路边，下了车。此时，雨已经彻底停了，月亮也从云层中探出整个身体，洒下银沙般的光亮。

"云飞，雨停了之后，天空好美啊！有好多星星！"

赵云飞顺着楚楚右手手指的方向望向天空，但他的目光很快就被不远处两栋被高大院墙围起来的建筑吸引了，那两栋建筑的穹顶在月光下显得很与众不同。

赵云飞猛然发现，废弃的西郊监狱距离自己大约只有一点五公里。

"云飞，那座监狱不正是之前吴飞遇害的地方吗？你要不要再去看看？"

赵云飞点了点头，重新进入车内，朝着高大院墙的方向快速驶去。

车胎与路面的摩擦声和发动机传来的声音融合在一起，撕破了黑夜的宁静。赵云飞并没有将车开进大院，而是转了个弯，将车停在了入口处。随后他掏出手电筒，下了车。

"云飞，上次你和大牛来的时候，你们直接去了案发现场，并没有仔细检查两侧的大厂房。"

"你说得对，我待会儿就进厂房里面看看。"

进入左侧厂房的时候，赵云飞想到了吴永强，之前他也是独自一人在黑暗中摸索，只不过他有着明确的搜寻目标。

赵云飞借助手电筒的强光观察起厂房内部，灯光所到之处满是岁月的痕迹，最让人感到不可思议的是厂房的巨大穹顶竟然是由一块块红砖砌成的，这些数不清的红色方砖彼此紧挨着，仿佛在展现人类智慧和力量的无限可能。除了建筑本身和隐藏在黑暗中的一些爬行动物，赵云飞并没有发现其他东西。他关掉手电筒，摸黑朝着门口走去。

"云飞，你不怕黑啊？"

"战胜黑暗最好的方法就是和它融为一体。"

右边的厂房和左边的一样高大但是要长很多。同样是身处一片黑暗之中，赵云飞这次却有一种被注视的感觉，他再次打开了手电筒，随后迅速转向左后方。

灯光之下，一头钢铁猛兽正紧紧地盯着他。在赵云飞左后方的角落里，停着一辆黑色的奔驰 G 型越野车。

赵云飞借着手电筒的光环顾了一下四周，随后快步走向那辆车。这是一辆崭新的黑色奔驰 G 型越野车，前后的车牌都被拿掉了，车的两侧可以看到少许划痕。通过挡风玻璃朝里看的时候，赵云飞发现了雨刮器旁的车钥匙。他掏出随身装的一次性手套，戴上后小心地拿起了车钥匙。打开车门后，他在手套箱里发现了印有孟向明姓名的行驶证。

赵云飞将车厢仔细检查了一遍，并没有什么特别的发现，随后他褪去手套，拿起手机拨通了卢辉的号码。

2017 年 3 月 27 日　星期一

夏阳市刑侦支队会议室。

卢辉喝了一口浓茶，指着幻灯片中的照片说："老赵简直就是咱们刑侦队的猎豹，昨晚竟然单枪匹马找到了孟向明的奔驰。"

赵云飞微笑着摇头说道："纯属巧合。"

"这辆奔驰车竟然被开到了之前吴飞遇害的废弃监狱，你们说两起案件的凶手会不会是同一人或者同一伙人？"卢辉问。

牛晓峰首先发言："我感觉不太像，吴飞那个案子算是撕票型勒索案，吴永强可是实打实地失去了儿子和价值两百万的黄金。孟向明这个案子，目前看来和钱没有任何关系。而且孟向明和吴飞，一个是房地产公司老总，一个是富二代，年龄也差得比较大，我感觉是风马牛不相及的两人。奔驰车停在那个监狱应该纯属巧合吧，周围也没什么地方好藏车的。"

宋雪反驳道:"我觉得两起案件很有可能有所关联。飞哥经过的那条小路也可以藏车啊,随便把车停在那片树林里不就行了吗,怕被发现可以开到树林深处啊,为何偏偏要开到那所监狱里呢?就好像是故意等着被发现一样!而且你们有没有发现,和吴飞的那个案子一样,凶手没有留下任何指纹和清晰的脚印。"

牛晓峰点了点头:"你这样说也有道理。确实,那辆奔驰越野车停在监狱里也太巧合了!"

"接下来咱们的调查重点就是找出吴飞和孟向明之间可能存在的交集,如果确实有交集,咱们就将两起案件并案调查。"卢辉说。

散会后,赵云飞和宋雪先是电话联系了孟向明公司的会计,在得知他们公司的开户行以及办理购房贷款的合作银行刚好也是夏阳市商业银行后,两人直奔夏阳市市政广场西侧的夏阳市商业银行总行。

商行总行的刘健行长亲自接待了两人,宋雪发现刘行长对赵云飞的态度格外客气。

赵云飞没有过多寒暄,直奔主题:"刘行长,我想知道您对吴飞的了解。"

"吴飞这么年轻就走了,可惜啊!"刘行长叹了口气,随后说,"吴飞当年是我亲自面试的,虽然他爸妈在咱们夏阳是名人,但是他进我们银行全凭他自己的真本事,完全没有靠家里的关系,他的笔试和面试成绩都是当时那批人中的第一名,专业功底非常扎实。"

"他和同事之间的关系如何?"

"私下相处得怎么样我不清楚,但是至少工作的时候大家对他的评价都不错。"

通过和刘行长的交谈,两人得知吴飞是他们银行最年轻的风险经理,虽然工作内容和贷款部分有重要联系,但是个人并不会直接和客户接触。此外,孟向明公司的开户行和房贷的合作银行都是商行的夏阳山路支行,和吴飞更不会有直接接触。

离开银行后,宋雪显得十分失望:"飞哥,孟向明和吴飞没有什么交集,两人可能都不认识对方。"

赵云飞安慰道:"别灰心,我们再去找张莉聊一聊,看看有没有新的发现。"

张莉被拘押在城南郊区的夏阳市女子看守所,她见到赵云飞和宋雪后,立刻情绪失控,哭着说:"你们什么时候放我出去?!我在这里实在待不下去了。"

"张女士,希望你能全力配合我们的工作,这样你才有立功赎罪的机会。"赵云飞说。

"你们还想知道什么啊?"

"请再谈谈你对吴飞的认识。"

张莉擦干眼泪,看着赵云飞:"认识?我现在真后悔认识他。我承认,在工作和事业上,吴飞是一个非常优秀的人,他很有上进心。除了银行的工作,他还进行股票投资。我记得,他说过他会通过投资赚到他爸妈一辈子才能赚到的钱。但是在生活中,他非常大男子主义,我感觉自己就像他养的宠物一样,被他牢牢控制着。在他面前,我觉得自己很没有自由。"

"他打过你吗?"宋雪问。

张莉摇了摇头:"那倒没有,我和他吵过几次,即使再生气,他也没有动手打过我。不过他生气的时候真的很恐怖。有一次,我心情不好,和他抱怨工作上的事,本来是想他安慰安慰我,谁知道他听了之后特别生气。"

"工作上的事情还不让抱怨?他还为这个生你气啊?"

"不是的,他不是生我的气,他是生我们主管的气,他认为是我们主管把我惹生气了。他当时都快把我吓死了!他让我把我们主管的电话号码给他,说要教训我们主管一顿,我感觉他简直就像要杀人一样。我劝了他好久才让他平静下来。再后来,我都不敢和他提工作上的事了。"

"看来他比较在乎你,就像孙琦一样。"

"不一样,孙琦比他冷静很多,吴飞有的时候比较偏执,这可能和他的强迫症有关吧,他做事情总是追求完美,这种完美我是接受不了的,和他在一起,我压力好大,心好累。"

"张女士,你和吴飞相处有一年多的时间,对他的个人生活,你应该很了解。除了你之前提到的朋友,吴飞还有哪些朋友,和谁交往多一点儿?"赵云飞问。

"吴飞虽然家里很有钱,但是他并不像那些有钱人家的孩子那样贪玩,我甚至觉得他有点自闭,认识他一年多了,他的朋友就周五晚上喝酒的那几个,他没有太多的社交。除了周末会和我出去逛逛,他平时基本上就待在家里。而且即使在家,他也不看电视或者玩游戏,他喜欢看书、看股票,要不就是健身。和他在一起,我其实觉得很无聊,他在书房看书,我就在客厅看电视或者玩手机。有时候电视声音大了,他还嫌我吵,有时候还嫌我乱放东西,连我掉在地上的头发他都怪我不及时清理,后来我和他吵了一架就搬出来了。之后我和他约定好,平时我过我的,他过他的,互不干扰。他想我就来找我,周末我会去找他。他竟然还答应了。也就是在那段时间,我认识了孙琦。"

赵云飞听完之后忍不住笑了:"吴飞这小子是真正的学霸啊,都工作了还这么玩命地学习,难怪他们行长对他那么满意。"

"是啊,在我看来孙琦也算是很努力的人了,也很自律,但是和吴飞比起来真的差了很多。孙琦的同事都说他过得像机器人,其实吴飞才像机器人:周一到周四,白天工作、晚上学习,周五工作一天后,晚上和好友聚会,周末回家吃一次饭,其他时间和我在一起。周末和他出去玩,我都觉得在浪费他的时间。"

"这么努力的人,谁会和他有什么深仇大恨呢?"宋雪感叹道。

赵云飞站了起来,在房间里来回地踱步。过了一会儿,他突然停了下来,转向张莉:"他每周都是和相同的人聚会吗?"

张莉点了点头:"是的,他的朋友其实不多,每周一起聚会的就那几个。"

"他的那几个朋友我们也接触过,感觉和吴飞不像是一个圈层的人。"宋雪说。

张莉苦笑着说:"我和吴飞也不是一个圈层的人,不照样当了他的女朋友?"随后她又感叹道,"其实吴飞这个人对朋友很仗义的,他不会因为你的家境不如他而瞧不起你,毕竟夏阳和他家境相同的人也不多,他每次聚会喝酒的那家酒吧还是他出钱给他朋友雷海开的。"

"吴飞和他这个朋友发生过矛盾吗?"赵云飞问。

"应该没有吧,雷海和他老婆就像吴飞的亲哥哥和亲嫂子一样,他们对吴飞很好,吴飞也很尊重他们。听吴飞说,雷海以前是混黑道的,救过他,所以他一直很感激雷海。还有两个朋友,一个叫宋伟,是吴飞高中时候的同桌,人比较老实,现在在开烧烤店,周末的时候吴飞经常会带我去那里吃烧烤。另外一个叫顾樊,这个人我不太喜欢,看起来好凶。吴飞之前因为投资的事情还和他吵过。对了,那天我去酒吧接吴飞的时候没有看见他,之前他都在的。"

"这个姓顾的是干什么工作的?"宋雪问。

"也是做生意的吧,具体干什么我不太清楚。听说最近要开一家汽车修理厂。之前他找吴飞投资过,吴飞亏了快八十万,这次他让吴飞投两百万,吴飞没有答应。吴飞说他不答应不是因为舍不得钱,而是顾樊根本没有商业头脑,还贪玩,做生意是不可能成功的。"

"你有这个顾樊的联系电话吗?"赵云飞问。

"没有,这个人雷海比较熟,你们可以向他打听。难道顾樊与吴飞的死有关?"

"有没有关,得调查了再说。希望你提供的都是可靠的信息。"赵云飞说。

张莉双手一摊,无奈地说:"我现在还有必要骗你们吗?"

夏阳的酒吧街全长约一公里,清一色的民国建筑风格,白天的酒吧街仿佛空城般寂静,除了拍婚纱照的情侣,见不到多余的行人。

雷海的酒吧位于酒吧街的中间,是一栋两层的独栋别墅,名为"飞海酒吧"。赵云飞和宋雪到的时候,雷海正在店门口等着两人。

看到赵云飞之后,雷海立刻伸手迎了上去:"赵警官,您好,久仰大名!"随后他又笑着喊了宋雪一声"美女警官",握手打招呼。

酒吧内部光线较差,雷海将两人带到了二楼的露台。

赵云飞和宋雪刚坐下,雷海就迫不及待地开口了:"赵警官,你们是不是有了新的线索?只要能抓到害死小飞的人,你们让我干什么都行。"

"我们想向你打听一个叫顾樊的人。"赵云飞说。

"顾樊?小飞的死和他有关吗?"雷海立刻站了起来。

赵云飞示意雷海坐下:"你别激动,有没有关还得调查,你先说说他。"

雷海抓了抓头,坐了下来。

"我年轻时不懂事,在社会上瞎混,和顾樊拜了同一个老大,和他一起去打架,一起被人打,也算是出生入死的兄弟,他还为我挡过刀。他这个人还算比较讲义气。"

"吴飞和他熟吗？"

"熟啊，吴飞上初中的时候我们就认识了，不过顾樊这小子私下里总是找小飞借钱，而且基本上都不还的，小飞也不说什么，毕竟大家都是兄弟。去年顾樊做生意，让小飞投了点钱，差不多八十万，结果全亏了。我后来和小飞说，不能再借钱给顾樊了，因为他根本不会做生意，只会烧钱。上个月，顾樊又找到小飞，让小飞投资一个项目，搞汽车维修和改装的，他说北城那边的大仓库都租好了，就等小飞投钱了，张口就要两百万。小飞家虽然有钱，但也不是提款机啊。小飞没答应，顾樊骂他不讲义气，两人还吵了一架。后来小飞也跟我说了这事，我说不用管他，顾樊那小子不记仇，过两天就忘了。说到顾樊，我想起来了，小飞生前我们最后一次喝酒，我想约顾樊过来的，结果这小子信息也不回，电话也不接……"雷海的脸色突然一变，"小飞死后我就没联系上顾樊了！不会真的是这小子杀了小飞吧！他……"

赵云飞打断了他："别激动。描述一下顾樊这个人，外貌、性格，以及兴趣爱好。"

雷海的手有些微微发抖，他咽了咽口水，说道："顾樊人高马大，和小飞差不多高，他小时候练过武术，身体素质非常好。他性格比较暴躁，平时喜欢玩车，对车很懂。"

"他住在什么地方？"

"夏阳山北边的一个小区里。"

"雷老板待会儿有事吗？如果没事，能不能带我们去见一见这位顾樊先生？"赵云飞问。

"可以，我没事，只要能抓住杀死小飞的凶手，我酒吧不开业都行。要不要我先打个电话问问他在不在家？"

"先别打，到了之后再说。"

雷海开着一辆白色的路虎发现在前面带路，赵云飞和宋雪跟在后面。过了大约五十分钟，他们驶入了一个名叫"夏阳北苑"的小区，里面是清一色的淡紫色外立面的六层洋房。

停好车后，雷海带着两人朝小区里面走，边走边介绍："这是一个回迁小区。顾樊有个亲戚拆迁分了几套房子，顾樊租了其中一套。"

"这里离市区挺远的。"宋雪说。

"是啊，但是没办法，这小子以前住市里的，后来做生意亏了不少钱就搬这儿来了。所以说，他哪儿会做什么生意！"

"顾樊结婚了吗？"宋雪又问道。

"没有，这小子脾气不太好，谈了几个女朋友，最后都分手了。"

"现在你可以打电话给顾樊了。"赵云飞说。

雷海掏出手机，连续打了几个电话，均显示对方已经关机。

"小飞出事前的那次聚会，我打电话给顾樊，当时电话里就说对方已关机，想不到现在还是关机。赵警官，顾樊该不会是杀了人跑路了吧？"

"我们先去顾樊住的地方看看。"赵云飞说。

"好，我来带路，顾樊住的那栋楼在小区最后一排。"

穿过简易的绿化带和三排洋房之后，雷海带着赵云飞和宋雪来到了最后一排靠马路的一栋楼的六楼。

到顾樊家门外的时候，雷海已经有点儿喘了，他不好意思地看着两人，解释道："平时坐惯了电梯，爬个六楼感觉就像爬夏阳山一样。"

宋雪敲了敲门："有人在家吗？"

并没有人应答。

"大白天的，也许顾樊出去了。"雷海说。

宋雪问："雷老板，您刚才说顾樊是租的他亲戚的房子，他的亲戚您认识吗？"

雷海摇了摇头："顾樊家我是来过几次，但是我没有和他的亲戚接触过，不过我记得顾樊好像说过，他亲戚家拆迁分到五套房子，他对面那套房子也是他亲戚的。"

赵云飞敲了敲对面的门，但是也没有人应答。于是，三人一起下楼，宋雪敲了敲楼下那户人家的门，里面传来了一个女人的声音："来啦！"

开门的是一个中年女人，穿着睡衣，当她看到赵云飞三人后，皱起眉头问道："你们是什么人？"

宋雪掏出证件，微笑着说："大姐您好，我们是市刑警队的，有点儿事想麻烦您。"

"你们是警察？有什么事吗？"女人有点儿紧张。

"大姐，我们想问一下，您认识楼上住的那户人家吗？"

听到问楼上那户,女人的语气立刻变了:"谁敢认识那个神经病啊?!那人真是没有素质,特别吵,晚上看电视声音开得死大而且看到好晚,经常吵得我和我老公晚上睡不好。有一次我老公想找他谈谈,结果差点儿被他打了……"

赵云飞打断了她:"那个人长什么样?"

"个子挺高,估计有一米八,长得很凶很壮。"

"雷老板,麻烦你把顾樊的照片给这位大姐看一下。"赵云飞说。

雷海掏出手机,打开相册,翻出了和顾樊的合影,随后递给了那个女人。

"对,就是他,就是他!你是他朋友吗?他犯法了吗?怎么警察会……"

"大姐,这两天您有没有见到他?"宋雪问。

女人摇了摇头:"平时白天我们很少见到他的,不过这些天楼上安静了很多,听不到任何声音。不知道是不是他表舅跟他讲了,之前我们和他讲没有用,就找到了他表舅,他这个房子是租他表舅的,他表舅就住在我们小区,我们以前都是一个生产队的。"

"您说的这些天是多久?"赵云飞问。

"应该有半个月了吧,我们这回迁房楼板隔音不好,我觉得他应该这半个月都没回来,不然不可能一点声音都没有的。"

"他表舅住在哪一栋?您有对方的联系方式吗?"

"他电话我没有,你们直接去他家吧,他天天都在家的。他住在5栋301。这小伙子不会出什么事了吧?"

"我们也在调查,谢谢您的配合。"

顾樊的表舅姓王,大约五十岁,听到赵云飞等人的来意之后,他不停地叹气:"我也在到处找他,他都欠我半年的房租了,说月底给,结果现在人都不知道跑哪儿去了,电话也联系不上。房租是小事,都是亲戚,我主要怕他人出事。"

"王先生,您能联系上顾樊的爸妈吗?"宋雪问。

"没用!"顾樊表舅摆了摆手,"顾樊他爸妈在顾樊小的时候就离婚了,现在两人都在外地,也早都结婚了,他们是不管顾樊的,顾樊也从来不和他们联系。"

"王先生,顾樊租的是您的房子,您有那房子的钥匙吗?"

"没有,一共六把钥匙我全给他了。"

"好吧,那我们只能想其他办法进去了。"赵云飞叹了口气。

"我和你们一起过去看看,不知道那个房子被顾樊弄成什么样了。"

来到顾樊所住楼层之后,赵云飞瞄了一眼楼道上方卫生间的小窗户,用手拉了拉,随后又用力掰了掰,但是窗户纹丝不动,他看到窗户被钢钉从里面给封住了。

"这个小窗户看来是进不去了。"赵云飞说。

"需要撬锁吗?"顾樊表舅问。

"暂时不用。王先生,麻烦您和我去一下隔壁那个单元。宋雪，你和雷老板在这里等我。"

"赵警官，您不会是要从隔壁爬进去吧？"雷海问。

"隔壁的空调机位和我家是连着的，有一个小平台，可以过来，不过窗户如果反锁的话就进不去了。"顾樊表舅说。

"进得去，这种塑钢窗用力一拉就可以把锁扣拉断。希望那扇窗户没有被钉子封住。"

几分钟之后，顾樊家的入户门打开了，赵云飞出现在门口："还好顾樊没有反锁，不然我从里面也打不开。"

宋雪和雷海一起走了进去。顾樊住的公寓是两室半的设计，和夏阳市的其他回迁房布局差不多，卫生间位于入户门的左侧，往里走是客厅，客厅的左侧为两间朝南的卧室，右侧是一个小房间和厨房。公寓的装修很简单，白色的墙面和天花板，地上铺着深色的强化地板。公寓里家具不多，客厅只有一张三人位的黑色沙发和一张黑色茶几，茶几上有两罐没有开封的啤酒和一袋卤菜。

宋雪小心地拨了拨卤菜的塑料袋，皱着眉头说："这猪蹄都发霉了，应该买来很久了。"

雷海看了看袋子，笑着说："顾樊这小子从我认识他起就特别爱吃卤猪蹄。"

赵云飞走进厨房，瓷砖台面的橱柜上放着一桶方便面，上面用碟子盖着。赵云飞拿开碟子，发现里面是一碗泡好的方便面。随后他又检查了卧室和卫生间。

这个时候,顾樊的表舅走了进来:"我来看看顾樊把我房子糟蹋成什么样了!"

赵云飞问道:"王先生,您最后一次见到顾樊是什么时候?"

顾樊表舅想了想:"大概半个月前吧,我记得那天傍晚他提着一小袋卤菜和两罐啤酒,他跟我打了招呼,还说房租月底就给我,结果后来就再也联系不上他了。"

"您看看是不是那包卤菜?"赵云飞指了指客厅的茶几。

顾樊表舅看了一眼,连忙点头:"对对对,就是这包卤猪蹄,从我们小区门口那家老李卤菜馆买的。"

"我也想起来了,顾樊是半个月前和吴飞闹翻的。"雷海说。

"很有意思。"赵云飞看着天花板,嘀咕了一句。

"赵云飞,夏阳那么多警察,就你喜欢多管闲事!你想当夏阳的救世主吗?我让你最后一次听听你老婆的声音……"

"云飞……你要小心……"

"听到了吧,这就是得罪我们宋总的下场!"

"楚楚,楚楚!"赵云飞疯狂地嘶喊,但是电话那端已经没有了声音。

"飞哥,你没事吧?"

赵云飞猛地睁开眼,发现宋雪正紧张地看着他。

"没事,刚刚睡着了。"赵云飞揉了揉眼,站了起来。

"你要不要再休息会儿,昨晚你基本上都没有睡。"

"不用了,移动公司那边查得怎么样?"

宋雪拿出一张打印的地图："移动公司根据基站接收到的信号，查出顾樊最后一次通话的位置应该是在城北的这片区域，之后基站就接收不到信号了。"

"干得不错，我们现在出发！"

上车后，宋雪微笑着看着赵云飞："飞哥，你饿不饿，要不咱们先吃点东西？"

看着宋雪那两颗俏皮的小虎牙，赵云飞也笑了："每次你一提醒我吃东西，我就饿了。附近一家土菜馆不错，我请客。"

赵云飞和宋雪打仗般地解决完一个火锅和两个小炒之后，立刻动身前往城北。

车门刚关上，宋雪就开始抱怨："飞哥，刚才吃饭的时候周围的人太多了，你不让我说，我可憋死了。"

"现在没人了，有什么你尽管说。"

"我有一个重大发现，之前在警队的时候忘记告诉你了。顾樊的通话记录显示，3月9号那天晚上七点左右，顾樊有一次通话。我查了下对方的号码，你猜来自哪里？"

"新疆？"

宋雪竖起了大拇指："猜得真准，就是新疆，来自乌鲁木齐市。但是这张卡是实名登记之前办的老卡，没有持卡人信息。"

"你认为顾樊和新疆人一起绑架了吴飞？"

"有可能吧，我也不敢肯定，上次我还认为凶手是孙琦呢。但是有几处巧合，首先顾樊是在吴飞死之前失踪的，另外雷海说顾樊曾经因为投资的事情和吴飞翻脸，他想要吴飞投资的金额是两百万，刚好凶手要的赎金是价值两百万的黄金。雷海不是说过顾樊这个人心狠手辣吗？"

赵云飞点了点头："这两点确实让人怀疑，但是从案发过程和案发现场来看，整个过程非常有条理，只有思维缜密、头脑冷静的人才能有这样的安排。这种性格应该会在生活中反映出来，但是刚刚在顾樊家，可以看出这个人的生活作风还是比较粗犷的，另外他的性格也比较冲动。如果他真的参与了，那么他应该也不是策划人，背后可能另有其人。"

"飞哥，有时候一个人是很多面的，生活上粗犷不代表干什么都粗犷，顾樊可能也有鲜为人知的一面。"

"你说得也有道理。"

赵云飞说完，和宋雪各自陷入了沉思。

两人来到北城区的时候已经是下午五点多了，太阳已经开始西下，但这丝毫阻挡不住夏阳北城如火如荼的房地产开发热情，大大小小的建筑工地仍然在紧张地施工之中，高层住宅和各色写字楼都在争先恐后地拔地而起，不远处热电公司的双曲线冷却塔正在缓缓地吐出热蒸汽。

"飞哥，这片交叉的区域也不算小，咱们上哪儿去找？"

"你还记得雷海说过顾樊找吴飞投资两百万的事情吗？"

"记得，我还记了。"宋雪赶忙掏出小笔记本迅速翻页，"找到了，他说顾樊要开一个汽车维修厂，地点是在……北城！难道是在这片三角区域？"

赵云飞点了点头："你少记了一条，雷海说顾樊把大仓库都租好了。"

"是的，我把大仓库给忘了。所以咱们只需要找找这一片有没有大仓库！"

"大仓库还是比较好找的。"

很快两人就来到了地图上标记的三角区域，该区域是由自建房和小型工厂等各色建筑组成的混合区域，和四周不远处整洁美观的高层住宅小区形成了鲜明的对比。两人通过走访和排查，最后在一家废弃的工厂里找到一个大仓库，仓库的红色大门上方贴着招租的电话。

"飞哥，其他能找到的仓库都已经在用了，只有这间似乎是空的，但是上面贴着招租，难道我们找错了？"

赵云飞没有回答宋雪的问题，而是掏出手机拨打了招租的号码，大约十来秒之后，有人接了电话。

"您好，我的一个朋友找我借钱租了你的仓库，说是要办修理厂的。我今天过来看仓库，怎么发现仓库还在招租啊？我想确认我朋友有没有骗我。"

赵云飞停顿了片刻，随后又说道："我知道合同是要保密的，你只需要告诉我签合同的人是不是单名一个樊字就行了，香港演员樊少皇的樊……好的，谢谢。"

宋雪朝赵云飞竖起了大拇指，笑着说："飞哥，你刚刚演得真像！怎么样，顾樊租的是不是这个仓库？"

"就是这间大仓库，开汽修厂绝对够宽敞！"

仓库位于整个厂区最里面的位置，厂区四周的围墙比较高大，而且南北两侧还各种着一排高大的水杉树，将两边的自建房牢牢地隔绝在外。厂区的大门两边横纵各有一排平房，目前都还是空置状态。

"飞哥……"

赵云飞示意宋雪不要说话，随后他将耳朵贴在仓库的红色大铁门上。

"里面有声音。"

宋雪也学着赵云飞的样子将耳朵贴在了门上，听了一会儿，她点了点头，小声问："难道里面有人？"

赵云飞用力敲了敲铁门，大声喊道："里面有人吗？"

没有人应答。他接着又敲了几遍，仍然无人应答，但是里面的声音还在继续响着。

宋雪指着仓库上方打开的气窗，问道："飞哥，我们要不要翻进去看看？"

赵云飞看了一眼卷闸门上的锁，说道："不用那么麻烦，这种锁我可以打开。"

赵云飞从仓库周围找到一根旧铁丝，随后用铁丝打开了卷闸门上的锁。门开启之后，里面的声音变得更加清晰了。

"像是吹风机的声音。"宋雪说。

两人走进空旷的仓库，里面除了一辆经过改装的白色丰田86跑车，什么也没有。仓库里面有一个被隔出来的房间，声音正是从这间屋子里传出来的。两人小心翼翼地靠近房间。

房间门是开着的，里面没有窗户，漆黑一片，宋雪掏出手机，打开了手电。

"好臭啊！不会……"随着手机光源的移动，宋雪突然大叫一声，然后哭着抱住了赵云飞。

摔落在地上的手机背面朝上，灯光可以隐约照亮整个小房间。

"宋雪，你……"赵云飞还没有说完就看到了前方一张靠背椅上坐着一个人，这个人的双手以倒八字的形式举起靠在墙上，瞪着眼睛看着两人，脸上沾满了血，张着血盆大口。墙角的一台大型黑色电扇斜对着这个人，不停地吹着猛烈的风。

赵云飞看着尸体，说了两个字："顾樊。"

"刚刚吓死我了！"

宋雪松开双手，擦去脸上的眼泪。

赵云飞捡起手机，递还给宋雪："现在怎么样？还敢不敢和我一起检查尸体？"

宋雪咬牙点了点头，将手机的光束再次对准尸体。

赵云飞戴好一次性手套后，关掉了电扇。近距离观察，他发现死者两只手的十根手指全部被连根切掉了，只剩下光秃秃的手掌，而掌骨又被钢钉深深地钉入了墙中。死者嘴角两侧分别被刀划穿且下巴脱臼，看起来下面半个下巴就像是挂在嘴上的，另外舌头也被割掉了。死者口腔渗出的血液被风扇吹得满脸都是且风干了，像是刷上了一层深红色的油漆。赵云飞在死者脚下发现了被切掉的手指和干枯萎缩的舌头。

"飞哥，我还以为顾樊是凶手呢！真没想到他也死了，而且死得这么惨！"

"顾樊很有可能是在吴飞死之前被杀的，具体死亡时间还要等待法医尸检。"

第二章 猫和老鼠

手术刀

2017年3月27日　星期一

卢辉异常严肃地环顾了会议桌四周的人，随后清了清嗓子："兄弟们，一个月内三起刑事案件，现在对于咱们警队来说压力很大。虽然市里的主流媒体没有多少报道，但是网上已经传开了，有人说咱们夏阳最近出了杀人狂，还有人说血族[1]死灰复燃，要来复仇了，闹得人心惶惶，市民也不停地打电话到警队。我们现在唯一能做的就是抓紧破案。老吴，尸检结果出来了吗？"

法医吴秀点了点头，开始汇报："死者的死亡时间应该是在两周前，那个仓库通风很好，比较干燥，加上风扇一直吹着，尸体腐烂得并不严重。死者的头部被钝器所伤，直接死亡原因

---

[1] 指前文提到的邪教案中的不法邪教团体。——编者注

为颅内出血。死者的下颚像是被外力拉扯脱臼，嘴角两侧、口腔里以及手指上的伤口切口非常整齐，是被锋利刀具切开的。"

"老吴，你认为什么样的人能切出如此整齐的刀口？"赵云飞问。

吴秀摇了摇头："这可说不好，我个人觉得可能是有医学基础的人。死者手指的断面全在关节之间，但是骨头却没有受到多大的破坏，凶手应该对人体解剖很熟悉。"

"我觉得吴飞、孟向明和顾樊三个案件之间很有关联！"赵云飞突然说道。

卢辉满脸疑惑地看着赵云飞："老赵，你的意思是咱们遇到的这三个案件是连环杀人案？"

赵云飞还没来得及回答，宋雪便开口说道："卢队，我也认为这几起案子之间有联系。孟向明的车是在吴飞遇害的废弃工厂发现的，另外顾樊和吴飞又彼此认识。"

卢辉摇了摇头："光认为不行，破案得讲证据。"

"新疆！"宋雪说完看了看其他人，见大家一脸茫然的样子，于是她接着解释道，"之前买买提说是一个说着维吾尔语的黑衣人让他给吴永强送信的，而顾樊失踪前接到的电话刚好也来自新疆。"

"这又能说明什么呢？一个新疆籍的犯罪团伙？现在的电话卡花点钱哪儿的都能买到。"卢辉摇了摇头。

"专业！"赵云飞补充道，"凶手极其专业，两起案件都能看出凶手有着极强的反侦查意识，现场都提取不到清晰的指纹和脚印，也没有留下任何可以利用DNA分析的东西。上次的越野车可能并不是巧合，而是凶手故意留下来的。另外，孟向明和顾樊死前都接到过陌生电话，虽然不是同一个号码，但是一个号码是盗用的，另外一个是非实名号码。"

"可是凶手为什么要杀死这三个人呢？吴飞和顾樊倒是认识，但是孟向明和他们之间没有任何交集啊，为什么他们三个都死了？"大牛说。

"吴飞是被钢箭射死的，吴永强也损失了价值两百万的黄金，孟向明晚上死在夏阳山后山，顾樊死在北城仓库，没有目击者，没有监控，没有指纹，没有脚印，什么都没留下。如果是同一伙人干的，这伙人到底是什么样的人？怎么会这么厉害！作案手法简直天衣无缝。"小松不住地叹气。

随后大家开始了激烈的讨论和分析，但是都无法合理解释三人被害的原因，整个会议室再次陷入了沉默。最后在赵云飞的一再要求下，卢辉决定将三起案件并案调查，成立由赵云飞负责的专案组，有任何消息第一时间向他汇报。

分配好任务后，赵云飞一个人来到了警队大楼的顶楼露台，以前破案遇到瓶颈的时候，他总喜欢独自在这里沉思。

天色已黑，城市中明亮的灯火却像是在故意延续白天的精彩。

"云飞，你不要着急。你总说凶手杀人肯定是有原因的，那么凶手杀死吴飞他们三个人肯定也是有原因的，你需要做的就是找出凶手为什么要杀死他们三个，他们三个之间是否存在你还不知道的交集。"

听到楚楚温柔的声音,赵云飞焦急的心平静了许多。他眺望着不远处市政广场的音乐喷泉,硕大的彩灯正富有节奏地闪动着。

赵云飞闭上眼睛,将自己置身于三起案件的现场,努力去还原案发现场的每一个细节,以及之后和每一个人接触的场景与对话。就在他脑海中浮现出孟向明的书法作品的时候,耳畔突然传来了一个响亮的声音——"飞哥!"

赵云飞睁开眼睛,发现宋雪正站在自己旁边,不停地喘着粗气。

"飞哥,终于找到你了,你怎么跑这儿来了?"

赵云飞没有回答,而是直接问道:"宋雪,你还记不记得那天我们去孟向明家的时候,我问起他家客厅里的书法作品?"

"我记得你说他的书法写得很好,另外孟向明的爱人说孟向明以前是当老师的……"

赵云飞接着宋雪的话说道:"孟向明在夏阳八中教过书,带过三届学生,还多次被评选为市级优秀班主任。"

"可这和案子有什么关系呢?"

赵云飞掏出手机,拨通了一个电话。几分钟之后,他挂掉了电话,然后说了一句"吴飞曾在八中读书"。

宋雪激动地看着赵云飞:"想不到吴飞和孟向明竟然都是夏阳八中的!说不定两人还是师生关系呢。"

"吴永强对孟向明没有印象,不过他也说他和吴飞妈妈生意忙，吴飞学习又好，他们从来不过问他学校的事，和老师也从来不联系。是不是师生关系，我们现在还没法确定，得明天去一趟八中才行。"

赵云飞到家后发现还没到九点，于是他决定出门走走。当时买下这套房子的时候，周围还非常偏僻，道路也很安静，没想到短短几年过去，附近能开发的土地全都被盖上了房子，沿街数不清的大小店铺为死气沉沉的街道注入了不少生机。赵云飞刻意避开大路，走进了一条没有店铺的新修小路，单侧的昏暗路灯努力守护着最后一丝宁静。

"云飞，你今天是不是梦到我了？"

"我梦见你被……"

"放心吧，现在没有人能伤害我了。以前我总希望能在晚上的时候和你一起出来走走，但是你总是很忙。"

"楚楚，现在我可以天天陪着你。那里以前是两排四层的旧楼，里面有一家面馆的羊肉面很好吃，你还记得吗？"

一阵叫骂声打破了小路的宁静，赵云飞转过身，看见一个背着书包的少年正在拼命奔跑，后面四五个少年穷追不舍，他们的手里都拿着棍棒。

赵云飞迎上前去，一把拉住背书包的少年："小伙子，怎么了？"

少年十三四岁的模样，嘴角边流着血，他惊恐地看着赵云飞："叔叔，你救救我，他们要打死我。"

赵云飞还没来得及回答，那帮少年已经来到了他们的面前。赵云飞将那个少年挡在身后，打量着眼前的几个人。他们也都是十几岁的年纪，但是穿着却流里流气的，属于典型的不良少年。

一个留着长发的少年拿着一节钢管指着赵云飞："大叔，不要多管闲事，不然连你一起打。"

赵云飞听了又好气又好笑，他摇了摇头，微笑着说："小兄弟，你们这是在拍电影啊！你们知道咱们国家是法治社会吗？"

"有种你报警啊，警察来之前，我保证你腿先……"

长发少年话还没说完，手中的钢管就已经被赵云飞夺走了，随后脸上挨了一记响亮的耳光。

赵云飞厉声斥道："小小年纪，没大没小！"

长发少年摸了摸脸，退后了一步，吼道："兄弟们，打死他们！"

几个少年挥舞着手中的武器，一拥而上，但是很快被赵云飞一一放倒在地。长发少年一边痛苦地呻吟，一边恶狠狠地威胁道："如果让我大哥知道了，他一定会带人砍死你！"

"那你们大哥一定知道，袭警的后果是很严重的。"赵云飞亮出警官证，随后打了电话报警。

刚刚还很嚣张的几个少年立刻认怂，不停地道歉，希望赵云飞能放他们走。赵云飞看着他们，语重心长地说了一句："相信我，你们以后会感谢我的！"

在派出所录完口供后，赵云飞重新回到了原来的小路，坚持陪楚楚逛了一大圈。

2017年3月28日　星期二

晨会之后，赵云飞和宋雪立刻前往夏阳八中的新校区。

下车的时候，宋雪指着校区后方不远处的两栋建筑惊叹道："飞哥，吴飞家不就在那儿吗！想不到吴飞住的地方离他以前的学校这么近！"

赵云飞顺着她手指的方向望去，随后说："吴飞上学的时候八中还在老城区，这个新校区是三年前建好的。"

夏阳八中的教导主任王景弘老师接待了赵云飞和宋雪。

"王主任，最近我们正在调查一个案子，想麻烦你们学校这边提供点儿信息。"

"赵警官，您放心，我们学校绝对配合。你们需要什么信息？"

"我们想打听贵校的一名老师，准确说，是贵校五年前的一名老师，名叫孟向明，后来辞职了。不知道您认不认识？"

王主任笑着摇了摇头："真不好意思，我是四年前来八中的，这位老师我还真不认识。这几年八中不少优秀的老教师都被其他学校挖走了，从几年前一直工作到现在的……我想想，对了，你们可以问问教历史的许国庆老师，他研究生毕业后就一直在八中工作，现在应该算是我们八中工作时间最长的老师，有十几年了。他可能会认识你们说的那个孟向明。"

王主任随后带着两人去了教学楼,见到许国庆老师的时候,他正在上课。透过走廊的窗户,赵云飞可以看出该老师四十岁左右,个子不高,但是上课慷慨激昂,下面的学生听得很是陶醉,时不时发出一阵欢笑。

许国庆老师下课后,王主任给几人安排了一间办公室。

"许老师,刚刚在教室外偷偷听了您的课,受益匪浅,仿佛回到了高中。"赵云飞说。

"赵警官过奖了,我们教历史的和以前说书的其实没有什么区别。两位警官找我想了解我们八中的哪位老师呢?"

"孟向明,孟子的孟,方向的向,明天的明。"宋雪说。

许国庆老师笑着点了点头:"老孟我肯定认识,2003年的时候,我们一起进的八中,后来他下海做生意,现在是我们夏阳……"说到这里,许国庆老师突然停了下来,"老孟该不会出什么事了吧?"

"他不久前遇害了。"赵云飞说得直截了当。

许国庆非常震惊:"什么时候的事?上个月我一个亲戚买房子,我还找他帮过忙呢!"

"他是上周六晚上遇害的。案件的相关细节我们不方便透露,我们希望您能提供一些他之前在学校教书时的情况,越详细越好。"

许国庆点了点头,吃惊的表情仍然僵在脸上没有褪去:"你们想了解他哪方面的情况?"

"教学,和同事的关系,等等。"赵云飞说。

许国庆喝了口水，清了清嗓子说："老孟和我同年，比我大两个月。当年我研究生毕业后考到八中，他是在其他学校工作几年后跳槽过来的。在办公室里，我们两个的办公桌刚好面对面，他教语文，我教历史，我们平时交流得比较多。没结婚前，我们俩经常一起喝酒吃饭。我记得他以前经常对我说他穷怕了，他以后的目标是做生意赚大钱，当老师只是暂时糊口。"

"他和同事之间关系如何？"赵云飞问。

"还好吧，都是当老师的，彼此间也没什么利益冲突，平时也就是上课备课。老孟他教学很优秀的，也很有才华。他那个房产公司虽然规模不大，可是他们的策划水平和销售文案在咱们夏阳可绝对是一流的。"许国庆边说边情不自禁地竖起了大拇指。

"他对学生如何？"

"他之前一直是当班主任的，对班里学生是出了名的严格，但是话又说回来，严师出高徒，不严学生怎么能出成绩呢！最终考大学还是要靠分数说话的。"

"他有没有和学生发生过冲突？"

许国庆摇了摇头："作为班主任，他是很严厉，经常训斥学生，但这个应该不能算冲突吧！老孟也是为学生好。我也没听说过哪个学生和他对着干的。不过，具体的你们如果能问他当年的学生，或许会了解得更详细。从2003年进八中开始，老孟一直都是班主任，他是2012年高考后走的，那年他们班里还有几个考上了清华北大呢。"

"他一进学校就当班主任了?"赵云飞问。

"是的,他之前有过三年的教学经验,而且也当过两年的班主任,所以高一的一个新班就直接交给他了。"

"许老师,您还记得一个叫吴飞的学生吗?他以前也是八中的。"宋雪问。

"没什么印象,每年的学生太多了,而且我也没当过班主任,不可能都记住的。你们可以去档案室里查查,学生的信息都录进电脑了,很容易查到。"

"许老师,您和孟向明也认识很久了,您觉得他为人怎么样?除了优点,也说说他的缺点。"赵云飞说。

许国庆面露难色:"人非完人,每一个人都有缺点……老孟他人都不在了,我觉得说他缺点不太好吧。"

"许老师,您和孟向明怎么也算多年的老同事了,您也不希望他无辜被害吧。让您说说他的缺点并不是在背后说他坏话,而是让我们对他更了解一点,可能有助于我们破案。"

许国庆犹豫了一会儿,点了点头:"好吧,当然这都是我个人主观的感觉,不一定正确。"

"没事,您说吧。"

"对于老孟的教学水平,我是百分之百地佩服和崇拜,但是有时候我觉得他有点儿势利眼。以前一起吃饭的时候,他就跟我说,对于家庭有背景的学生,不管家里是做官的还是做生意的,一定要多多关照,同时也要和家长保持一定的"黏度",说以后需要人帮忙的时候可以找他们。在八中这几年,他在学生家长中积累了大量的人脉,这也为他后来下海经商打下了基础。他辞职后开了家房产销售公司,赚的第一桶金就是以前一个学生家长介绍的。"说完许国庆老师尴尬地笑了,"我说的这些应该算不上他的缺点吧,更像是我在嫉妒他。"

赵云飞也笑了:"缺点应该算不上,只能说明孟向明先生是一个比较现实的人。对了,孟向明做班主任的这几年,他的班级里有没有发生过什么大事?"

"大事?"许国庆想了会儿,随后摇了摇头,"好像没有,如果有的话我肯定记得的,学校里能有什么事呢?我来八中这么多年,碰上最大的事可能就是学校搬家和老孟被害。"

"许老师,非常感谢您,不好意思耽误您这么多时间,后面如有需要我们会再联系您或者您想到什么就直接联系我。另外,您知道学校的档案室在哪儿吗?"

"知道,我带你们去。"

许国庆离开档案室不久又回来了。

"赵警官,我刚刚想到一件您说的大事。"

"什么事?您说来听听。"

"那是好多年前了,老孟班里的一个同学和本校高年级的学生因为感情问题发生了冲突,打了起来,当时差点儿闹出人命,派出所都来人了。老孟他们班的学生伤得不轻,家长还带人到学校闹过。"

"后来怎么样了?"

"打伤人的学生家在夏阳挺有势力的,家里花了些钱把事情压了下去。被打伤的学生据说后来转学了。"

"发生冲突的两个学生的姓名您有印象吗?"赵云飞问。

"这我就不知道了,但是我记得老孟班的孩子当时念高一,是2009级的,打伤他的学生当时念高三,你们在档案室应该能查到。"

通过档案室的计算机系统,赵云飞很快就查到了与孟向明和吴飞有关的所有资料。档案室的老师非常热情,不仅帮忙按照赵云飞的要求拷贝了和吴飞以及孟向明有关的所有资料,还将其中部分资料打印了出来。

离开八中之后,赵云飞和宋雪两人在车里就对资料进行了分析,但是经过初步对比之后,两人十分失望。

"飞哥,虽然吴飞和孟向明都是八中的,但是两人的时间对不上啊,吴飞是2007年到2010年在八中上的高中,而孟向明带过三届学生,分别是2003年到2006年,2006年到2009年,2009年到2012年,吴飞根本就不是孟向明班里的,而且教吴飞语文的也不是孟向明。咱们怎么才能查出吴飞和孟向明之间的交集呢?难道把这几届学生都问个遍吗?"

赵云飞没有回答,而是认真地阅读着孟向明所带的2009级学生的相关资料,过了一会儿,他突然问宋雪:"三个死者当中,一个是八中的班主任,一个是八中的学生,还有一个算是社会上的小混混,如果你是凶手,会是什么原因激怒你,导致你要杀死这三个人？"

宋雪被赵云飞突如其来的问题吓了一跳。

"如果我是凶手的话，我觉得……"宋雪想了一会儿说，"如果是由于当时校园里发生的事情导致我要杀他们的话，肯定是我被吴飞和顾樊欺负了，虽然我和吴飞不是一个班，但我知道他也是八中的，然后我就告诉了我的班主任孟向明，想让他主持公道，但由于吴飞家有钱有势，孟向明不敢得罪，后来就不了了之了。我因为这件事怀恨多年，最后实在受不了了，决定复仇，逐一杀死这三个人。"

"你还记得刚刚许老师说的校园斗殴事件吗？"

"记得，孟向明班里的一个学生和高年级的学生因为感情问题发生冲突并受了重伤。"

赵云飞指着资料中的一个名字说："这个叫樊磊的学生应该就是那个被打的，高一下学期的时候转学到了五中，斗殴事件发生的时候，吴飞刚好上高三。"

"难道和他打架的人是吴飞？吴飞找来顾樊一起打了樊磊？"宋雪问。

"我们还不能确定。我刚刚看了吴飞的高考分数，比他们学校一个考上清华大学的还要高，这样一个学霸会对自己学校的学弟这么狠吗？"

宋雪摇了摇头，笑着说："飞哥，学霸不代表温柔善良，学渣也不等于品行恶劣，张莉不也说过吴飞生气时挺吓人的吗！他还打过孙琦呢！说不定是他打过本校的哪个学生，导致这个学生一直怀恨在心,多年之后,这个学生碰巧遇上了吴飞,吴飞可能早已忘记了,但是这个学生还记得,于是打算杀人灭口。"

"你说得很像电影剧本,但也不是不可能。我们去找雷老板再聊一聊。"

听完赵云飞的介绍,雷海惊讶地不停地摇头:"不可能的,怎么顾樊也死了?我还以为小飞的死和他有关呢!这到底是怎么一回事啊?"

"雷老板,麻烦你仔细回忆一下,吴飞在八中上高中的时候有没有和本校的学生发生过冲突,而且顾樊也参与了?"赵云飞问。

"冲突?"雷海一时间没有反应过来。

"就是吴飞有没有和顾樊一起与他们学校的同学打过架?"

"小飞很少打……哦,有过一次,是打过。当时事情闹得还挺大的。"

"事情是什么时候发生的你还记得吗?我看了吴飞的高中档案,他上学的时候成绩是非常好的,真的很难把他和打架斗殴的孩子联系到一起。"赵云飞说。

"小飞很聪明,成绩一直很好的,他其实也不是那种喜欢打架斗殴的人,别人不惹他,他不会主动招惹别人,但是一旦把他惹生气了,那后果是很严重的。当年那个和小飞打架的孩子比小飞低两届,听小飞说那孩子总是骚扰他女朋友,结果把小飞惹毛了,然后小飞就喊上顾樊去教训那个学生了。本来我也准备一起去的,结果家里有亲人突然去世就没去成,后来我听顾樊说要不是他拉着,小飞估计要闹出人命来。那个孩子被打得都住院了,牙掉了好几颗。后来小飞他爸花钱找人把事情摆平了。"

"吴飞高中的时候就有女朋友了?"宋雪问。

"小飞初中就有女朋友了!那个女孩初中和小飞一个学校的,小飞和那个女孩一直谈到女孩高中毕业。但是后来那个女孩出国留学了想在国外发展,两人就分手了。"

"他女朋友也是夏阳八中的?"宋雪问。

"是的,她比吴飞小一岁,和那个被打伤的孩子一个班的。福江楼你们听过吧,咱们夏阳著名的老字号酒楼,开了好多家分店,都是那个女孩家的。还有那个四海酒店,也是她家的。我记得那个女孩高一的时候,吴飞已经高三快考大学了。那个女孩叫钱什么,好几年过去了,具体名字我都忘了。"

"是不是叫钱小丹?"赵云飞问。

"对对,是叫钱小丹,福江楼和四海酒店老板钱江龙家的千金,她当时可是八中的校花,长得比明星都漂亮,真的就是白富美。小飞和她分手也好,虽然小飞家比她家还要有钱,但是我觉得和这样的小公主在一起生活太累了。我倒是希望小飞能和张莉在一起,张莉是那种过日子的人,而且人长得也漂亮。"

"吴飞打架是哪一年的事你还记得吗?"

"2009年,那年刚好我爷爷去世。我还记得被打的那个孩子姓樊,因为我记得当时顾樊说过他和吴飞打了一个姓和他名字一样的人。"

"当时吴飞已经高三了,没有受到这件事影响吗?"

"完全没有,小飞这个人心理素质是很好的,另外也可能是因为家里有钱,根本不在乎。"

赵云飞随后又询问了雷海和吴飞之间的友谊,雷海说他和吴飞相识纯属巧合。吴飞刚上初一的时候有一次在上学的路上不小心撞到一个混混,就被那个混混领着一帮人围起来打,他和顾樊路过的时候看不下去救了吴飞,之后三人就经常在一起玩。他也是后来才知道吴飞家里是做服装生意的,很有钱。另外,吴飞这个人性格其实是有点儿孤僻的,可能是家里有钱的原因,平时不太主动和别人交往,通常都和外人保持一定的距离。

走出雷海的酒吧,宋雪打了个响指:"飞哥,我觉得那个樊磊目前嫌疑最大,他是唯一能和吴飞、顾樊以及孟向明建立起联系的人。"

赵云飞掏出手机拨通了一个电话:"老刘啊,在系统里帮我查个人,名叫樊磊,香港演员樊少皇的樊,三石磊,你现在就查,我等着。"

几分钟之后,赵云飞说了句"谢谢"便挂了电话。

"飞哥,怎么样?查到这个人了吗?"

"2010年的时候,樊磊改名为樊勇少;2012年的时候,樊勇少的户籍由夏阳迁到了新疆医科大学,现在户籍还在那边。"

"新疆医科大学？他是不是考大学考到了新疆啊？如果他学医的话是要上五年的，所以现在还没有毕业。我记得学医最后一年是要在医院实习的！他不可能从新疆赶回夏阳作案吧？"

"实习的医院不一定非要在新疆吧？你再让新疆那边的同志查一查樊勇少实习的医院，我们现在去一趟五中，看能否了解到一些情况。"

樊勇少高中时的班主任现在仍然在五中任教，名叫张德才，四十多岁。赵云飞和宋雪找到他的时候，他刚好没有课。

"张老师，您之前带过一个叫樊勇少的学生，您还记得吗？"赵云飞问。

张老师微笑着说："记得，勇少同学是2009级的，长得浓眉大眼，不仅和香港那个叫樊少皇的演员一个姓，连长相也有几分相似。"

"我们目前正在侦查一个案子，可能跟樊勇少有点儿关系，所以想向您了解点儿情况。"

"案子？"张老师皱起了眉头，"你们说说看。"

"樊勇少是在高一下学期的时候从夏阳八中转到五中的吧？"

"是的，八中在咱们夏阳可是省重点高中，一点儿也不比排第一的一中差，他转到我们五中，我这个班主任还是比较惊讶的，毕竟我们五中当时只是所普通高中。我问过勇少转学的事情，具体原因他也没怎么说，只说是因为搬家。我当时就非常好奇，我只听过为了上好学校搬家的，他这种因为搬家离开重点学校的，我倒是第一次遇到。"

"后来高考，樊勇少考上了新疆医科大学，他为什么要去那么远的地方读大学？"赵云飞问。

"对，他确实考的是新疆医科大学。在我印象中，我带过的学生当中，只有两个考的是新疆的学校，一个是我上一个毕业班的学生，考的是新疆石河子大学，另外一个就是樊勇少，新疆医科大学。当时我也问过他为什么要考到新疆去，他跟我说他想去一个远的地方读大学，新疆很远很大也很漂亮，所以就选了那里。他是2012年考的大学，学的是临床医学，要学五年，应该今年夏天毕业。勇少同学究竟出了什么事？"

"张老师，关于案子我们不能透露太多，具体情况我们还在进一步调查当中。如果樊勇少今年夏天毕业的话，那他现在应该还在新疆上学吧？"赵云飞问。

"医学院的学生最后一年是要在医院实习的。"

"张老师，在您印象中，樊勇少是个什么样的学生？"

"我对勇少同学的印象还是比较深刻的，这个孩子性格比较内向，很安静，也很聪明，学习成绩很好，兴趣也很广泛，电脑方面很厉害，会编程。我还记得当时高考填志愿的时候，他爸妈想让他学计算机的，但是他选择了学医。"

离开五中后不久，宋雪就收到了新疆那边传来的信息，樊勇少目前确实处于实习期，月底就要结束了，不过实习医院并不在新疆，而是在夏阳市第一人民医院。赵云飞和宋雪立刻前往第一人民医院。

经过询问,两人得知樊勇少目前正在骨科实习,去骨科科室之前,赵云飞先是询问了樊勇少此前实习的科室及实习时长,并去外一科了解了一些情况。

他们来到骨科科室的时候樊勇少正在做手术,两人等了将近一个小时。

第一眼看到樊勇少,赵云飞觉得他长得确实有点儿像香港演员樊少皇,仿佛穿上了白大褂的虚竹。樊勇少中等身高,留着短发,整个人看着很安静。

在骨科值班医生休息室,樊勇少接受了赵云飞和宋雪的讯问。

"樊医生,我们正在调查一个案子,需要向您了解点儿情况。"宋雪说。

"我只是个实习的学生,还不是真正的医生。"樊勇少说。

赵云飞观察着樊勇少的表情,他几乎没有任何波动,一直是一张冷漠的脸。

"你虽然还在实习,但同样是救死扶伤,这和医生没有本质区别。樊医生,顾樊这个人你认识吗?"赵云飞问。

樊勇少摇了摇头:"不认识,没听过这个名字。"

赵云飞拿出一张照片,指着照片中的人说:"这个人就是顾樊,你见过他吗?"

"没见过。"

"樊医生,2月底的时候,你是不是在外一科实习过?"

樊勇少点了点头，此时他的目光开始刻意避开赵云飞了。

"照片中的人2月底在外一科做过阑尾手术，蔡正弘医生主刀的，他当时带了两个实习医生上手术台，其中一个就是你。手术之后你还负责了这名病人的病历书写和日常换药。"

"医院的病人太多了，我不可能每一个都记得。"

赵云飞拿出另外一张照片，问道："这个人你认识吗？"

樊勇少盯着照片中的人看了大约两秒，然后摇了摇头："不认识。"

"照片中的人叫吴飞，是你以前的校友，算是你的学长。"

"我没什么印象。"

赵云飞语气突然加强："勇少同学，你是个聪明人，我不相信你的记忆力会这么差，你当年为什么会从夏阳的市重点高中八中转入普通高中五中，我想你一辈子都忘不了。麻烦你去趟警局配合调查。"

樊勇少突然变得很激动，满脸通红地质问赵云飞："他们两个出了事和我有什么关系，为什么要调查我？"

赵云飞笑着说："为什么你现在才想起问这个问题？另外，我们有提到他们两个人出事了吗？"

樊勇少看着赵云飞，顿时哑口无言。

审讯室里，樊勇少低着头，双手不停地搓着膝盖。

"勇少同学，我查过你的大学资料，成绩非常优异，而且实习期间的表现也很不错，你的带教老师对你评价都很高，我个人认为你以后一定会成为一名优秀的医生。我希望你能把你知道的所有情况都告诉我们。"赵云飞说。

樊勇少摇了摇头:"我什么都不知道。"

"刚才在医院的时候,你是怎么知道顾樊和吴飞出事的?"

"我猜的。"

"那你猜得挺准的,他们两个确实出事了,他们都遇害了。"

"他们死了,和我有什么关系?"

宋雪观察着樊勇少,发现他的语气之中并没有任何惊讶,于是进一步问:"2009年的时候,你的名字还是樊磊,你一开始是在夏阳八中上的高中,但是后来却转学到了夏阳五中,而且名字也改了,是因为之前发生的校园斗殴事件吗?"

樊勇少慢慢地抬起头,目露凶光。他恶狠狠地看着赵云飞和宋雪,突然吼了起来:"什么校园斗殴,那是校园暴力!是我被人打,不是我和别人打架!这些你们都区别不了,还当什么警察!"

宋雪有点儿不知所措,她没有预料到樊勇少会如此激动。

赵云飞看了一眼宋雪,随后看向樊勇少:"作为当事人,你能和我们透露一下具体情况吗?"

樊勇少捶着桌板,再次吼道:"我不想再提那件事了!他们的死和我无关!你们不要随便冤枉人!"

"勇少同学,你现在心情激动,我可以理解,但是你这样的态度并不能帮你洗脱嫌疑。目前三个死者都和你当年遭遇的那次事件有关,正常查案最后肯定都会查到你,你必须配合我们!"

"三个死者？怎么会有三个？不是只有顾樊和吴飞死了吗？还有谁死了？"

樊勇少睁大眼睛看着赵云飞，这次他没有吼。

"孟向明。"

"孟向明是谁？这名字有点儿熟悉。"樊勇少努力地回忆。

"你以前在八中上学时的班主任。"宋雪说。

"对对，难怪我有点儿熟悉。怎么他也死了？他到底想干什么？"樊勇少边抓头边自言自语。

"勇少同学，你刚才说的'他'是谁？"赵云飞问道。

"'他'？我没说'他'啊。"

赵云飞发现樊勇少看他的眼神开始有点儿涣散。

"勇少同学，这里有监控录像，你的一言一行都会被录下来，你刚刚说'他到底想干什么'。"

"可能是我说错了，我想说的是这个凶手想干什么。"

"勇少同学，我们不是想让你去回忆以前的痛苦，我个人也不希望你和案件有任何关联。所以我希望你能配合我们，坦诚地告知我们事情的经过，这样才能在案件侦破上帮助到我们。"

樊勇少看着赵云飞，竟然哭了起来，赵云飞和宋雪怎么劝都没有用，只能等着他自己消化。哭了一会儿后，樊勇少擦干了眼泪，随后突然骂道："都是那个贱人耍我！"

赵云飞和宋雪面面相觑，几乎同时问道："谁？"

樊勇少讲述了那个在他心里埋藏了七年的痛苦往事。七年前，他的名字还是樊磊，他是一个性格乐观、幽默的阳光男孩，以优异的成绩考入了夏阳八中。军训的时候,他被班级里的一个漂亮女孩吸引了。开学后,他没有想到那个女孩竟然就坐在他的前面,同时他也知道了那个女孩叫钱小丹。课间时,他利用自己的幽默与钱小丹套近乎,钱小丹似乎也很愿意和他交流。开学两个多月后,他忍不住给钱小丹写了一封情书。其实也不算是情书,他只是在信中表达了想和她一起携手并进的愿望和决心。一周后的周五放学时,他被两个高大男孩叫到了学校操场看台附近的一个偏僻角落。两人什么也没说就开始对他拳打脚踢,打了一会儿后,其中一个人拿出他写给钱小丹的信,说自己是钱小丹的男朋友吴飞,让他以后从钱小丹面前消失,否则见他一次打他一次。之后,吴飞和另外那个叫顾樊的继续暴打他,他们不仅打断了他两颗门牙,还逼着他将信和碎牙一起吞了。当时如果不是被本校的一名老师发现,他估计会被两人活活打死。之后他被送进了医院,牙断了两颗,肋骨断了两根并有轻微的脑震荡。事后他才知道,吴飞的父母是夏阳著名服装公司的老板,家里很有钱。吴飞家赔了一笔钱,但是没有任何道歉。学校那边也把事情压了下去,不让对外宣扬,校园严重暴力事件被描述成了情感纠纷导致的校园斗殴事件。他在家休养了两个多月,改名为樊勇少,名字寓意为勇敢的少年,是他自己要改的,为了和过去划清界限,开学后他直接转学去了夏阳五中。后来他八中的同学告诉他,钱小丹初中的时候就是吴飞的女朋友,高一开学的那段时间,钱小丹和吴飞吵架了,于是故意和他交往来刺激吴飞。那封信也是她亲自拿给吴飞看的，还说他总是有事没事骚扰她。受到那次事情的打击，他整个人的性格都变了，变得不再开朗幽默，也不和女生交往。大学几年，他从来没谈过恋爱，他怕再次上当受骗。

听完樊勇少的陈述，宋雪对他的遭遇很是同情，但是赵云飞却仍然很冷静。

"勇少同学，你在外科遇到顾樊的时候，认出他了吗？"

樊勇少点了点头："当然，他和吴飞两个人我一辈子都忘不了。"

赵云飞突然站了起来，走到了樊勇少的身边："勇少同学，我相信即使是现在，你也非常痛恨这两个人，不管你承不承认，你的人生轨迹因为他们发生了变化。"

"变化肯定是有的，但是也因为那件事，我找到了自己喜欢的职业，也去了自己喜欢的地方，我一点儿也不后悔。这可能就是命中注定的。"

赵云飞将手搭在樊勇少的肩膀上："勇少同学，你在新疆待了好几年，会说维吾尔语吗？"

"还行吧。"

"那能麻烦你帮我读一段维吾尔语吗？我的一个朋友前几天发给我的，我不知道是什么意思。"

"我可以试试。"

赵云飞掏出手机，打开相册，给樊勇少展示了一张写有一句维吾尔语的纸的照片。

樊勇少仔细看了看，随后读了出来并解释道："这句话的意思是里面只有一把车钥匙。"

"谢谢,维吾尔族文字看起来和阿拉伯语文字差不多。"

樊勇少将手机还给了赵云飞:"只是看起来像,但是两种语言差别很大的。"

"勇少同学,感谢你的配合,你现在可以走了。"赵云飞说。

"结束了吗?"樊勇少有点儿不可思议。

赵云飞点了点头:"后期如果有需要,我们可能还会麻烦你。"

"好的,那我现在回医院了。"

说完,樊勇少便匆匆忙忙地离开了。

"宋雪,对于刚刚樊勇少所说的,你有什么想法?"

宋雪托着腮,轻轻地咬着嘴唇:"樊勇少看着挺安静,但有事情刺激他的话会立刻变得很激动,刚刚他说的一句话我觉得很奇怪,飞哥你估计也发现了,他说'他到底想干什么'。我感觉他肯定知道些什么,但是故意瞒着我们。对了,你刚刚故意让他读一句维吾尔语,是不是想让那个买买提看看当时让他送信的是不是樊勇少?"

赵云飞摇了摇头:"送信的黑衣人肯定不是樊勇少,否则他读完那句话肯定会有所反应。但是,他肯定参与了!"

宋雪惊讶地看着赵云飞:"你怎么知道他肯定参与了?"

"我们再看一下那个药店的视频。"

赵云飞播放了从药店拷贝的视频,视频中的黑衣人走近摄像头的时候伸手拉低了棒球帽的帽檐。赵云飞将画面定格,随后慢慢放大。他指着画面中的人说:"刚才审讯的时候,通过樊勇少的细微动作,可以推测出他是左撇子,这个黑衣人当时也是用左手拉低帽檐的……"

宋雪打断了赵云飞:"用左手拉低帽檐不见得就是左撇子啊。"

赵云飞笑了笑:"我知道,我还没说完。虽然单凭这个动作不能判断黑衣人是不是左撇子,但是能肯定黑衣人就是樊勇少!"

"啊?!樊勇少就是那个黑衣人?怎么看出来的?黑衣人戴着黑帽子和黑口罩,监控也没拍到全脸。"

"你仔细看黑衣人的左手大拇指,能发现什么?"

宋雪盯着屏幕:"大拇指上好像有道伤疤。"

"樊勇少也有,而且位置完全一致。你还记得之前咱们去药店看监控视频的时候买买提说的话吗?他说两个黑衣人穿的鞋子不一样。当时我没太在意,现在想想,那天的黑衣人可能不止一个。"

"你的意思是那天参与吴飞案件的人都穿着黑衣服?"

"是的,买买提见到的黑衣人和后来塞钱的是两个人,这就是为什么买买提说两个黑衣人穿的鞋不一样的原因。"

"那咱们接下来怎么办?要不要把樊勇少给抓起来?"

"先别着急,不要打草惊蛇,我们还需要进一步搜集线索,刚刚只是试探。接下来还需要查什么,说说你的想法。"

宋雪想了会儿,说道:"我们得确定樊勇少也有同样的黑外套和迷彩裤。对了,还有视频中那双鞋,那是重要的证据。还要查樊勇少最近所有的通信记录。"

"不错,不过别只查樊勇少,吴飞、顾樊和孟向明近半年的所有通话记录我们还得再仔细过一遍,把所有可疑的号码都找出来。"

"待会儿我们干吗?"

"你查樊勇少的通话记录,我再去一趟医院。"

"飞哥,还去医院啊?我们不是才从医院回来吗?"

赵云飞耸耸肩,语重心长地说:"这就是查案。"

到了市一院后,赵云飞先去了泌尿外科。从樊勇少的实习带教老师那里,他了解到樊勇少在12日下午四点左右请假提前下班了,请假原因是家里有些急事。樊勇少平时工作非常认真负责,老师也就没有过多询问。赵云飞又去了医院的监控室,他让工作人员调出了12日当日泌尿外科的监控,发现樊勇少那天穿了双和视频中黑衣人同样的黑色帆布鞋。他接着又让工作人员调出了四点到五点间医院各个出入口的监控录像,视频中樊勇少从医院南门的出入口走向路对面,用手机扫了一辆共享单车。和离开科室和住院大楼时不同的是,他的手里多了个棕色的手提袋,但是看不到里面装了什么。赵云飞随后和医院的工作人员一起查看了此时间段内的其他视频,发现了一个送外卖的女孩右手拎着一大袋外卖,左手拎着棕色手提袋,后来女孩在门诊大楼前将手提袋交给了樊勇少。监控室的工作人员告诉赵云飞,那个女孩是附近一家酸菜鱼馆的,那家店的菜味道很不错，医院里的很多医生都从那家店点餐，那个女孩每天都会来医院送餐。赵云飞用手机对着监控屏幕录下了女孩把手提袋交给樊勇少的视频。

赵云飞很快就找到了那个女孩，他将视频播放给女孩看。女孩看完之后，他问道："还记得是什么人让你送的这个袋子吗？"

女孩点了点头，但随后又摇了摇头："我确实记得有人给了我二十块钱让我顺便把这个纸袋送给医院的一个人，说那个人会在门诊楼前等我。但是给我钱的那个人戴着口罩，看不清长相。"

"那个人是戴着黑帽子和黑口罩吗？"

"不是，没戴帽子，只戴了白色口罩，另外戴着一副黑框眼镜。"

"短发还是长发，大概有多高？"

"头发不长也不短，个子挺高，我好像只到他的下巴。"女孩一边说一边比画着。

赵云飞目测女孩大约一米六的身高，随后问道："是不是比我还要高一点？"

女孩点了点头。

"你在哪里遇到那个人的？"

"就在医院附近的一条巷子里，我经过巷子的时候被他叫住的。"

赵云飞让女孩带他去了那条巷子。巷子阴暗狭窄，周围并没有安装摄像头，巷口西侧是一栋正在施工的建筑，脚手架外面围满了绿色的尼龙网。

"那个人穿的衣服你有注意吗？"

女孩想了想："上衣是一件黑色的卫衣，下面的裤子好像是一条迷彩裤。"

"那个纸袋里装了什么还记得吗？"

女孩笑着摇了摇头："那倒没注意，我急着送餐，没太仔细看，好像是黑色的衣服。"

离开市一院后，赵云飞去了市政广场附近的赛德大厦，小摩单车的总部位于该大厦的二十楼。在那里，赵云飞调取了樊勇少 12 日下午离开医院后的骑行路线。随后赵云飞又立刻赶往东城广场，按照樊勇少骑行路线所标记的方位，很快就找到了附近的停车区域，位于一栋百货商场的前面。商场左边不远处是一条巷子，巷子的两侧全是老建筑。

赵云飞打开手机地图，发现这条巷子和之前买买提与黑衣人见面的那条巷子是相通的，不过之间隔有多条纵横交错的大小巷子。赵云飞按照地图上的路线来到之前的那家药店，又按原路线走了回去，随后他走进了百货商场。

回到警队的时候，赵云飞发现宋雪正拿着一沓材料等着他。

"飞哥，重大发现！你让我调查这几个人近半年的通话记录，结果我发现顾樊失踪的前两天，也接到过一个新疆号码的电话，于是我就查了，还打了电话给那个人。你猜是谁？我们见过的。"

赵云飞笑着说:"这还猜什么,来自新疆又是我们见过的,那不就只有樊勇少嘛!"

"是的,是的,那个号码是樊勇少在新疆的号码。你这边查得怎么样了?医院那边有收获吗?"

赵云飞点了点头:"看来我们需要再次邀请樊勇少同学来警队了。"

夏阳市刑侦支队审讯室。

樊勇少看完监控视频后,赵云飞说道:"勇少同学,这么快就又让你过来,我想你心里很清楚。你之前说你去了想去的地方,学了想学的专业,我想今年夏天你很可能会从事你想从事的职业。说实话,我们并不希望你的职业前途受到任何影响,所以这次希望你能够更加坦诚。"

樊勇少深深地低下头,然后哭着看向赵云飞和宋雪:"我会不会坐牢啊?我真的不知道他会杀人啊!"

宋雪看了一眼赵云飞,随后问道:"樊勇少,你说的'他'到底是什么人?"

樊勇少摇了摇头:"我真的不认识他,我也真的不知道他会杀人啊!"

"咱们先从那个电话说起吧,你为什么要打电话给顾樊?"赵云飞问。

樊勇少叹了口气,说道:"都怪我太冲动,就是那次电话之后我才和顾樊与吴飞的死扯上关系的。"

"到底发生了什么事？"宋雪问。

樊勇少看着两人，眼里闪着泪光。

"高一的事情虽然过去了很久，但是那件事对我造成的心理阴影始终挥之不去。我做梦都没想到我在外科实习的时候竟然会遇到顾樊，刚开始我只是觉得他长得像顾樊，查了病人资料后发现他真的是顾樊，但是他并没有认出我。在手术台上我很想杀了他，但是不敢下手。后来我每天为他换药，写病历的时候，我都仿佛心在滴血。从病人档案里我查到了他的联系方式。他出院几天后，我实在受不了，所以就打电话约他出来单挑，没想到他竟然答应了。电话里他就对我吼了，这么多年过去了，这个顾樊还和当年打我的时候一样暴躁。听到他的吼叫之后，我高一那年遭受的屈辱一下全从脑海里涌现了出来，我当时就发誓见面后一定要把他的牙打掉几颗。"

"你们单挑成功了吗？"赵云飞问。

"我约他7号那天晚上在夏阳山下的公园见面，但是我到的时候，发现顾樊并不在，等在那儿的是另外一个人，那个人穿着黑色的外套，戴着黑色的口罩，看不清长什么样，个子和我差不多高。他跟我说顾樊是他们的。"

"顾樊是他们的？这是那个人说的原话？"赵云飞问。

"是的，真是这么说的，而且更让我奇怪的是，他竟然是用维吾尔语说的，发音非常标准，就像那种从小在新疆长大的人说的维吾尔语。我问他是什么人，他说他叫幽灵。他说完就走了。我不知道那个人是谁，说的话是什么意思。直到9号那天晚上，我的邮箱里收到一张照片，里面的顾樊坐在椅子上，双手被钉在墙上，手指全部被切掉了，嘴巴也被划开了。当时我真的快吓死了，我没想到他竟然把顾樊给杀了。我虽然很害怕但是也很兴奋，顾樊不用我亲自动手就被人杀死了。"

"你当时为什么没有报警？"宋雪问。

"说出来，你们肯定不会相信，那份邮件是我自己的邮箱发给我的，而且等我再次查看的时候已经找不到了。我自己也懂电脑，我尝试恢复，但是怎么试都不行，当时我就知道我遇到黑客了，而且是很厉害的黑客。就凭一张不存在的照片，我报警有意义吗？警察会相信我吗？"

"后来那个人又让你送钱去东城广场，你事前知不知道会发生什么？"赵云飞问。

樊勇少摇了摇头："我是上午收到邮件的，说下午会有人送衣服和钱给我，然后让我在东城广场附近的一条巷子的墙里塞一百五十块钱，还给我发了地图和照片。邮件里的文字都是维吾尔文，还好写得比较简单，我能看懂。"

"樊勇少，你为什么要听那个人的安排呢？"宋雪问。

"我也不知道，可能是因为那个人替我杀了顾樊，我心里感激他。而且在邮件里，他也没说其他的，只是让我往墙里塞点钱而已，也没让我干坏事。你们一定要相信我，我当时真的完全不知道他想干什么。"

"这个人后来是不是发了吴飞生前的照片给你？"赵云飞问。

"是的，照片里的吴飞被绑在一个水泥柱上，嘴巴被贴上了胶布，双眼惊恐地看着镜头。除了这张照片，我还收到一段录音。"

"你还收到了录音？录音内容是什么？"宋雪很是惊讶。

"录音里是一个中年男人撕心裂肺的痛哭。结合吴飞那张被绑的照片，我想那个中年男人应该就是吴飞他爸。吴飞爸爸边哭还边喊他，让他千万别死，说要带他去医院。虽然之前顾樊的死让我兴奋了很久，有一种复仇的快感，但是当我听到吴飞爸爸痛苦绝望的哭喊声，我反而希望自己没有见过那个黑衣人。"

"照片和录音还在吗？"赵云飞问。

"全部被自动删除了，就像之前的那张照片一样。我真的没有骗你们，之后那个黑衣人也没有再联系过我。真的，一切就像做梦一样，直到你们来找我，我才知道这个梦并没有结束。"

"你是什么时候收到的照片和录音？"

"12号晚上十点半，看完那张照片又听了那段录音之后，我几乎一夜没睡。赵警官，我说的都是实话，我真的不知道那个人会杀顾樊和吴飞。我会不会因为照片和录音坐牢啊？"樊勇少说完之后再次痛哭流涕。

"孟向明的死，你有没有收到那个人的邮件？"

樊勇少用手擦干了眼泪："没有，吴飞死后我就再也没有收到任何邮件了，那个黑衣人也没再和我联系。"

"那个黑衣人是怎么知道你和顾樊之间的恩怨的？"宋雪问。

"我也很奇怪，那事都过去好几年了。"

"你高一发生的那件事，有多少人知道？"

"五中的同学是不知道的,但是八中应该有很多人知道吧,至少我们班里的同学肯定是知道的。"说到这里,樊勇少的语气突然变得激动,"有钱小丹那个贱人在,班里所有人肯定都会知道的。"

赵云飞又问了一些樊勇少上学时的事情便停止了审讯,他和卢辉商量后,决定暂时不拘押樊勇少。樊勇少离开后,卢辉迅速组织了阶段调查会议。会议开始后,赵云飞让宋雪进行了阶段汇报,之后他开始介绍目前可能会有突破的地方。

"樊勇少提到,黑衣人对他说顾樊是他们的。通过这句话,我们可以确定这几起凶案背后肯定是一个团伙,不算樊勇少,目前可以确定的是两个人,一个就是和买买提接触的那个,中等身高,一米七五左右,另外一个是让外卖女孩送纸袋给樊勇少的那个,身高在一米八左右。不排除还有其他的同伙。另外,既然凶手知道樊勇少和吴飞、顾樊之间的恩怨,我觉得凶手当中很可能有樊勇少的八中同学。"

"师父,这个同学的范围太广了,同学校、同年级、同班都是同学。有时候,一个学校的,低头不见抬头见,即使不知道对方姓名也会认出对方样貌的。咱们不会要把樊勇少在八中那一年的所有学生都查一遍吧?"牛晓峰说。

卢辉微微点了点头,表示赞同,随后看向赵云飞:"老赵,你怎么看?"

赵云飞看了一眼宋雪:"我觉得宋雪有话要说,我们先听听她的意见。"

宋雪冲赵云飞笑了一下:"我在想,会不会是樊勇少高一时的同班同学,他发生了这么大的事,自己班里的同学肯定是知道的,但是他后来转学了,不见得还记得之前的同学。也有可能是樊勇少初中或者小学的同学,后来一起考到了八中。"

"我比较同意宋雪的分析。不过,你们别忘了孟向明,如果孟向明和其他两人的死真有关系的话,那么黑衣人或者他的某个同伙很有可能就是樊勇少当年在八中时的同班同学。"赵云飞说。

"他的什么同班同学会这么狠,把自己班主任也杀了?"小松摇了摇头。

"据说孟向明当班主任的时候对学生是很严格的,会不会是哪个学生怀恨在心呢?"宋雪说。

"那杀死孟向明不就行了,为什么还要杀死顾樊和吴飞呢?"大牛问。

接着大家展开了激烈的讨论,一个又一个的假设被提出又很快被推翻,整个讨论过程中赵云飞一言不发,但是当大家慢慢安静下来的时候,他突然开口了。

"我们可能忽略了一个重要的人物。"

"谁?"卢辉问。

"连接起顾樊、吴飞和孟向明三者的桥梁,之前我们一直认定是樊勇少,但是其实还有一个人。"

宋雪赶忙问道:"飞哥,你说的是不是钱小丹?"

赵云飞点了点头:"这个女孩能让吴飞发狂般地暴打樊勇

少，会不会班里其他同学也经历过和樊勇少一样的遭遇呢？可能没有樊勇少那么轰动，但是同样让受害人身心受损。"

卢辉用手指敲了敲桌子："老赵说得有点儿道理，那咱们接下来就把樊勇少当年那个班的每一个人都彻查清楚，另外樊勇少这边我们也要继续盯着。"

"为了不打草惊蛇，咱们可以先从那个班的女生入手，看看从她们那边能否获取一些重要信息。"赵云飞说。

"好的，就按老赵的方案来！大家加油！"

美 妖

2017年3月28日 星期二

通过公安户籍系统,宋雪将夏阳八中2009级高一七班的所有学生都查询了一遍,并且按照男女生进行了分类。整理好之后,她拿着材料来到了赵云飞的办公桌前,他正闭着眼睛靠在椅子上。宋雪知道他肯定没在睡觉。

"飞哥,樊勇少当年所在的高一七班,一共四十六名学生,其中女生二十名,男生二十六名,除去一名死亡的,目前还在夏阳的有十六名,其中女生十名,男生六名,这些人户口本上的地址我已经整理好了,其中一名女生登记的住址离咱们警队不远。"

"还有死亡的?"赵云飞睁开了眼睛。

"是的,是一名女生,登记的死亡时间为2012年10月。"

赵云飞坐直了身体:"2012年10月应该是这届学生毕业之

后上大学的时间。这个女生叫什么名字？"

"女生叫梅瑰，名字很好听也很特别，梅花的梅，玫瑰的瑰。"

"这个名字我有印象，确实很特别，她的死亡原因是什么？"

"这我也查了，"宋雪自豪地说，"死亡原因是自杀，死亡地点是夏阳。"

"在夏阳自杀的？"

赵云飞翻出了之前打印的2009级学生的大学录取表，指着其中一条信息对宋雪说："这个叫梅瑰的女孩高考考取了上海的一所重点大学，这个时间应该在上海读大学才对，怎么会在夏阳自杀呢？"

"会不会考得不理想，没有考上自己想上的大学呢？"

赵云飞皱起了眉头："这所大学应该不算差吧。"

赵云飞带着宋雪去查了当年案件的卷宗，卷宗里的资料显示梅瑰是在7月30日的时候留下一份遗书后失踪的，遗书中只有一句话：我愧对爱我的人，我会在天堂祝福你们！两个月后，有人在夏阳山的后山发现了梅瑰的尸体，当时尸体已经高度腐烂，经过调查排除了他杀的可能性，死者是服用农药中毒致死的。该案件的经办人是牛晓峰和另外两名警员。随后赵云飞找来了牛晓峰了解情况。

"师父，那是四年多前的案子了，当时您在北京学习，所以不太了解。整个案件没有可疑之处，农药瓶就在身旁，衣物也都完整，死者没有受到伤害或者侵犯的迹象。我还记得那个女孩的照片，长得挺清秀挺漂亮的，真可惜啊，才十八岁。"牛晓峰说完后忍不住叹息。

宋雪也感叹道:"十八岁是一个女孩最好的年纪!"

赵云飞盯着卷宗中死亡现场的照片,沉默不语。

晚上八点,赵云飞和宋雪走进了永兴路的一个老小区,该小区为市粮食局的家属区,闪亮的太阳能路灯让新铺设的柏油路面显得更加整洁。几分钟后,宋雪敲响了小区主干道旁一栋楼三楼东边一户的入户门,一名穿着粉色睡衣的年轻女人开了门。

"您好,我们是市刑警队的,请问您是刘晓岚女士吗?"宋雪问。

"是的,你们有什么事吗?"女人满脸疑惑,似乎并不相信面前两人的身份。

赵云飞掏出了证件:"刘女士,您不要紧张,我们目前正在侦查一个案子,和您及您的家人无关,只是想了解一下您高中时的一些情况。"

刘晓岚听完后如释重负,随后邀请两人进入家里。

看着客厅的落地灯和沙发前铺的泡沫垫以及上面的玩具,赵云飞问道:"刘女士,实在不好意思,我们会不会吵到您的孩子?"

刘晓岚笑着说:"没事,我家宝宝睡觉了,不到明天早上六点是不会醒的。你们请坐。"

"您爱人不在家吗?"宋雪问。

"他们单位今天有应酬,要迟点儿回来。"

"您平时一个人带孩子吗?"赵云飞问。

刘晓岚笑着摇了摇头:"不是的,我婆婆每天会过来帮我一起带,他们和我们住在同一个小区。对了,你们想了解什么?"

赵云飞坐下后便直接问道:"刘女士,您还记得您高中时的班主任孟向明吗?"

"当然记得,我们私下都喊他'猛兽'!"

"为什么会喊他'猛兽'?"宋雪问。

"我记得高一开学第一天,他给我们开班会的时候就说,如果我们想考取一所理想的大学,就一定要做好吃苦被虐的准备。为了我们的前途,他是不会对我们温柔体贴的。看着他那凶神恶煞的样子,我们都怕得要死。当时班里不知哪个同学说他严肃的样子简直就像一头猛兽,大家都非常认可这个描述,加上他又姓孟,从此我们私下都叫他'猛兽'。听说我们那届毕业后,他就辞职做生意去了。你们为什么要问他的情况?"

"上周你们的孟老师遇害了。"宋雪抢先一步,尝试了赵云飞式的直截了当。

刘晓岚吃惊地捂住了嘴巴:"怎么会这样?什么人会害他?"

"这个也是我们正在调查的。您是他的学生,他带了你们三年,您觉得他这个人怎么样?"赵云飞问。

"怎么说呢?他当年管我们确实严了点儿,但也是为了我们好。当年我们班的高考录取率是全校第一,有四十名同学考上了国家重点大学,其中还有三个清华北大的,只有六名同学考的是普通大学。"说到这儿,刘晓岚尴尬地摇了摇头,"很不幸,我就是那六名同学中的一个,只能怪我考试的时候太紧张了,不然肯定也能考上重点大学的,我当年离重点线就差两分。我记得我去学校领录取通知书的时候碰到孟老师,还被他狠狠地骂了一顿,说我怎么考得这么差,还说以我平时的成绩应该能上一所重点大学的,然后他又让我大学好好学,考研一定要考名校。我当时都气死了,没想到都毕业了还被他骂。"

"你们班是不是大多数人都被他骂过?"宋雪问。

"孟老师骂人其实也是有选择的,像我这样家境一般的,他就会骂得比较狠,甚至会很难听,而对那些家境不错的,他真的很有耐心,语气和措辞完全像是变了一个人。虽然我们学生对他敢怒不敢言,但是家长对他真的是十万个满意,简直把他的话当圣旨。不过不承认也不行,进了他的班,大学想考不上都难。"

"樊磊这个名字您有印象吗?"赵云飞问。

"樊磊?好像有点儿耳熟……我想起来了,他是我高一时的同学,高一下学期的时候转学了。"

"刘女士,您知道樊磊为什么要转学吗?"宋雪问。

"这件事当时在全校都挺轰动的,听说他经常骚扰我们班的班花,然后我们班的班花又是有男朋友的,她男朋友带人把他打了一顿,据说牙都被打掉了几颗。"

"你们当时的班花是不是叫钱小丹,她当时的男朋友是不是你们学校高年级的?"赵云飞问。

"是的,是叫钱小丹,她爸爸是我们夏阳福江楼酒楼和四海酒店的老板,家里很有钱。她男朋友是我们高三的学霸,家里是做服装生意的，听说比钱小丹家还要有钱。钱小丹是白富美，她男朋友是高富帅，两人还挺般配的。"

"你们班钱小丹早恋，你们班主任不管吗？"宋雪问。

刘晓岚摇了摇头，苦笑着说："我们班估计也就钱小丹没被孟老师骂过，虽然她成绩一般，八中还是家里托关系花钱上的，但是人家家里有的是钱，人长得又漂亮，孟老师有时候直接喊她'小公主'。"

"樊磊转学之后，你们班有没有其他男生因为钱小丹而被打过？"赵云飞问。

"我记得樊磊的事情发生之后，孟老师还专门开了班会，当时樊磊还在住院，他不痛不痒地批评了钱小丹几句，说以后遇到感情方面的事情要先和老师说，不能擅自处理，另外还告诫我们班男生，高中时期要以学业为重，没有绝对实力不要打漂亮女生的主意，特别是像钱小丹这样家里有钱长得又漂亮的。反正我当时听了觉得很恶心。从那以后，我们班男生见到钱小丹几乎都绕着走。"

"您和钱小丹关系如何？您认为她这个人怎么样？"宋雪问。

"我跟她没什么交情，她就是有钱任性吧，其他的我也不清楚。毕业后她在她家的酒楼办了场毕业聚会，反正我没去。虽然我高考考得不怎么样，但是高中的时候我还是很努力的，每天基本上就是学习，下课大部分时间都在拼命做题，其实就是死读书的那种。现在想想，我考不上重点大学跟学习方法也有很大关系。"

"有一个叫梅瑰的女生您有印象吗？她高中也和您一个班。"赵云飞问。

"梅瑰？"刘晓岚笑了笑，"我们都喊她'美妖'。"

"为什么？"

"我也不知道为什么，好像是从高一下学期开始大家就这样喊了，美丽的妖精，简称美妖。大家都不喜欢她，关于她的传说挺多的。"

"一个高中女生能有什么传说？"赵云飞问。

"反正很多，有人说她家里以前很有钱，后来父亲做生意亏本，家里就欠了很多钱，为了给家里还债，她陪债主睡过觉，还有说她卖过淫、打过胎的。有一次上课，她书包里还掉出一盒避孕套。大家都不喜欢她，她成绩也不太好，孟老师也比较嫌弃她，经常说她家境普通还不知道努力学习。虽然她长得……现在想想，我觉得她其实比钱小丹长得还要漂亮，只是衣着打扮普通了点儿。不过她高考好像考得挺好的，考的是上海的一所重点大学，当时班里的同学包括孟老师都挺惊讶的，我们都认为她连普通大学都考不上。"

"您知道梅瑰后来自杀了吗？"宋雪问。

"她自杀了？"刘晓岚先是很惊讶，但是很快又平静下来，"这个我不知道，也没听以前的高中同学说过。唉，真没想到她最后还是自杀了。"

"为什么这么说，难道她以前也自杀过吗？"宋雪问。

"听说她自杀过很多次，每次都没有成功。就算我们全班人都知道她自杀死了,估计也不会太惊讶。"

"她之前为什么自杀?"赵云飞问。

"据说是由于忧郁、失恋,各种说法都有。"

"当时你们班,除了樊磊,有没有听说过哪个男生追求过钱小丹?"

"有那样的高富帅男朋友,谁还敢追她?都不敢和她说话。不过,有一个男生倒是不怕她。这个男生叫什么来着,对了,叫高凡。他还当着全班人的面骂过钱小丹,当时钱小丹都被气哭了。"

"这个高凡难道不怕钱小丹的男朋友会像殴打樊磊一样殴打他吗?"宋雪问。

"这个高凡当时被称为'学怪',各科成绩都排在年级前三。长得其实也算帅,但总是不修边幅,性格非常古怪,人很冷漠,从来不和别人交流,给人一种清高自傲的感觉,仿佛谁也看不起。他骂钱小丹的时候我记得应该是高一下学期开学没多久。钱小丹的男朋友忙着准备高考,估计她不想让他分心。"

"他为什么骂钱小丹?"

"钱小丹和梅瑰之前一直都有矛盾,具体什么原因我也不太清楚,那次好像闹得比较狠,梅瑰还被钱小丹打了一个耳光。当时高凡把梅瑰挡在身后,指着钱小丹,好像说她嗓门又大又难听,吵得他无法思考,之后他说的一句话我到现在都记得很清楚,他说钱小丹'美丽的皮囊里藏着一个丑陋的灵魂'。没想到他这句话直接把钱小丹给骂哭了。后来有人传言梅瑰是他的女朋友,'美妖''学怪'正好人间一对。高中的时候大家都对男女感情比较敏感,稍微有点儿风吹草动都会传出风言风语。不过那次事情之后确实有人看到他们两个经常晚自习下课后一起回家。但是高二下学期刚开学没多久,高凡就退学了。"

"是因为钱小丹吗?"

刘晓岚摇了摇头:"不是因为钱小丹,好像是高凡家里发生了什么事,有人说高凡是捡的,后来这家人不想养他了,让他滚,于是他一气之下就退学离开了夏阳。当时孟老师很舍不得他,还找他谈了好几次,但他最后还是走了。"

"之后你们班发生过什么大事吗?"

"没有了,我没有什么印象。后来高二、高三学习更紧,大家都在疯狂地学习,最大的事就是后来的高考了。"

离开刘晓岚家之后,赵云飞和宋雪在路灯下并排走着,默默地走了几分钟之后,宋雪突然停了下来,转身看着赵云飞:"我不相信那个梅瑰真像刘晓岚讲的那样不自爱。"

赵云飞点头表示赞同:"刘晓岚说梅瑰之前成绩不好,但是后来高考却考上了一所重点大学,可以看出来这个女孩还是很努力也很有上进心的。如果她真的想自杀,应该在高考之前才对,但她却是在被重点大学录取之后自杀的,我觉得有点儿蹊跷。"

"飞哥,你的意思是梅瑰可能不是自杀,是他杀?"

"当年的调查结果应该没问题,但是我总觉得梅瑰的死有点儿奇怪。"

和宋雪分别之后，赵云飞漫无目的地开着车，满脑子都是那个叫梅瑰的女孩。

"云飞，你是不是为那个梅瑰感到可惜啊，我也看到了卷宗上的照片，小姑娘长得很漂亮，看起来很清纯也很安静，根本不像她那个高中同学描述的那样。"

"我和你想的一样。她的眼睛长得很像你，很漂亮。"

"你是想我了吧。这么漂亮的女孩，到底遇到了什么事，要用自杀来结束这么年轻的生命？才十八岁啊！她的父母肯定伤心死了。"

"孩子长那么大很不容易，突然就这么走了，唉。咱们当时的孩子不知道是男孩还是女孩？"

"我也不知道那个小家伙是男孩还是女孩，但是我比较希望是个男孩，长大后像你一样有男子气概。"

2017 年 3 月 29 日　星期三

晨会之后，赵云飞带着宋雪来到东城区高架桥旁的一个小区。小区规模不大，一共八栋九层的住宅楼，外立面是较为少见的砖红色，相对于周围的住宅区十分显眼。小区的东面过了一条路便是夏阳市护城河的东边河段。梅瑰家就位于东面沿路的一栋住宅楼的顶楼。

开门的是梅瑰的妈妈张女士。虽然提前和梅瑰的父母联系过，但是当赵云飞和宋雪见到梅瑰妈妈的时候还是吃了一惊。户籍信息显示她五十岁，但是她看起来却像是六七十岁的老人，头发几乎白了一半，整个面容也显得十分苍老。进屋后，梅瑰妈妈热情地给两人递来了茶水。

"让两位见笑了，自从梅梅走了之后，我和孩子他爸真的是一夜之间白了头，她爸爸的白头发比我还要多。梅梅的事都过去好几年了，两位警察同志还想了解些什么呢？"

"张女士，有一点我不明白，梅瑰她为什么会在高考之后自杀？我知道她高考考取了上海的一所重点大学。"赵云飞问。

梅瑰妈妈叹了口气："我和她爸爸也不知道，没有任何征兆。她高考录取通知下来的时候，我们刚搬了新家，本来是双喜临门的，谁知道梅梅她会……"说到这儿，梅瑰妈妈忍不住流下了眼泪。

宋雪掏出纸巾，递给梅瑰妈妈："阿姨，梅瑰生前有没有跟你说过她在学校的事？"

梅瑰妈妈接过纸巾，擦了擦眼泪："说到这个，我和她爸爸都觉得很惭愧。梅梅上高中的时候，也是我们最忙的时候，我们租了间门面做烧烤生意，每天就想着挣钱存钱，也顾不上梅梅。她高中那几年，我们两口子的作息和梅梅的作息基本上是颠倒的。我们出门的时候，梅梅还没放学，我们回来的时候，她已经去上学了，一家人在一起的时间很短，除了周末，也就寒暑假的时候我们在一起的时间会多点儿。梅梅也想去店里帮帮我们,但是我们没同意,我们知道她高中学习紧张,所以就想让她在家好好学习。梅梅在学习上从没让我们操心过,她高中有很长一段时间成绩都不太好,我们想给她报辅导班,她没让,她说我们挣钱不容易,学习方面的困难她自己可以克服。我们家从来没有出过大学生,我和她爸当时想的是,只要她能考上大学,我们就很知足了。但是没想到她不仅考上了大学,而且还考上了上海的一所重点大学。"

"梅瑰同学还是很懂事的。她离家出走之前有没有发生过什么事情?"赵云飞问。

"那年夏天,梅梅毕业了,不需要做功课了,我们就同意她来帮我们,那年暑假她常在店里帮忙。她离家出走前参加过一次同学聚会。"

"同学聚会?梅瑰有和您详细说过吗,比如有哪些同学参加?"宋雪问。

"我只记得梅梅说这次聚会是一个女同学发起的,这个同学家里很有钱,是开酒楼的,就是夏阳有名的福江楼。那个女同学要出国留学了,所以就在自己家的酒楼请他们班同学聚聚,吃顿饭,还请了他们的老师。"

"聚会当天发生了什么您知道吗?"

"这我就不知道了,当天晚上我和孩子爸爸还是和往常一样做生意,第二天回来的时候梅梅还在睡觉。下午的时候,梅梅说她有点儿累,我们就没让她来门店帮忙,让她在家好好休息。第三天回来的时候,梅梅不在家,我们也没太在意,以为她出去了。结果我下午的时候发现了梅梅留下的字条，当时我和孩子她爸整个人都蒙了。我们打梅梅电话，一直是关机状态。后来我们打了她班主任孟老师的电话，他说他前天参加他们班级聚会的时候，梅梅看起来心情还是很不错的，怎么突然就离家出走了？他帮我们联系了那个开酒楼的女同学，那个女同学说聚会结束后她还开车送梅梅回了家。那个女同学人挺好的，她和她的朋友陪我们找了好几天，但是始终没有找到梅梅，后来由于她要出国，我们就没再继续麻烦她了。"

"梅瑰同学出走之前有没有提到过什么？比如和什么人见面之类的。"赵云飞问。

"梅梅没和我们说过。"

"阿姨，梅瑰同学平时有跟你们聊到过她的同学或者朋友吗？"宋雪问。

"我和梅梅爸爸惭愧得很，梅梅上初中、高中的时候，我们都在忙着挣钱，我和梅梅……"说到这儿，张女士又哭了，"我们母女俩都没有好好谈过心，就连她有没有朋友我都不知道，她心里在想些什么我也不知道。"

"张女士，还有件事想问您，您听了别生气，我只是想确认关于梅瑰的这些事是不是真的。"赵云飞说。

"什么事？"

"梅瑰上高中的时候，有传言说你们家之前很有钱，后来做生意亏本，欠了好多钱，梅瑰还为此打工帮家里还债。"

梅瑰妈妈摇了摇头："这肯定是假的，我们家以前是夏阳下面阳江县镇上的，条件不算差，但也不是什么有钱人啊。后来为了让梅梅进市里面上学，就把镇上的房子卖了，在夏阳东城区的钢铁新村买了一套二手房。"

"你们以前住在钢铁新村？"

赵云飞问完看了宋雪一眼，发现她的眉毛瞬间挑了起来，露出吃惊的表情。

"是的，我们在那儿住了十年。买钢铁新村那套房子的时候，我们也没有什么学区的概念，觉得钢铁新村附近有钢铁厂的附属小学和初中，怎么说也是市里的学校，老师教得肯定比县城好。现在看，其实钢铁厂的学校即使在夏阳东城区也就是很一般的学校，但是梅梅学习很用功，中考考进了八中。八中离钢铁新村不算近，梅梅每天都是自己骑自行车上学。后来我们做生意赚了点钱，才在这里买的房子，这里由于靠着高架桥，所以房价不高。房子虽然旧了点儿，但是东边就是护城河。我们以前在镇上住的时候，家附近就有一片大湖，梅梅的房间打开窗户就能看到，当时卖房子的时候，她很舍不得。买这个房子的时候，我们还特意问了梅梅的意见，她很喜欢，因为推开窗又能看到水面了。"

"钢铁新村有东南西北四个村，很大的，快要拆迁了，不知道你们之前住在哪个村？"

"我们就住在东村，虽然房子不大，但是周围环境还挺好的，我记得整个东村最大的一棵梧桐树刚好就在我们家楼下。"

赵云飞又看了一眼宋雪，发现她比刚刚还要震惊。

"张女士,您刚刚说梅瑰高中的时候有很长一段时间成绩不是很出色,后来能考上重点大学真不容易啊!"

"是啊,当时我们比梅梅还要着急,反而是她安慰我们说她肯定能学好的,让我们不要担心。后来她告诉我们她考上了上海的重点大学的时候,我和她爸感觉像是在做梦一样。"

"张女士,梅瑰的房间还在吗?我们想去她房间看看。"

"在的,几年过去了,她的房间我们还保持着当时的样子。她的房间在阁楼,我带你们上去。"

踏着一个钢制的旋转楼梯,赵云飞和宋雪来到了阁楼,上面有一间卧室、一个卫生间和一小块开放区域,外面连接着一个朝南的小露台,可以看到护城河。

阁楼层高和楼下差不多,只是在南北两侧稍微做了坡顶设计。梅瑰的房间面积有十几个平方,墙面被刷成了淡淡的粉色,地上铺着浅色的木地板。进门右手边是一组松木衣柜,左手边靠近窗户的位置有一张松木小床,床尾靠墙的位置放了一张松木书桌和装满书的三层松木书架。书桌上立着一个小相框,里面的梅瑰扎着松松的马尾,正冲着镜头微笑。

宋雪看到梅瑰的照片,忍不住拿起相框感叹道:"梅瑰长得好漂亮啊!"

听到宋雪的夸奖,梅瑰妈妈的脸上再次露出悲伤的神情:"人家的女儿过得像小公主一样,但是我们家梅梅自从进城以来,跟着我们吃了很多苦,她从来没有抱怨过,她能陪我们这么多年,我和她爸已经很感恩了。"

赵云飞走到书架旁，在书架的底部，他发现一个牛皮纸的纸盒。他小心地抽出纸盒，打开后，发现里面有几本黑色皮革封面的笔记本，他拿出一本，翻开后发现是高考复习笔记，他又翻看了其他几本，除了一本是英语，其余都是理科科目的高考复习笔记，每本的字迹都非常工整优美，字体简直像是印刷上去的。

宋雪也翻了几页笔记，又感叹道："梅瑰这么认真，难怪能考上重点大学！"

"梅梅上学的时候其实一直都是很认真的。"张女士说完也叹了口气。

赵云飞从小床下拖出一个纸箱，打开后发现里面都是梅瑰高中时的课本和一些复习资料。

张女士指着纸箱说："这些资料，梅梅舍不得扔，全都放箱子里了。"

赵云飞抽出一本物理书，翻开后发现书上的笔记和笔记本上的字迹完全不一样，物理书上的笔记字迹也很漂亮，但是有女孩子的那种娟秀。他随后又翻看了那些笔记本，发现每本的后面都标注了日期：2011年2月14日。

"张女士，这些笔记本我可以暂借一段时间吗？用完再还回来。"赵云飞问。

"可以，但是希望你们不要弄坏了。"

离开梅瑰家之后，赵云飞将车停在了护城河旁的市政停车位上。他和宋雪两人靠在河边的护栏上,看着一艘作业船在清理河里的垃圾。

"飞哥,这案子感觉越来越神秘了,吴永强放黄金的地方竟然刚好在梅瑰以前的家的楼下,这是不是太巧了?"

赵云飞转身看了一眼梅瑰家,刚好可以看到梅瑰房间隔壁的小露台,随后他说道:"还有比这个更巧的,梅瑰当年就是在孟向明被吊死的那棵树下自杀的。"

"真的吗?难怪我当时看照片就觉得有什么地方不对劲呢!飞哥,吴飞、孟向明以及顾樊的死和梅瑰会有什么关系呢?梅瑰到底是不是自杀呢?"过了一会儿,宋雪突然紧张地看着赵云飞,"你说梅瑰的那些复习笔记是不是她男朋友为她写的?时间都是2月14日,那天不刚好是情人节吗?"

"如果她真有男朋友,那这个人又是谁呢?"

"从那些笔记来看,肯定是个学霸,你猜会不会是那个'学怪',名字我忘了,叫什么来着……"

"高凡。"

"对对对,就是高凡,刘晓岚说他是'学怪',好多科目都是年级前三。不还有人说他和梅瑰是男女朋友吗?对于'学怪'来说,这些复习资料就是最好的情人节礼物,而且那时梅瑰成绩不是很好。"

"高凡高二下学期开学的时候退学了,可能是他退学之前为梅瑰写的,写得很用心啊!"

"那个高凡会和梅瑰的死有关吗?"宋雪抓了抓头,趴在护栏上。过了一会儿,她再次转过身看着赵云飞:"会不会是高凡做了什么对不起梅瑰的事,导致她自杀?"

"如果真的是高凡导致了梅瑰的自杀,那后来顾樊、吴飞他们的死又和这个有什么关系呢?而且间隔了好几年。"

"是啊!"

宋雪一巴掌拍在自己的额头上。

这是一栋L形的独栋小洋楼,西南两侧被实体院墙所包围,小洋楼朝南的那一面墙贴满了白色的条形瓷砖,朝西的那面墙则爬满了爬山虎。从外观和周围的环境看,赵云飞判断这栋楼起码有四十多年了,随后他敲响了红色的大铁门。

"谁啊?"铁门后的小院子里传来一个声音,接着铁门上的小门洞打开了,露出半张脸。

赵云飞亮出证件:"大姐您好,我是市刑警队的,我姓赵,请问是高达智先生家吗?"

女人赶忙打开大门:"是的,我家老高出什么事了?他这两天都在外地出差。"

赵云飞笑着说:"高先生没出事,我只是想来了解一下他弟弟的情况。"

"吓死我了,我还以为我们家老高出事了。"女人如释重负,随后她又问道,"他弟弟?我老公只有一个姐姐,没有弟弟啊!"

"高凡不是他弟弟吗?"

"你说凡凡啊,这说来话长,进屋来说吧。"

赵云飞走进院子，院子虽然面积不大，却种了四棵果树。院子打理得很干净，地面铺着碎花岗岩。

赵云飞指着院子里的一张石桌："大姐，咱们就坐这儿聊吧，这院子风景挺不错的，像个小世外桃源。"

"是吧！"女人笑了，"这些都是我自己种的，我老公还没有退休，经常出差，儿子在外地工作，现在家里就我一个人，没事就种种花，打发打发时间。对了，赵警官，凡凡出什么事了？说实话，我们都有好几年没见过凡凡了。"

"最近有一个案子可能和高凡有点儿关系。刚刚您说高先生只有一个姐姐，难道高凡不是高先生的亲弟弟？"

"案子？凡凡不会犯事了吧？我从小就叫凡凡叫习惯了，他比我家儿子还小呢。凡凡是我婆婆在二十多年前的一个冬天捡来的，当时凡凡被裹在一个小包被里，我婆婆看孩子可怜就带回来了。当时我老公和他姐姐都反对，我家儿子刚上幼儿园，之前是我和我婆婆一起带的，她也挺辛苦的，后来我歇了几年没上班自己带孩子，也想让我婆婆歇一歇，谁知道她又捡来个孩子。孩子小的时候带起来特别累，但是不管我们怎么讲我婆婆都不听，她是信佛的，说一定要把孩子养大。我公公又什么都听我婆婆的，结果两人就办了手续把孩子留下来了，高凡这个名字也是我婆婆起的，她认为平凡就是幸福。"

"这样看，高凡比您自己的孩子还要小两三岁？"

"是的。当时我也觉得很奇怪，凡凡是个男孩，身体也很健康，没有什么异常，不知他亲生父母怎么狠心把他丢掉。"

"您婆婆把高凡带大一定很辛苦。"

"是啊，我们当时住得离我婆婆家也不远，平时除了接送我自己的孩子上幼儿园，其他时间我也来帮帮我婆婆，说实话我还挺喜欢凡凡这孩子的，他长得很可爱，也比较好带。"

"我们了解到高凡高中的时候成绩非常出色，后来为什么突然退学了？"

"唉，这个说起来我都觉得挺可惜的，凡凡退学我们家老高也有责任。我婆婆把高凡领回家的时候，他就很生气，其实我也知道他怎么想的，我家老公比较自私，从小他姐姐对他就很好，也对他说了以后我婆婆家的房子归他，她不和他争。但是哪知道又来了个凡凡，他怕以后凡凡长大会跟他争家产，所以他对凡凡一直都很冷漠，有时候还打他骂他。我讲他，他也不听，我们经常因为凡凡的事吵架。我儿子上初中那年，我婆婆生病去世了，那时候凡凡才上小学四年级。打那以后，我家老高对凡凡的态度就更差了，经常因为一点小事就打骂凡凡，还经常当凡凡的面说都是因为他我婆婆才累出病的，不然她也不会这么早去世。当时我也上班了，工作也忙，自己儿子又上初中，我也顾不上凡凡。我公公身体也不是特别好，但是凡凡很懂事，家里家务活什么的都被他包了。他上初中的时候，周末和寒暑假还在附近的一家汽修店帮忙，人家还给他开了工资。我觉得凡凡真的挺懂事的，和他比起来，我儿子差得远了。说实话，对于凡凡的成绩，我从来没有关心过，但是他自己很努力。中考的时候，他以全校第一的成绩考取了八中，其实以他的成绩完全可以上一中的，但是一中离家太远了，还在新城区，要住校，他放心不下我公公，就选择了八中，这样每天可以回家。但是哪知道，凡凡高二那年，我公公也去世了。办完丧事后，我家老高不知怎么就和凡凡聊起了房子的事，凡凡和他大吵了一架，签了放弃遗产继承权的保证书之后就退学了。再之后，我们就联系不上他了，也不知道他去哪儿了。"

"您觉得高凡性格如何？"

"怎么说呢？小时候还好，长大后慢慢就变了，具体什么性格我也说不好，反正有点儿古怪，我总觉得是我家老高以前经常打骂他造成的，凡凡这孩子身世本身就比较可怜。"

"高凡高中的时候谈过女朋友吗？"

"这我就不知道了。凡凡长得也算帅气，有小姑娘喜欢他也很正常。"

"高凡上高中时的一些课本和复习资料还在吗？"

"都不在了，凡凡走的时候，把他的东西全都带走了。他走的那天我不在家，我回来的时候才发现他的房间都空了。为此，我还和我家老高吵了一架，一个星期都没有理他。"

赵云飞想了解高凡高中退学前的一些情况，但是他嫂子不是很熟悉，她唯一清楚的就是高凡的学习成绩非常好。

离开高达智家后，赵云飞接到了户籍科老刘的电话，户籍系统里并没有高凡的其他信息，户口地址仍然显示的是高达智家的居住地址。

夏阳市刑侦支队会议室的投影幕布上显示着两组照片，分别是钢铁新村和夏阳山后山。

赵云飞指着照片说："据咱们目前掌握的线索来看，我觉得吴飞和孟向明的死与四年前自杀的梅瑰可能有关系。吴永强放黄金的地方刚好位于梅瑰家之前住的那栋楼楼下，而孟向明被吊死的地方则刚好是梅瑰自杀的地方，你们说这些是不是太过巧合了？"

"老赵，你说吴飞和孟向明的死与那个叫梅瑰的孩子有关系，那顾樊呢？他死在仓库里，被人钉在墙上，这又暗示着什么呢？他和那个自杀的梅瑰又能有什么关系呢？"卢辉说。

"根据梅瑰同学所说，梅瑰曾经和钱小丹吵过架，两人高中时期一直有矛盾。"宋雪说。

卢辉摇了摇头："女孩子心眼小，闹矛盾很正常。就算两人吵架，我觉得钱小丹也不至于喊她男朋友来打梅瑰吧，梅瑰怎么说也是个女孩子，吴飞能下这个手吗？就算他下得了手，也不至于把顾樊也叫上吧？"

"我感觉我们是把之前信息中的樊勇少换成了梅瑰，但是如果梅瑰真的经历了和樊勇少一样的遭遇，她也没办法报仇啊，她都自杀死了。"大牛说。

"万一有人帮她报仇呢？比如高凡。"宋雪说。

"问题是我们不知道高凡到底是不是梅瑰的男朋友，而且梅瑰自杀的时候高凡早就退学了。再说都过去好几年了，我觉得要报仇也不会拖这么久吧？"枪神说。

"聚会的时候那个钱小丹不是已经和梅瑰和好了吗？既然和好了又送她回了家，就不存在报仇这件事啊！"大牛说。

大家开始了激烈的讨论，不停地提出假设，又推翻假设，整个过程中赵云飞一言不发，独自陷入了沉思。

"老赵，想什么呢？说说你的想法！"卢辉朝着赵云飞喊道。

赵云飞看了一眼卢辉，从椅子上站了起来。

"我们怎么知道梅瑰在同学聚会上很开心的？"

赵云飞的这个问题把大家都给问住了，会议室安静了几秒后，宋雪说："飞哥，这些都是梅瑰妈妈告诉我们的啊！"

"可是她又是怎么知道的呢？她又没有和梅瑰一起去参加聚会。"

"飞哥，我记得梅瑰妈妈说她打电话给孟向明说梅瑰失踪了，孟向明说前一天同学聚会的时候她还挺开心的。"

"万一孟向明撒谎了呢？"

"老赵，你什么意思？"

"我总觉得那次聚会有问题，那个钱小丹会那么好心请梅瑰去参加聚会吗？"

"人都会变的，再说那个钱小丹不是要出国了吗？出国前把之前的误会消除不是人之常情吗？"宋雪说。

"我觉得有必要查一查当时参加聚会的人以及那晚到底发生了什么，这样我们才能知道梅瑰是因为什么自杀的。"

"老赵，我不明白你为什么要坚持调查这个四年前的案子？我们手头上还有一大堆案子没破呢！"卢辉问。

"我也说不好,总觉得有一些我们还不知道的事情。查案就是要从一切可能性中寻找线索。"

宋雪通过刘晓岚联系到了几年前参加毕业聚会的一名女生,该名女生叫张妍,目前在夏阳市的一家培训机构工作。宋雪和张妍约好在她的单位见面。

在一间空的VIP教室里,张妍开始了她的回忆。

"当时听说是在福江楼聚会,我都激动坏了,福江楼很高档的,我在那之前从没去过。当时我们班三分之二的人都去了,钱小丹安排了两个相邻的大包厢,中间的门打开后,两个包厢打通了。老师其实就只有我们孟老师,其他都是我们班同学,梅瑰确实也去了。我记得她到的时候,大家还挺吃惊的。当时是钱小丹亲自安排梅瑰入座的,她说梅瑰人其实很好的,我们高中的时候对她误解太深,她个人也做了很多对不起梅瑰的事,她还当着大家的面向梅瑰道歉了,梅瑰也原谅了她。后来我们就一起吃饭了。福江楼的菜果然不一样,超好吃。钱小丹说福江楼的厨师都是花重金聘请的名厨。大家都挺开心的。钱小丹让孟老师和男生喝白酒,我们女生喝饮料,我们班男生和孟老师都喝了不少酒,有的男生还喝吐了。聚会结束后,钱小丹还安排了几辆商务车送我们回家。"

"结束之后,梅瑰是跟谁一起回家的,你还记得吗?"赵云飞问。

张妍想了想,说道:"梅瑰一开始和我一辆车的,哦对了,她后来下车了，钱小丹把她喊下车了，说是想和她单独再叙一叙。"

"就钱小丹一个人吗？有没有其他人和她一起？"

"好像还有两个男的和一个女的，其中一个男的是钱小丹的男朋友，我们学校以前的大帅哥吴飞，另外一男一女背对着，我没看清，不过那个女的我觉得像是钱小丹的闺蜜，不是我们学校的，她是钱小丹以前的初中同学，经常放学后来我们学校找钱小丹。"

"那个女孩叫什么名字你知道吗？"

"这我就不知道了，你们可以问问我们班的刘畅，她高中的时候和钱小丹关系不错。"

"你对梅瑰的印象如何？"赵云飞问。

"我跟她没有交情，虽然她在学校看起来比较内向，但是听说她的私生活很放荡。"

赵云飞眉头一皱："听谁说的？"

"大家都这么说，还有人看到她周末去夜店做小姐，反正大家对她印象都不好。"

"大家从什么时候开始对她印象不好的呢？"

"应该是高一下学期吧，我记得有一次上课，她的书包里掉出一盒避孕套，全班都炸开锅了，当时还是班主任的课，为此班主任还找她谈过话，之后大家就开始和她保持距离，她的个人信息也被大家慢慢扒了出来。"

"高凡你还记得吗？"

"'学怪'高凡吗？当然记得，他是'美妖'梅瑰的男朋友。

高中的时候,他们俩是我们班的风云人物。很可惜,高凡高二下学期的时候退学了。他退学后的一段时间,梅瑰成绩更差了,大家都说是因为她想'学怪'了,导致无心学习。而且钱小丹和孟老师也骂她骂得更凶了。"

"钱小丹和孟老师为什么要骂她?"宋雪问。

"孟老师骂她是因为她总是考得不好,拖我们班的后腿,她性格又比较内向,不怎么爱说话,孟老师每次开班会都会点名说她几句,她越是不吭声,孟老师就越生气。钱小丹骂她是因为她们俩有过节,之前有高凡护着她,钱小丹害怕,后来高凡走了,钱小丹和她的矛盾又开始了。反正两人高中时候关系挺差的,所以钱小丹能请她参加聚会真让我们感到意外,我估计梅瑰她自己肯定也感到意外。"

对于张妍回忆起梅瑰时的那副不屑神态,赵云飞很是厌恶,他冷不防问了一句:"你知道梅瑰自杀了吗?"

"真的吗?什么时候的事?以前上学就听说她自杀过很多次都没有死掉。"

赵云飞可以看出张妍的眼中更多的是好奇,而不是关心。

"她是你们毕业那年暑假自杀的。"

张妍叹了口气,摇了摇头说:"所以说嘛,她就不应该来参加那次聚会,吃饭的时候除了钱小丹,根本就没有人理她,也不知道是不是后来难过自杀的。"

"怎么会没有人理她呢?听说她聚会的时候很开心啊!"宋雪说。

"开心？不可能的，我和她坐一桌我还不知道吗？你们知道吗，她向孟老师敬酒的时候，孟老师都没有正眼看她。如果开心，我估计也是后来和钱小丹单独聚会的时候才开心的吧。"

回去的路上，宋雪一言不发，没有像之前一样和赵云飞讨论案情。

"怎么了？感觉你很不开心的样子。"

"一想到刚刚那个张妍说的话，我就来气。我觉得梅瑰的这些同学好冷血好无情！梅瑰到底做了什么对不起他们的事让他们这么恨她？好像每个人都巴不得她死一样！如果我是梅瑰，真的，我做鬼也不会放过他们！"

赵云飞坐在书桌前，顾樊、吴飞和孟向明三人的头像从他的脑海中不断投射在前面的白墙上，随后楚楚又在三人旁添加上了梅瑰、钱小丹和高凡的头像。

"云飞，你以前不是经常说，查案就是不断地提出假设、不断验证和推翻假设吗？假如顾樊他们三人的死和梅瑰的死有关系，那么钱小丹和高凡也可以加入进来。"

"楚楚，我总觉得他们之间有联系，但是又找不出证据。假设梅瑰是参加完钱小丹的聚会后想自杀的，那么造成她产生自杀想法的真正原因又会是什么呢？"

"你觉得有几种可能呢？"

"第一，如果钱小丹那边没问题，梅瑰是因为其他人而自杀的，假如顾樊等人包括孟向明知道梅瑰自杀的真相，由于种种原因而保密，但是后来又因为这件事情而被杀，那么杀死他们的肯定就是害死梅瑰的人！"

"可是，云飞，凶手为什么过了这么多年才杀死他们呢？照你说的，钱小丹也应该成为被谋杀的对象才对啊！"

赵云飞突然站了起来："楚楚，你提醒到我了，我怎么把钱小丹给忽略了？虽然她现在在国外，但是如果回国的话不排除遭遇不幸的可能。"

"云飞，你别忘了，那晚聚会结束后，那个张妍看到梅瑰是和钱小丹、吴飞他们一起离开的，这意味着三名死者当中，有两名都出现在那晚的聚会上了。张妍不是说和钱小丹一起的还有一男一女吗？如果那男的刚好是顾樊的话，那么三名死者就都和那次聚会有关了！"

"我们需要通过张妍提到的刘畅来确定另外一名女孩的名字，找到她就知道那个男的是不是顾樊了。"

"云飞，还有其他的可能性吗？"

"第二，钱小丹和梅瑰两人高中的时候关系一直不好，假如钱小丹邀请她去参加聚会是要再次羞辱她，却故意在同学面前假装好人。单独聚会时，她和她的朋友对梅瑰实施了辱骂或者殴打，导致梅瑰自杀。后来有人知道了真相，替梅瑰报仇。"

"云飞，这个假设我觉得有破绽。假如聚会后钱小丹真的对梅瑰实施了辱骂和殴打，那么钱小丹不会开车送她回家吧，门卫是亲眼看到的。另外，钱小丹不至于让吴飞和顾樊一起参与吧？就算让了，吴飞和顾樊两个大男人好意思吗？此外，就算他们真的做了，这件事又是怎么泄露出去的呢？最奇怪的是，都隔了这么多年，难道是几年之后才泄露出去的？这个孟向明在中间又是充当什么角色呢？为什么要连他一起杀？凶手又是什么人呢？和梅瑰是什么关系呢？"

"在钱小丹没有回国之前，那次聚会的事我们只能通过那晚和钱小丹一起的那个女生来获知，所以要先找到那个叫刘畅的人。"

2017年3月30日　星期四

赵云飞和宋雪一早就联系上了刘畅，她人还在北京。在视频通话中，刘畅告诉他们，从高三开始她就和钱小丹渐渐疏远了，她家不像钱小丹家那样有钱，她只能努力考上一所好大学。她也聊到了梅瑰的事情，她说关于梅瑰的所有传闻都是钱小丹造谣的。高一下学期的一次小摩擦之后，钱小丹就有事没事地针对梅瑰，之前梅瑰书包里的避孕套其实是钱小丹让人放进去的。她私下里还偷偷地散布一些虚假传闻，导致梅瑰在班级甚至学校里的口碑非常差。为此，梅瑰成绩下滑得很快而且人也变得抑郁了。

刘畅因为高考之后一直在外地的亲戚家，没和钱小丹联系过，也不知道聚会的事情，不过她说了钱小丹一个闺蜜的名字，这个闺蜜名叫罗晶晶。

罗晶晶的家位于夏都老城区，小区规模不大，只有两栋高层公寓和两排联排别墅。通过询问物业，赵云飞找到了罗晶晶的住所，第一排联排别墅的东边户。宋雪按了门铃，家里没有人，她随后打了罗晶晶在物业登记的号码，但是显示关机。

赵云飞从下往上打量了这套三层联排别墅，朝东和朝北的窗户全是关闭的，而且安装的都是隐私玻璃，完全看不见里面。

"咱们再去物业问问。"

从物业那里，赵云飞查到了罗晶晶登记的两部车，一部是一辆黑红双色的 MINI 越野车，另外一部是一辆白色的宝马 X5 越野车。物业的视频监控显示，凌晨一点的时候，罗晶晶的 MINI 越野车回到了小区，驾驶位开车的不是罗晶晶，而是一个戴着棒球帽的男人。监控没有拍到驾驶员的正脸。

赵云飞转向一位约五十岁的物业工作人员，说："大姐，您对罗晶晶这位业主了解吗？"

大姐笑着说："这个罗小姐长得漂亮又有钱，这一套别墅就她一个人住，我们还怀疑过她是不是哪个有钱人包养的小三，但是好像也没看过哪个男的定期来她家。有一次她来交物业费，我就好奇地问她是做什么工作的，她说她是网络主播。我问她做主播是不是很赚钱，她笑着说这得看人，她赚得不多，一年的收入只有七位数。我当时没有反应过来，后来我算了一下，七位数那可是上百万啊！这么多钱还说赚得不多！"

"监控里拍到的这个男的,您之前见过吗?"

大姐仔细地看了看,摇了摇头:"看不出来。"随后她向一个六十多岁的穿着保安制服的秃顶男子喊道:"老李,你之前在岗亭值夜班的时候有没有见过这个人?"

那个老李走了过来,看了一会儿屏幕,也摇了摇头:"我们平时只负责看车牌是不是我们小区的,其他哪会注意这么多。"

"这个罗小姐有没有在物业登记其他联系人的号码?"宋雪问。

"没有,我们登记的只有她一个人的号码,并没有其他人。"

在小区外的街道上,宋雪和赵云飞紧盯着罗晶晶的那套别墅,朝南的落地隐私玻璃窗完全将室内和室外隔绝开,只能看到玻璃上反射的街景。

"这个罗晶晶到底去了哪里?怎么手机一直关机呢?难不成她也……"宋雪嘀咕道。

赵云飞掏出手机,拨通了一个号码。

二十分钟后,赵云飞和宋雪来到了夏都市刑侦支队,支队长胡瑞锋热情地将两人请进办公室。

"老赵啊,咱们上次合作还是半年前的血族案。你爱人的事,我真的感到非常……"

赵云飞打断了他:"都过去了,我也慢慢接受了。这次咱们夏阳和夏都两座兄弟城市可能又要合作了。"

"说说看，到底怎么回事？自从上次血族案之后，我们夏都一直都比较太平，到目前为止还没有出过什么大案。"

听完赵云飞的介绍之后，胡瑞锋也觉得案件异常复杂。

"老赵，我比较认可你的观点，确实像是连环杀人案，梅瑰的死很有可能与这些案件有关系。如果你的推测成立的话，这个叫罗晶晶的很有可能也会被害。你需要我怎么帮你？"

在夏都市的交警支队指挥中心，胡瑞锋让人调出了罗晶晶的两辆车近两日的抓拍记录，记录显示罗晶晶的MINI越野车是在今日凌晨零点二十左右从市区的一家酒吧离开的，后来一点左右进入她所居住的南都府邸小区。凌晨四点的时候，交通监控显示罗晶晶的白色宝马X5出现在她小区附近的街道上，随后朝着郊外的方向行驶，再之后就没有抓拍的照片和视频了。

"奇怪，物业的视频监控中并没有拍到这辆白色宝马离开小区。"赵云飞说。

"老赵，这个司机虽然戴着帽子，还故意低着头，但是这件衣服我认识，是我们夏都一家名叫幸福代驾的公司的制服。我们可以通过代驾公司来查。"

胡瑞锋带着赵云飞和宋雪来到了幸福代驾的总部，总部的工作人员调出了29日晚上罗晶晶的代驾信息，显示是一个名叫崔凯的司机接的单。赵云飞尝试联系该司机，但是对方已经关机。

赵云飞又让工作人员调取了崔凯之前的代驾信息，几乎都是晚上七点工作至凌晨三点，最早也是凌晨两点结束的。

"老胡，这个崔凯之前工作结束都挺晚的，罗晶晶是他昨天的最后一单客人，当时的时间才十二点多，把罗晶晶送到家也才一点。之后就没再接单了，这有点儿不太对劲啊！"

"那我们去崔凯家里看看。"

崔凯在公司登记的住址为夏都老城区的一个旧小区，但是家中并没有人。胡瑞锋向周围的邻居打听，一个住在一楼的老大爷说早上十点多的时候看到崔凯背着包提着行李箱下楼，整个人看起来慌慌张张的，还撞到他了，还好撞得比较轻。

"飞哥，这个崔凯是不是想逃跑啊？"宋雪问。

胡瑞锋让汽车站和火车站查询崔凯的购票记录，但是系统里并无崔凯的购票记录。

"老胡，你帮忙调取一下小区外的道路监控，看看能不能发现崔凯。"

"好的，我来联系一下最近的派出所。"

经过近一个小时的搜索，赵云飞等人发现崔凯上了一辆黑色的丰田卡罗拉。通过车牌，胡瑞锋查到了该车司机的信息。半小时之后，一个叫刘鹏的年轻男子来到了派出所。

刘鹏刚来的时候非常紧张："警察同志，我就用自己的私家车顺便送人赚点儿外快，不至于犯法吧？"

"小刘啊,你别紧张。今天你是不是送了一个男的去都宁县?"

"是啊,早上十点多吧。那个男的看起来慌慌张张的,路上也不怎么说话。"

"在都宁县哪里下的车你还记得吧?"

"在汽车站下的,他说他家在下面镇上,就不麻烦我了,怕我回来路上带不到人。"

刘鹏离开后,胡瑞锋又让户籍部门的人查了崔凯的户籍信息,发现他身份证上登记的住址为都宁县大湖镇吉兴村20号。

"老赵,看来这个崔凯是回老家了。咱们待会儿下乡去看看。"

一个半小时后,崔凯在自家的菜园被抓获,他被抓的第一句话就是:"怎么这么快就被发现了?"

看到父母流泪的双眼,崔凯"扑通"一声跪在了地上,一边哭一边用力地扇自己的耳光:"儿子不孝,闯了这么大的祸。"

宋雪一边打量着崔凯,一边小声地对赵云飞说:"飞哥,这个人怎么和我想象中的凶手不一样?"

回到夏都后,胡瑞锋和另外一名年轻刑警立刻对崔凯进行了审讯。

"崔先生,今日凌晨十二点二十分的时候,你是不是为一位名叫罗晶晶的女士提供了代驾服务?"

崔凯点了点头。

"你是不是在今日凌晨一点的时候将罗女士送至家中并

关单？"

崔凯又点了点头。

"交通监控显示，你在凌晨四点的时候开着罗女士的白色宝马越野车出现在了罗晶晶女士的小区附近，你能否解释一下凌晨一点至四点之间，你在罗女士家做了什么？"

此时，崔凯突然情绪失控，大哭起来，他边哭边说："我真的不知道我为什么要杀她，我一点都不记得了。"

胡瑞锋大惊："罗晶晶死了？"

"是的，我也不知道为什么，我醒来的时候她已经死了。"

"你说详细点，送她回去之后发生了什么？"

崔凯揉了揉哭得通红的眼睛："这个罗小姐晚上喝多了，我送她回去之后，她说她一个人有点儿害怕，让我陪她一会儿。我当时也是色迷心窍，看她长得漂亮，想乘机占她便宜，就答应了。我哪知道，这个罗小姐吸毒，她还拉着我跟她一块儿吸。我当时很害怕，她说吸一次不会上瘾的，于是我就好奇尝试了一下。吸完之后，我们两个人都很兴奋，后来就发生关系了，罗小姐后来累得睡着了。我本来想离开的，但是太累了，就躺在沙发上睡着了。哪知道醒来之后，我就趴在方向盘上了。我下车后才发现是罗小姐的另外一辆宝马越野车，之前我送她回去进车库的时候看到过。然后我又发现罗小姐光着身子躺在后座上。到底怎么把车开出来的我是真的没有任何印象了。我想叫醒罗小姐，但是怎么都喊不醒。我看她一动不动的，连胸口都没有起伏，正常人睡着了应该也会有起伏的。我就用手试了试她的鼻孔，发现没气了。我又摸了摸她的胸口，也不跳了。我吓得直接就瘫在地上了。"

"你不记得你凌晨四点左右开着罗女士的宝马驶出了小区？"胡瑞锋说完让人播放了交通监控录像。

崔凯紧盯着录像，看完之后，他边摇头边喊："这个人肯定不是我，不是我，他穿了我的衣服，戴了我的帽子，他想陷害我！真的，我……"

"先别急。说说后来罗女士的尸体和那辆车你怎么处理了？"

崔凯抓着头发，随后又不停地拍打自己的头："我被人陷害了，我真傻！我应该报警的，我应该报警的！这可怎么办？"

胡瑞锋可以看出，崔凯此时异常紧张，身体不停地哆嗦。

"崔先生，罗女士的尸体和车你怎么处理了？"

崔凯抬起头："我把车开湖里了！"

两个多小时后，一辆白色的宝马X5越野车从夏都市郊区的一个大湖里被打捞了上来，车内有一具赤裸的女尸，正是罗晶晶。法医现场尸表检验显示，死者并非溺亡，体表也无伤痕。胡瑞锋让法医将尸体送至局里进行进一步的解剖和病理检验。

在宝马车的后备箱，警方发现了死者的衣服和皮包。在皮包中，有一串钥匙，崔凯看了后证实是罗晶晶的家门钥匙。离开现场后，胡瑞锋和赵云飞等人一同前往罗晶晶家。

崔凯带着他们从地下车库驶入，重复昨日他代驾的路线。进入罗晶晶家的私家车库前，赵云飞留意到了隔壁家车库门上方的摄像头。

车库打开了，里面是双车库的设计，左边的车位上停着一辆黑红相间的 MINI 越野车。

崔凯指着那辆车说："我昨天晚上代驾就是开这辆车回来的，当时进车库的时候，那辆白色的宝马 X5 就停在右边的车位上。"

胡瑞锋和赵云飞一起检查了车库，并没有什么特别发现。之后，胡瑞锋递给崔凯一副一次性鞋套和手套让他穿戴上。

打开车库后方的防盗门之后，一行人进入了地下室。崔凯打开地下室的灯，赵云飞发现整个地下室的层高很高，足有六米左右。门左边是一个小卫生间，右边则是楼梯和电梯，再往里就是一个开放的大空间。整个地下室就像一个大仓库，白色的墙壁和天棚，地上铺的也是奶白色的木地板，近八十平方米的空间里几乎全是白色，除了一张白色的L形沙发和白色的木制茶几，没有其他家具。

崔凯对胡瑞锋说："其实我把罗小姐送到家之后就准备离开的，但是她喝多了，刚下车没走几步就摔倒了，所以我就背着她把她放在了地下室的沙发上。"

"你和罗晶晶当时是在哪里吸毒的？"胡瑞锋问。

"我们就坐在地下室的地板上，趴在茶几上吸的，咦，为什么桌子上什么也没有呢？我记得……"

崔凯想走向茶几，但是被赵云飞拉住了："不要破坏现场！"

胡瑞锋让刑技的警员勘查了现场，地面上有很多组凌乱的脚印，而且集中在茶几周围，但是茶几表面却很干净。

"吸毒之后，你们一直待在地下室吗？"胡瑞锋问。

"没有，之后我们就坐电梯上了三楼。"

电梯比较小，只能勉强站三个人，胡瑞锋让赵云飞和宋雪带着崔凯坐电梯上楼，他们爬楼梯。胡瑞锋安排了几个人检查一楼和二楼，他随后快步前往三楼。

三楼楼梯右手边是朝南的卧室，左手边是一个做成阳光房的露台。

"我们吸毒之后都很兴奋，上楼之后就……"崔凯看了一眼宋雪，没好意思继续说下去。

赵云飞发现宋雪的脸红了，于是他对崔凯说："你说你醒来的时候发现自己坐在驾驶位上，外套和帽子不见了。鞋还在吗？"

"外套和帽子确实不见了，但是鞋还在，就穿在我的脚上，你说奇怪不奇怪，我明明是脱在车库门旁边的。"

"你之前说你本来是打算离开的，后来由于太累就躺在沙发上睡着了？"

"是的，我真的没有骗你们。开车过程我完全没有印象，肯定是有人穿着我的衣服开车把我们丢在湖边的，然后想嫁祸给我，到底是谁干的啊？"

现场勘查完毕，崔凯被重新带了回去，赵云飞、宋雪和胡瑞锋三人留了下来。

三人站在地下室的入口处，胡瑞锋问道："老赵，你觉得崔凯嫌疑大不大？"

赵云飞摇了摇头："如果崔凯是杀害罗晶晶的凶手，那么原因无外乎财色，如果是财，很容易查；如果是色，中间三个小时也绝对可以满足他的生理需求了，但是罗晶晶的尸体体表并无外伤，又不是窒息死亡，证明之前没有遭受殴打，在这样的情况下，崔凯只能下毒，具体死因需要等待病理解剖。我个人觉得崔凯可能只是碰巧当了替罪羊。"

"老赵，我和你的想法一样，我也觉得崔凯很不幸当了替罪羊。"

宋雪满脸疑惑地看着赵云飞和胡瑞锋，问道："飞哥、胡队，你们是怎么看出来崔凯是替罪羊的？"

赵云飞指着地下室的沙发说："刚刚我们在茶几附近检查出了脚印和指纹，另外电梯里和三楼的卧室里也到处都是指纹，我敢肯定来自崔凯和罗晶晶。但是非常奇怪的是，从地下室车库到电梯的地面，以及电梯的地面和三楼卧室的地面，我们却检查不到任何脚印了。"

"是啊，为什么呢？"宋雪接着问。

赵云飞看了一眼胡瑞锋，胡瑞峰笑着说："肯定是有人故意擦掉了，这个人有可能就是把罗晶晶和崔凯搬上车的人，也可能就是凶手。这个人不可能同时将两个人一起搬下来，一定是一个一个搬的，需要两次，这样他就需要从车库再重新进入电梯和卧室。车库的地面是水泥地，有泥土和灰尘，不管凶手穿什么样的鞋都会在地板上留下痕迹，所以凶手之后刻意将地板上的脚印给清理了。"

"那万一凶手就是崔凯本人呢？是他自己清理的呢？"宋雪问。

"如果崔凯这么有心的话，他应该把沙发周围的脚印也清理掉，同时清理掉所有的指纹。"赵云飞说。

宋雪若有所思地点了点头。

"老赵，凶手很专业啊！有非常强的反侦查意识！"

"是的，隔壁车库上安装了监控，咱们待会儿去隔壁问问，看能不能找出点儿线索。"

罗晶晶的隔壁只有一位老太太和一对上幼儿园的双胞胎男孩在家，说明来意之后，老太太赶忙打电话联系了儿子和媳妇。半个小时之后，两人到家了。

听完胡瑞锋的简单介绍，老太太的儿媳妇很是紧张，一直想确认隔壁的罗晶晶是不是在家遇害的，她很怕隔壁变成凶宅。胡瑞锋告诉她需要等尸检结果出来后才能推测出死亡地点，但是他这样一说反而加剧了对方的焦虑。女方的丈夫见状不停地安慰女人说小区里也有好几个老人在家去世的，不用担心。

老太太的儿子带着胡瑞峰等人去地下室查看了监控。监控显示，今日凌晨一点左右的时候，崔凯确实是驾驶着MINI越野车回来的，也能看到后座上的罗晶晶，两人的脸被高清摄像头拍了下来，但是后面却没有拍到宝马X5出车库的视频。

赵云飞重新将视频后退，反复观看了几遍，他突然发现三点五十三分十秒至三点五十三分二十秒之间的视频被删除了，就短短的十秒时间，不仔细看根本发现不了。

"奇怪了，这视频家里没有人动过啊，我们也不知道怎么从中间删掉一小段啊！"

"这个确实不是你们删除的，能删除这个的人计算机水平应该相当了得。"胡瑞锋说。

之后，三人又去了物业，他们发现，同样有十秒左右的监控视频以及车辆来往记录被删除了。

离开夏都的时候，宋雪问："飞哥，删除监控视频的是不是樊勇少说的那个黑客？既然小区的监控视频都能删除，为什么不把交通监控的也给删掉呢？"

"可能是对方删不了，也可能是对方故意留了一点线索来和我们玩猫和老鼠的游戏。"

"谁是猫，谁是老鼠，还不见得呢！"宋雪不服气地说。

"很有意思。"赵云飞摸着下巴嘀咕道。

回到夏阳后，赵云飞立刻组织了专案小组开会。赵云飞在白板中间写下梅瑰的名字，随后又在梅瑰的四周分别写下了四位死者的名字。

赵云飞指着白板说："兄弟们，现在越来越多的证据表明，这几位死者和四年前自杀的梅瑰有很大关系。宋雪，接下来你来和大家说一下。"

宋雪掏出小笔记本，走到了白板前："据调查，四年前梅瑰参加完毕业聚会之后，她又被钱小丹留了下来，说是再单独聚一聚，当时除了钱小丹，还有两男一女，当然也不能排除还有其他人的可能。在这些人当中,可以确定身份的是吴飞。另外一男一女的身份还有待进一步确定,很可能是顾樊和罗晶晶。"

"也就是说,目前四名死者当中,有两个曾经参加过四年前的聚会?"卢辉问。

"是的,卢队,而且顾樊和罗晶晶也很有可能出现在了那次聚会之后。"宋雪说。

卢辉摇了摇头,语气有点烦躁地说:"只是可能,但是我们并没有证据证明呀!"

枪神一看气氛有点儿不对,赶忙笑着说:"我们都知道,咱们卢队还是很严谨的。卢队,您放心,这个证据我们肯定能找到的,对吧,大牛?"

大牛愣了一下,发现枪神正对他使眼色,赶忙点头:"对对,肯定能找到的。"随后他又嘀咕了一句,"上哪儿找证据证明另外的一男一女就是顾樊和罗晶晶呢?两个人都死了。"

说完之后,大牛又看了一眼枪神,发现他正在对自己怒目而视。

"看来我们需要找钱小丹问问情况。"赵云飞说。

"可是钱小丹现在人还在英国留学呢!"宋雪说。

"找她爸。"

聚　会

2017年3月31日　星期五

　　四海酒店是十五年前开业的，老板钱江龙是钱小丹的父亲，十年前他收购了破产的福江楼，经过他的运作，福江楼这家有着近八十年历史的老字号酒楼再一次复活，逐步成为夏阳市餐饮业的龙头企业。

　　上午十点，赵云飞带着宋雪前往市中心的四海酒店总部。他三年前曾来过这家四海酒店办案，不过并没有和钱江龙直接接触过。走进挑高近十五米的大厅后，赵云飞发现整个酒店的内饰风格和以前完全不一样了，很显然经过了重新装修。

　　酒店前台的女服务员态度非常热情，了解到赵云飞的来意之后，立刻拨通电话汇报。大约两分钟后，一名身着黑色西装的年轻男子领着两人进入了电梯，前往酒店顶楼。

　　走出电梯后，男子带着两人右转，朝着最里面的一间办公室走去，赵云飞看到办公室的门框上方挂着"总裁办公室"的名牌。办公室的门是打开的，一进门，只见一位穿着深色职业套装的年轻女孩坐在一张办公桌后。

看到赵云飞和宋雪后，女孩立刻起身相迎："两位警官好，我们钱总在里面的办公室，请进。"

顺着女孩右手的方向，宋雪看见朝南的那堵墙上还有一扇门，这扇门似乎比刚刚进来的那扇门还要厚重结实。

女孩敲了敲门，得到同意之后打开了门，赵云飞和宋雪先后走了进去。里面是另外一间办公室，赵云飞目测有近五十平方米，朝南和朝东的位置全是落地窗，其中朝东的落地窗外还有一个非常大的露台，露台上放置着桌椅和遮阳伞。

房间里只有两个人，其中坐在朝东的大办公桌后面的正是钱江龙，他梳着大背头，虽然已过中年，但是英俊的相貌没有褪去。另外一个人站在办公桌的右侧，穿着黑色的皮衣，身材高大，右眼上方有道很明显的疤痕，脸部皮肤甚至比赵云飞还要黑。

钱江龙起身走向赵云飞，笑着伸出右手："赵警官，您好，久仰大名，咱们夏阳这几年的大案可都亏了您啊。"

赵云飞也微笑着伸出右手："钱总过奖了，破案不仅需要我们警察，还需要人民群众，得警民共同配合才行。我们这次来是有些事需要麻烦您，这位是我的同事宋雪警官。"

钱江龙微笑着朝宋雪点了点头，随后看了黑衣男子一眼，"小黑，你先出去一下，我和两位警官有点儿事要谈。"

那个叫小黑的男人朝着钱江龙点了点头,看都没看赵云飞和宋雪便走了出去并轻轻地关上了门。

"赵警官,您有什么需要我帮忙的尽管开口,没有你们警察护航,我们生意做得也不太平啊。"

赵云飞和宋雪坐下后,钱江龙从办公桌左侧的小吧台亲自为两人端上两杯茶:"两位警官尝尝,正宗黄山太平猴魁。"

赵云飞也不客气,拿起茶杯喝了一小口,赞叹道:"味道确实不错,非常甘甜,不像其他茶叶那么苦涩。"

"赵警官如果喜欢,待会儿走的时候带点儿回去喝。"

赵云飞笑着说:"钱总,不用这么客气,我平时还是比较习惯喝白开水。咱们言归正传,目前我们碰到一个案子,可能和您女儿有关系,所以想和您了解点儿情况。"

钱江龙神色突然变得紧张起来:"我们家丹丹出了什么事吗?她现在在英国读研究生,前两天我还和她通过电话呢!"

"您不用紧张,您女儿没出事,出事的是她之前的同学和老师。"

"赵警官,到底发生了什么事?"

赵云飞将吴飞、孟向明和顾樊三人遇害的事告诉了钱江龙,但是并未透露任何细节。钱江龙听完之后非常吃惊。

"这三个人当中,吴飞和孟老师我是认识的。孟老师是我家丹丹高中三年的班主任,非常优秀,对孩子要求也很严格,听说丹丹班里的同学大部分都考上了重点大学。我们家丹丹因为成绩不太好,才想出国留学,不过如果让她参加高考,至少普通大学肯定是能考上的。作为家长，我是非常欣赏孟老师的，像他这样优秀负责的老师已经很少了。"

"孟老师后来辞职下海了，您知道吗？"赵云飞问。

"知道的。"钱江龙点了点头，"孟老师这个人还是非常有才的，头脑很灵活，很有策划能力，他辞职后开了家房产代理销售公司，不瞒你们说，他的第一个客户还是我介绍给他的。当时我的一个朋友开发了一个房产项目，他们先是自己销售，但是效果很不理想，后来想找代理商试试，我就把孟老师介绍给他了。说实话，我也是看在孟老师高中三年对我们家丹丹很照顾的分上才想帮帮他。但是我真的没有想到，孟老师接手之后，经过他策划，那个销售额真的是翻倍增加，整个项目最后卖得一套不剩，确实很了不起！后来我那个朋友又开发了两个项目，都是和孟老师合作的。你们说，谁会害死这么优秀的人呢？"

赵云飞并没有回答钱江龙的话，而是接着问："吴飞虽然和您女儿都是夏阳八中的，但是他比您女儿高两届，您是怎么知道他的？"

说到吴飞的时候，钱江龙忍不住笑了："这个说来就话长了。当父亲的，女儿长大之后，多少都会有点儿不放心，我们丹丹长得还不错，大了之后，我就天天担心有人打她主意。初一的时候，她妈发现她早恋了，我问丹丹，她也不肯说，当时是她叛逆期，小时候我和她妈又比较惯着她，我们也不敢跟她吵，于是我就让人暗中跟着她，后来就发现了吴飞这个小伙子。

我还让人查了吴飞的家庭背景，查到之后真的吓了我一跳，吴飞竟然是我们夏阳服装大王吴永强家的公子。虽然我钱江龙在咱们夏阳也算是有头有脸的人，开了几家酒楼和几家酒店，还零零散散做些其他生意，但是赚钱可比不过吴家，人家在全国开了几百家店，海外也开了好多家店。我当时还怕吴飞只是看我们家丹丹长得漂亮，想玩玩就甩了，哪知道他们两个一直交往到丹丹高中毕业。后来我还见过吴飞，小伙子真是一表人才，家里有钱，人也很有修养。我当时以为两个人大学毕业后就会结婚的，吴飞也带丹丹见过他妈，吴飞妈妈也怪喜欢我们家丹丹的。哪知道，丹丹去了英国之后就想在那里定居了，但是吴飞又不喜欢国外，所以两个人也算是和平分手了。他们小孩可能觉得没什么，但是我们双方大人都为他们感到可惜。孩子大了，感情问题我们也不好插手。吴飞这个小伙子还是很有闯劲的，他爸爸想让他大学毕业后进自家公司，以后慢慢将生意交给他，但是吴飞不愿意，凭着自己的本事考进了我们夏阳商业银行，我听说他这几年自己做股票投资都赚了快一千万。什么人会想要害死他呢？"

"钱总，经过调查，我们发现这几名死者有一个共同点，他们都可能和您女儿钱小丹高考毕业后举办的那次聚会有关。"

"聚会？"钱江龙想了一会儿，点了点头，"对，我想起来了，我家丹丹高考之后确实办了场聚会，请的都是他们自己班里的同学和老师，不过当天老师里面好像只有孟老师来了。聚会就在我们福江楼黄海大道店办的，结束后，丹丹还安排了车送她同学回去。我没听说聚会发生什么意外啊！"

"聚会的过程确实没什么问题，但是一天之后，当时参加聚会的一名女同学失踪了，您知道这件事吗？"赵云飞问。

"知道，丹丹跟我说过，她还陪着那位同学的父母一起找过，但是没有找到，几天之后我们家丹丹也出国了。人后来找到了吗？"

"两个月之后找到的，但是人已经死了，是自杀身亡的。"

"真的吗？那太可惜了，年纪轻轻怎么会想不开要自杀呢？对了，那个女孩的死和吴飞、孟老师他们又有什么关系呢？"

"我们了解到，当年福江楼聚会结束后，您女儿和她的几个朋友，其中包括吴飞，又约了这个女孩单独聚了一会儿。"

"这个我好像也听丹丹跟我说过，她说高中上学的时候和这个同学关系不是很好，主要是丹丹太要强太计较了，所以出国之前她想和这个女孩聊一聊，其实主要是想给她道个歉。丹丹自己也没有想到，这个同学后来竟然离家出走了。"

"目前除孟向明之外的三名死者之中，我们确定吴飞后来和您女儿一起参加了单独聚会。但是另外两名死者我们还需要您女儿的确认。另外，我也不是故意冒犯，但是很有可能您女儿也会有危险。"

听到赵云飞的最后一句话，钱江龙变得更加紧张了："我们家丹丹也会有危险？到底是怎么回事？我们家丹丹虽然有时候比较任性，但是人还是很善良的，而且她这几年在英国上学，性格也收敛了很多。"

"具体怎么回事，我们也不太清楚，所以您方不方便帮我们联系到您女儿？我们想向她了解点儿情况，或许能够帮助我们破案。"

钱江龙看了一下手表，面露难色："现在英国的时间应该是凌晨两点多，丹丹还在睡觉。这样吧，我今天迟点儿的时候联系她，让她加你微信，之后你们再约时间。她现在在读研究生，学习也怪忙的，我也搞不清她什么时候方便接电话，所以平时基本上都是她打电话给我，我也就偶尔和她发发微信。"

下午四点，赵云飞的微信收到了添加好友的申请，备注信息显示："我是钱小丹。"点击通过后，他便收到了一条消息："警察叔叔，您好。"赵云飞回复："你好，现在方便视频通话吗？"对方紧接着回复："方便。"

赵云飞点击视频通话，大约半分钟之后，钱小丹接受了邀请。

一个穿着白色睡衣的长发女孩出现在屏幕中："警察叔叔，不好意思，我刚起床。"

钱小丹嘴上涂着淡淡的口红，头发也梳理得非常整齐，显然已经完成了梳妆。钱小丹看起来很漂亮，但是眼神却像两把锋利的匕首，仿佛要刺穿对视者的灵魂。

"钱女士，很抱歉这么早打扰你。"

钱小丹笑着说："我也很抱歉，您看起来又年轻又帅，我不应该喊您叔叔，应该喊警察哥哥。"

赵云飞微微一笑："你还是喊警察同志吧。我不知道你父亲有没有告诉你我们想了解的事情。"

钱小丹摇摇头:"我爸没说什么事,他平时很忙的,他就把您的微信名片分享给了我,让我加您,说您是警察,有些事情想问我,其他就没说了。"

"我们确实有些事情想问问你。最近我们夏阳发生了几起刑事案件,其中有两名死者和你几年前高中毕业举办的那场聚会有关。"

视频中的钱小丹褪去了笑容,皱着眉头问:"刑事案件?这么严重啊!谁遇害了?"

"一个是你之前的高中班主任孟向明,另外一个是你的校友吴飞。"

"孟老师怎么会……你说的吴飞是我们夏阳永超集团吴总家的儿子吴飞吗?"钱小丹急切地看着赵云飞。

赵云飞点了点头:"是的,正是吴总家的儿子吴飞。"

"飞飞怎么会……"

钱小丹话还没说完就哭了起来。

赵云飞没有料到钱小丹会有这样大的反应,他推测钱江龙并没有向钱小丹透露有关吴飞和孟向明等人的死。

钱小丹哭了一会儿才停下来,她擦干了眼泪,清了清嗓子,用颤抖的声音问道:"到底是什么人害死了飞飞?"

"这也是我们警方正在调查的,所以接下来的问题很重要,希望你能如实回答。"

钱小丹抹去眼角的泪水,点了点头。

"那次聚会后,你是不是单独约了一个名叫梅瑰的女生?"

钱小丹惊讶地看着赵云飞:"梅瑰?这个名字我好久都没有听到了,她是我高中的同班同学,长得非常漂亮,聚会后我确实约了她单独又聊了会儿。但是很不幸,那次聚会后没过多久她就离家出走了。后来人找到了吗?"

"找到了,但是找到的时候人已经死了,是自杀身亡的。"

"梅瑰死了?自杀?她为什么要自杀啊?她高考考得挺好的啊!"

"具体自杀原因我们也不知道。听说你和她高中的时候关系一直很不好。"

赵云飞观察着钱小丹的表情,发现她刚刚连续的震惊已经开始慢慢被羞愧所替代。

钱小丹的头微微低了下去:"是的,都怪我,可能是我从小娇生惯养的缘故吧,我以前上学的时候一直很计较。高一下学期有一次下课,梅瑰不小心踩脏了我妈妈给我从国外买的新鞋,我当时非常生气,虽然她及时向我道歉了,但是我还是怀恨在心,后来有事没事就针对她,还让人散布一些关于她的虚假传言,把她的名声弄得很坏,害得她学习成绩也受到了很大影响。现在想想,我那时简直坏透了。高考之后,我准备出国留学,翻看毕业照的时候我看到了梅瑰,我突然觉得自己整个高中都很过分,很对不起她和其他一些同学,所以我决定请班里的同学聚一聚,尤其是梅瑰。我到现在还记得梅瑰当时接到我电话时的惊讶语气,她真是个善良的女孩,我那么过分地对她,她竟然还原谅了我。后来大家在一起吃饭的时候,不少同学还是对她很抵触,我怕她不开心,所以结束后又单独约她聊了会儿,之后我还开车送她回了家。我们单独聚会的时候,梅瑰是很开心的,我们也聊了很多,我真的想不通她为什么会离家出走,而且还自杀了!她的死和飞飞以及其他人有什么关系吗?"

赵云飞没有回答而是继续问道:"和梅瑰的单独聚会,除了你和梅瑰,还有其他人吗?"

"没有其他人,其他同学我都安排车送他们回去了,就我和梅瑰两个人。"

"但是我听一个当时和梅瑰坐同一辆车的同学说,你把梅瑰从车上叫了下来,和你一起的还有吴飞和其他两个人。"

"是的,是我喊梅瑰下车和我单独聚聚的。飞飞来找我,但是他不知道我临时约了梅瑰,所以他和他朋友就一起走了。另外两个人,是飞飞的朋友和他朋友的女朋友。"

"吴飞的这个朋友是顾樊吗?"

"顾樊?不是他,是飞飞高中三年的同桌。"

"是宋伟吗?"

钱小丹露出惊讶的表情:"这您都知道?对,是宋伟,这个名字我都快忘记了。"

"宋伟的女朋友是你的好朋友罗晶晶吗?"

"罗晶晶?她您怎么也认识?你们警察太厉害了。"钱小丹对着镜头竖起了大拇指,然后她接着说,"罗晶晶和宋伟根本不认识。宋伟老实巴交的,就算认识,罗晶晶也看不上他。罗晶晶现在是国内一家著名网络直播平台的主播,一年能赚好几百万呢,去年年初的时候她在夏都全款买了一套联排小别墅,我去年假期回去的时候还在她那儿住过两天。"

"听你这么说,那次聚会前后,只有吴飞和孟向明出现过,顾樊和罗晶晶并没有来过?"

"是的,孟老师是我邀请来的,飞飞他不是我们班里的同学,他是聚会结束后来找我的。顾樊是飞飞的朋友,罗晶晶是我初中的朋友,我不可能喊他们一起参加我高中同学的毕业聚会的,他们之间也不认识啊。"接着钱小丹又小心问道,"警察哥哥,顾樊和罗晶晶他们也出事了吗?"

"是的,他们两个也遇害了。"

"真的啊?到底发生什么事了?为什么这么多人都死了?"

"梅瑰和吴飞、顾樊、罗晶晶他们认识吗?"

"完全不认识啊!"

赵云飞陷入了短暂的沉思,随后问道:"高凡这个人,你有印象吗?"

听到高凡这个名字的时候,赵云飞发现钱小丹的脸色瞬间变了,说话的语气也变得颤抖起来。

"警察哥哥,说实话,我以前在学校的时候谁都不怕,但是唯独怕这个高凡,他也是我高中时的同班同学,高二的时候退学了。他是我们年级有名的'学怪',我觉得他精神不正常,高一下学期一次晚自习下课,我还被他威胁过,当时吓死我了。"

"他为什么要威胁你?"

"可能因为他喜欢梅瑰吧,我事事针对梅瑰,导致他很恨我。那次被他威胁之后,白天学校人多我不怕他,但是晚自习就比较害怕,所以后来晚自习我都在家上了。他高二下学期退学后我才感觉到安全一些。"

"高凡当时晚自习下课威胁你,你有告诉其他人吗?比如老师、家人。"

"我和孟老师说过,孟老师还找高凡谈过,高凡也和我道歉了,说是一时冲动,但是我从他的眼神中能看出来,他并不想道歉。我没敢把这件事告诉飞飞,当时飞飞就要考大学了,不能打扰他。我也没告诉我爸爸,因为我知道高凡冲动起来什么事都能干出来。"

"梅瑰喜欢高凡吗?"

"她应该喜欢吧,高凡其实长得挺帅的,学习也好,就是性格孤僻又自负。后来我和梅瑰单独小聚的时候,我们还聊到了高凡,我当时还开玩笑说高凡为了她差点儿把我杀了。梅瑰说她和高凡一直有联系的,有时候她也觉得高凡精神方面似乎有点儿极端。对了,我记得梅瑰当时说高凡想约她晚上去酒店,还问我能不能去。我对高凡是很怕的,我就说最好白天见面,如果非要晚上去酒店,一定要注意保护自己。"

"你们当时有聊到高凡退学之后去了哪里吗?"

"梅瑰只说他后来去了上海,在上海找到了工作,具体做什么没说。梅瑰考上海的大学就是为了他。"

"梅瑰失踪后,高凡有回来找过她吗?"

"这我就不知道了，后来我出国上学了，挺忙的，回国的时间也不多，梅瑰离家出走的事我都忘记了，更不知道她自杀了，也没有听以前的同学说起过。她是什么时候自杀的啊？"

"应该是在离家出走之后不久。"

"为什么她好好的会想到自杀呢？开学后她就能去上海上大学了，还能见到高……"钱小丹突然捂住嘴巴，随后又松开，"她聚会之后要和高凡见面，她离家出走会不会和她跟高凡见面有关？"

又聊了一会儿之后，钱小丹说她要去上课了，然后就挂断了视频通话，但她很快又发来微信说拜托他们一定要把杀害吴飞他们的坏人给抓住。

宋雪走向赵云飞，然后坐在他的旁边，"飞哥，钱小丹说的，你相信吗？"

赵云飞笑着回答："这个问题，我本来想问你的。"

宋雪也笑了："我这是跟你学的，听起来感觉钱小丹说得挺诚恳的，不像在撒谎，特别是她听到吴飞死了之后突然痛哭的样子，不像是装出来的。"

"我也觉得没有什么破绽，但是我们破案不能听别人说什么就是什么，特别是涉及一些人证物证的时候。你觉得我们接下来该怎么调查？"

"她刚刚说的关于和梅瑰高中时的恩怨，这部分没有撒谎，我们也收集到了相关的信息，但是她说聚会结束后和吴飞一起的两个人和我们推测的不一样。不过之前那个张妍并没看清两个人的长相,所以我们也不能断定钱小丹在说谎。我们上哪儿去找另外的目击者呢?"

随后宋雪陷入了沉思,但是赵云飞却笑了:"不用去找另外的目击者了。之前我们以为是顾樊和罗晶晶,两人都死了,也没法问他们了,但是……"

宋雪赶忙接上赵云飞的话:"但是吴飞那个高中同学宋伟我们是可以找到的,找他问一问,就可以知道钱小丹有没有说谎。"

"不错,今晚我请你吃烧烤。"

"烧烤?为什么要吃烧烤?"

宋雪不解地看着赵云飞。

"你忘记啦,张莉说过吴飞的朋友不多,其中一个是他高中三年的同桌宋伟,现在开了家烧烤店。"

宋雪拍了拍自己的脑袋:"宋伟我记得,他和我一个姓,但是我不记得他是开烧烤店的了!"

"接下来你去查一下宋伟的烧烤店位置。"

"好的,飞哥,交给我了!"

宋雪原地立正,朝赵云飞敬了一个礼之后蹦跳着跑开了。

赵云飞看着宋雪的背影,摇了摇头,感叹了一句:"这个假小子!"

晚上七点,赵云飞和宋雪来到政务区南端一个名叫"城南人家"的大型社区美食街,不断出入的人群和车辆似乎在证明这条街的各色美食吸引的不仅仅是本小区居民。宋伟的店铺名叫"风波烧烤",并排三间门面,上下共两层,装修风格有点儿像武侠小说中的江湖客栈。店门口的塑料椅上坐满了人。

"飞哥,今晚咱们不一定能吃上烧烤了,你看,还有这么多人在等。"

"先进去再说。"

进店后直走便是收银台,收银台后面站着一个瘦高男子,戴着眼镜,看上去二十来岁,正在忙着给顾客开发票。顾客走后,赵云飞走上前,说明了来意。

瘦高男子听完后立刻变得十分恭敬,笑着说:"是赵警官吧,你们打过电话后,我就帮你们预留了一个包间,今晚我请客。"

宋伟让一个女孩来收银台帮忙,他带着赵云飞和宋雪上了二楼,来到最里面的一间包厢,透过窗可以看见美食街的过往食客。

入座后,赵云飞笑着说:"宋老板,我们主要是来了解点情况,当然顺便也来尝尝贵店的美食,该怎么收费就怎么收费。我先介绍一下,这位是我的同事宋雪警官,和你一个姓。"

"宋警官好。"

宋伟微笑着朝宋雪点了点头。

"宋老板,你也不用紧张,问你什么你如果知道的话如实回答就行了。"宋雪笑着说。

"好的,只要我知道的,我一定配合。"

赵云飞可以看出宋伟还是有点儿紧张,右手在大腿上来回地摩擦。

"宋老板，吴飞出事了，你是知道的。现在已经过去半个月了，凶手仍然逍遥法外。今天的问题，可能与吴飞的死有很大关系，所以请你仔细回忆。"赵云飞说。

宋伟推了推鼻梁上的眼镜，认真地点了点头。

"你和吴飞高中三年都是同桌，而且你们关系也不错，你对吴飞应该很了解吧。"

"是的，我也不知道怎么会和吴飞成为朋友，他当时是我们学校有名的高富帅，而且也算学霸，我每次考试成绩都被他碾压。他性格和我其实差不多，比较安静，偏内向，我们两个都比较喜欢打篮球，班里的同学总说他是肌肉版的流川枫，我是戴眼镜的木暮公延。"

"高三那年吴飞和校外的一个人把你们学校高一年级的一名男生打成重伤，这件事你知道吗？"

"这件事当时在我们学校很轰动，说实话，吴飞没有主动和我说过这件事，我也是事后听别人说才知道的，我还问了他到底发生了什么事，怎么把那个学弟打得那么狠。他没有解释太多，只是说那个人总是骚扰他女朋友，得教训教训他，还说连女朋友都保护不好，还算什么男人。我真是服了他，出了这么大的事，他就跟什么事都没发生过一样，学习根本没有受到任何影响。"

"那次事情之后，吴飞还有过类似的斗殴吗？"

"没听吴飞说过，应该没有了吧。吴飞不是那种喜欢打架的人。你不惹他，他不会找你麻烦的。"

"吴飞的女朋友你认识吗？"

"认识，吴飞没出事前，他和张莉两个几乎每个周末都来我这儿吃烧烤。"

"不是张莉，是他初中和高中时的女朋友钱小丹。"宋雪纠正道。

"哦，你说钱小丹啊，高考结束后的暑假，我们有时候会一起出来玩，后来她出国留学了，我们就联系得少了。她家很有钱，她爸爸是福江楼和四海酒店的大老板。本来吴飞是打算等钱小丹大学毕业后两人结婚的，哪知道钱小丹出国后就不想回来了。我记得她去的是英国，她想毕业后在英国定居，听说房子都看好了，但是吴飞不愿意，他根本看不上国外，他觉得中国以后的发展肯定会超越所有国家。后来两人就分手了，分手后，吴飞整个人一直都很低迷，直到后来遇到张莉才慢慢好转。"

"钱小丹高中毕业那年暑假在她家酒楼里办了场毕业聚会，你知道吗？"

宋伟摇了摇头："这个我不太清楚，应该不会喊我的。"

宋雪笑着说："是钱小丹自己班级同学的聚会，肯定不会喊你的。但是聚会结束后，你和吴飞一起去找过钱小丹吗？那时应该是你大二暑假。"

"好像是有这么回事，我记得那年暑假我大学的女朋友还来夏阳了，"宋伟笑了一下，"现在她是我老婆了。"随后他接着说："七月底的一天晚上，我们确实和吴飞一起去钱小丹家的酒楼找她了。"

"后来你们一起去玩了吗？"

"没有,我记得钱小丹好像是约了她的一个女同学又去聚会了,我们的聚会就取消了,我和我女朋友就走了。"

"吴飞当时和你们一起走了吗?"

"没有,他后来也临时约了朋友,我还记得那天晚上我带我女朋友去夜场玩卡丁车了,开车的时候手机还丢了,找了好久才找到。"

"你知道当时吴飞约了谁吗?"

"这我就不知道了,他朋友也不多,估计是雷海和顾樊吧,那两个人都是道上混的,我和他们认识但不是很熟。"

"那年夏天,钱小丹班里有一位女同学离家出走了,你知道这件事吗?"

"这我不知道,钱小丹班里的事,我哪儿会知道呢?而且后来没过多久钱小丹就出国了,我女朋友在我家待了一个夏天,吴飞也没怎么找我了。"

赵云飞又向宋伟询问了吴飞近几年的情况,发现吴飞的生活和之前张莉描述的差不多,简单又有规律,没听说过和什么人结过仇。宋伟甚至开玩笑说,吴飞的生活方式让他没机会和别人结仇。

赵云飞和宋雪离开"风波烧烤"的时候,天空飘起了细雨,没过多久雨变得又快又大。一路上两人一言不发,最后是宋雪打破了沉默。

"飞哥,照宋伟说的,钱小丹那天晚上的聚会,顾樊和罗晶晶确实没有参加啊。吴飞虽然来了,但是后来又走了。这样看,他们的死好像和梅瑰的自杀没有关系啊，是不是我们想多了？"

赵云飞沉默了大约十几秒，随后说道："虽然我们掌握的证据还不能证明这些案件之间的直接联系，但是从这些人的死和现场的作案手法，特别是罗晶晶家邻居和小区的监控录像被删除的操作来看，凶手很有可能是同一伙人，他们中间一定有一个计算机水平相当高的黑客。"

"如果不是因为梅瑰，而是其他原因将几人串在一起的呢？比如，几个死者当中，除了顾樊，其他几个都算比较有钱的。孟向明是房产公司的老板，吴飞的爸爸是夏阳的富豪，他自己投资也赚了不少钱，还有那个罗晶晶，都能自己挣钱买别墅。"

"但是除了吴飞，其他人都没有被劫财。"

"是啊！"

宋雪双手抱头，沮丧地看着车窗上的雨水。

赵云飞到家的时候已经快十一点了。楚楚从黑暗的客厅中走出来，笑着问："烧烤好不好吃啊？"

"味道太重了，不知道为什么有那么多人喜欢。"

"那几个案子，有什么新的进展吗？"

赵云飞和楚楚一起走进了客厅右边的次卧，楚楚靠在床上，他则坐在床边的书桌前。

"楚楚，你说我之前的推测是不是错了？我认为梅瑰的自杀和最近的几起案件有关，但是今天的调查又让我觉得好像并没有关系。"

"为什么又没有关系了呢?"

"之前,我认为所有的死者都与钱小丹举办的聚会有关,算上梅瑰,孟向明和梅瑰是参加聚会的人,吴飞、顾樊和罗晶晶是聚会后出现的人。但是经过调查,顾樊和罗晶晶并没有在聚会后出现,吴飞虽然出现了,但是之后又离开了。"

"聚会后和吴飞一起来找钱小丹的一男一女不是顾樊和罗晶晶,你是怎么知道的呢?"

"钱小丹和宋伟都是这样说的,如果钱小丹说谎,通过宋伟我们可以证实,但是宋伟说的和钱小丹说的差不多。"

"万一宋伟和钱小丹串通好了,也撒谎了呢?"

"但是他们为什么要撒谎呢?一个是吴飞相处了几年的前女友,一个是吴飞高中三年的同桌和好友,他们应该比我们更想找出凶手,他们没理由撒谎。"

楚楚点了点头,没有说话。过了一会儿,她缓缓说道:"我怎么突然觉得这几个死者和钱小丹才最有关联呢。相比梅瑰,钱小丹认识他们每一个人,而且和这几个人关系都比较亲密。孟向明和钱小丹是高中三年的师生,孟向明的第一桶金还是钱小丹爸爸介绍的;吴飞和钱小丹是好几年的情侣,几乎到了谈婚论嫁的地步;顾樊和吴飞初中就认识了,肯定也认识钱小丹;而罗晶晶是钱小丹的闺蜜。"

"难道是钱小丹杀死了这些人?"赵云飞摇了摇头。

停 职

2017年4月1日 星期六

当赵云飞远远看到警队外聚集的车辆后,他觉得有点儿不太对劲。靠近后,他才发现是大批的记者。当他试图驶入警队大院停车场的时候,有记者认出了挡风玻璃后的赵云飞。

赵云飞刚放下侧窗玻璃,无数个话筒像枪口一样瞬间对准了他。

"赵警官,请问去年的血族案之后,您妻子的死有没有对您造成重大打击?"

"赵警官,夏阳市是不是发生了重大连环杀人案?"

"赵警官,您目前的心理状态能否参与破案?"

"赵警官……"

赵云飞关上车窗,按着喇叭,几乎贴着人群驶入了警队大院。这样相似的画面,他曾经经历过,就在两个月前,后来他被停职了。

楚楚看着窗外的人群,小心地问:"云飞,到底发生什么事了?为什么会有这么多记者?"

"我也不知道,但感觉不像是好事。"

赵云飞走进大厅,发现大家看他的眼神不太一样。大牛刚好走出来,看到赵云飞后,喊了声:"师父,早。"

从大牛的语气中,赵云飞竟然听到一丝难过和同情。

"大牛,发生什么事了?"

"今天早晨……"

大牛还没说完,卢辉就走了出来,他向赵云飞招了招手。待赵云飞走进办公室之后,卢辉立刻把门关上了。

"辉子,到底发生什么事了?"

卢辉走到窗边,看到远处的记者还没有散去。他拉上了窗帘,沉默了几秒后,转过身看着赵云飞:"老赵,你说实话,不要骗我。"

"说什么实话?"

赵云飞听得一头雾水。

"你……到底有没有从嫂子去世的阴影当中走出来?"

赵云飞愣了一下,随后看了一眼楚楚。

"早走出来了!你问这个干什么?"

"你自己听听。"

卢辉打开了电脑。很快电脑里传来了赵云飞的声音,虽然只有他一个人的声音,但是他仿佛在和另外一个人"交谈",从

"交谈"中可以听出,他称另一个人为楚楚。

赵云飞望向楚楚,发现她正吃惊地盯着电脑。

"云飞,谁把……"

"你先别说话!"

赵云飞伸手示意楚楚安静。

卢辉满脸惊恐地看着赵云飞,指着他刚刚伸手的方向问:"老赵,你……你刚才在和谁说话?"

"辉子,这是谁干的?!"

"云飞,你不要生气,卢……"

"楚楚,你先别说话!"

赵云飞的语气比刚刚更重了,他再次朝着刚刚的方向看去,仿佛楚楚就站在那里。

"老赵,录音是真的?"

"有人在我的车里安装了窃听器!我不应该和楚楚聊案件细节的,但是楚楚是不会告诉别人的……"

"老赵!"

卢辉冲到赵云飞面前,紧紧抓住他的胳膊。

"辉子,你听我说,录音的事帮我保密,我后面会和你解释,我们目前掌握的线索已经开始对凶手有所威胁了,所以他们才……"

"老赵,已经迟了!"

"什么迟了?"

赵云飞直盯着卢辉的双眼。

卢辉的双手从赵云飞的胳膊上松了下来:"局里都知道了,就连电视台和报社都知道了,今天一早,这些地方同时收到一个U盘,里面就是你车里的录音。上面让你今天去做心理评估,案子的事你暂时先别管了。"

"做什么心理评估!辉子,现在案件已经到了最关键的时刻,你知不知道,可能会有更多的受害者出现。我不能接受!"

"老赵,这是命令!我不能眼睁睁看着自己兄弟出事!"

赵云飞后退一步,低头看着自己,然后又转了一圈:"辉子,我哪里出事了?你看我像有事吗?"

卢辉走向赵云飞,紧紧地搂着他,眼睛里闪着泪花。

"老赵,你知不知道你现在已经出现精神分裂了?"

赵云飞挣脱卢辉的手,一把攥住他的衣领:"楚楚不会影响我工作的,这段时间楚楚在查案上帮了我不少。"

卢辉冲着赵云飞吼了起来:"楚楚,楚楚,嫂子都去世半年了,你根本就没有接受现实!老赵,不要再骗自己了,嫂子肯定也不愿看到你这样!"

赵云飞望了一眼楚楚,发现她正满眼泪水地看着自己,并不断地摇头示意他不要冲动。赵云飞低下头,慢慢松开了手,随后他默默地交出了自己的配枪。

赵云飞从卢辉那儿拷贝了一份录音。他将车和手机都留在了警队,让刑技的同事帮忙找出窃听器,然后从警队的小门走了出去。在一个小巷子里,赵云飞将一张名片插入了墙上的裂缝中,名片上写着"夏阳市人民医院临床心理科主治医生丁建中"。

赵云飞仔细擦去尘土,然后小心翼翼地将一束鲜花放在一块黑色墓碑前。墓碑正中刻着"爱妻何楚楚之墓"几个字,右上侧是死者的影雕相片,照片中的人微侧着脸,微笑着看着前方,嘴角两侧有两个若隐若现的酒窝。

赵云飞坐在墓碑前的空地上,打开了一罐啤酒,苦笑着说:"楚楚,我又被停职了。之前被停职是因为有人辱骂你,我教训了他。这次是因为我和你聊天。你说有些人为什么会那么阴险?"

楚楚微笑着坐到了他的身边:"云飞,你不用管他们,也不要因为我和他们生气。你已经好久没喝酒了。"

"楚楚,我是不是不应该回来?这份工作对我来说是不是没有意义?我忙着抓坏人,而有些人却忙着陷害我。"

赵云飞一口气喝下一罐啤酒,随后又打开了一罐。

"云飞,你的工作很有意义啊!你不是常说刑警的工作不只是抓坏人那么简单,还是在安抚和救赎灵魂吗。"

"安抚和救赎灵魂?我没那个能力。"

"你有!而且你也一直是坚持那样做的!"

看着楚楚脸上迷人的微笑,赵云飞伸手想触碰她的脸,却发现楚楚全身突然被绑了起来,满脸苍白地看着自己,嘴里喃喃地说:"云飞,小心。"

"楚楚!"

楚楚消失了,赵云飞的身边除了冰冷的大理石墓碑,并无他人。

看着墓碑上的照片,赵云飞流着泪说:"楚楚,你说我是不是真的有精神分裂症啊?你明明已经死了,为什么我每天还能看见你,还能和你说话?"

赵云飞期待着楚楚回答,却只听到轻轻的风声。

"楚楚,你已经死了。是我害了你!为什么我能想到保护可能会被血族伤害的人,却没有想到要保护你?我为什么没有想到血族的人会把你抓去当人质?楚楚,是我对不起你!是我害了你啊!"

赵云飞搂着墓碑,头紧紧地靠在墓碑上照片的位置,失声痛哭。

墓地里有不少来祭拜亲人的人,附近的两组人不约而同地朝赵云飞的位置望去,随后他们对望了一眼,同时摇了摇头并叹了口气。失去亲人的感受,来这里的人都懂,但也都无能为力。

赵云飞不知道自己哭了多久才停下,他也不知道自己喝了多少罐啤酒,更不知道自己是什么时候抱着墓碑睡着的,但是他此刻却隐约听见有一个声音在不停地呼唤他,这个声音仿佛来自遥远的山谷。

"楚楚?"

赵云飞睁开眼睛,发现宋雪正蹲在自己身旁,满脸紧张地看着自己。

"飞哥,终于找到你了!"

"你怎么知道我在这儿的?"

宋雪自豪地说:"我猜的,我从卢队那里问到了嫂子的墓地地址。"

赵云飞努力想站起来,但是却踩到了地上的易拉罐又滑倒在地。

宋雪紧紧地拉着赵云飞的胳膊:"飞哥,小心点儿。这么多啤酒都是你喝的啊?"

赵云飞看了一眼宋雪手指的方向,地上全是空的易拉罐。

"飞哥,我第一次看到你喝醉的样子。"

宋雪说完把赵云飞再一次拉了起来,她看了一眼墓碑上的照片:"嫂子长得好漂亮!那个梅瑰的眼睛和嫂子好像啊!"

"你刚刚说什么?再说一遍。"

赵云飞突然变得十分清醒。

"我说……"宋雪有点儿犹豫,不知道刚刚的话是不是惹怒了赵云飞,"飞哥,我没有其他意思啊,我看到嫂子墓碑上的照片就突然想到了之前我们看到的梅瑰的照片,我觉得梅瑰的眼睛和嫂子的眼睛长得好像,都十分好看,她……"

赵云飞打断她的话,狠狠地拍了一下自己的头:"我真笨!怎么没想到这个呢?"

"想到哪个啊?"

宋雪有点儿摸不着头脑。

"你带手机了吗?"

宋雪赶忙在包里翻找,但是却找不到。

"糟糕了,我走得急,手机丢警队了。"

"干得不错!"

"啊?"

宋雪睁大了眼睛看着赵云飞,更加困惑了。

梅瑰妈妈打开门,发现门前站着的一男一女是之前来过的警察,连忙热情地邀请两人进屋。

虽然梅瑰家里采光很好,但是赵云飞却觉得明媚的阳光依然无法驱散笼罩在梅瑰父母心头的阴影。

"张阿姨,不好意思,我们这次又要打扰您了,又要勾起您痛苦的回忆了。"宋雪说。

梅瑰妈妈叹了口气:"这么多年都过去了,我们早接受现实了。我也要感谢你们,感谢你们还记得梅梅。"

"张女士,上次有些问题我们没有想到,所以这次又来麻烦您,如果方便的话,您可一定要告诉我。"赵云飞说。

"有什么问题,您就问吧。"

"梅瑰去世后的这几年,有没有她的同学来家里看过您和梅先生?"

梅瑰妈妈摇了摇头:"梅梅是高中毕业那年夏天走的,她的高中同学都去念大学了,他们应该都不知道梅瑰已经不在了,所以这几年都没有人问起过梅梅。不过今年年后倒是有一个小伙子来过我们家,对了,我想起来了,那天日期还挺特别的,2月22号。那个小伙子说他哥哥以前是梅梅的高中同学,他是替他哥哥来看望我们的。"

"小伙子和他哥哥的名字,您知道吗?"

"具体叫什么不知道,但是小伙子说他姓高,让我们叫他小高就行了。"

"这个小高知道梅瑰出事了吗?"

"应该是知道的,小高说他哥哥生病了,不方便过来看我们,就委托他过来,他还说他哥哥高中的时候是梅梅最好的朋友。当时梅梅爸爸也在家,我们都很惊讶,因为我们从来没有听梅梅说过她有处得好的男同学。我还记得小高上楼看到梅梅的照片之后立刻就哭了,他还说他们应该早点儿知道的。"

"后来小高还说过什么吗?"

"他后来向我们问了梅梅失踪前的情况,就是上一次你们问我的那些问题。上次你们来的时候,我就觉得你们问的问题很熟悉,却愣是没想起来之前来过的小高。唉,自从梅梅走了之后,我和她爸的记性真是越来越差了。"

"那个小高还问了什么吗?"

"他还问了梅梅的墓地地址。"

"我觉得这个小高应该不是替他哥哥来看您和叔叔的,他自己应该就是梅瑰当年的高中同学和好朋友。"宋雪说。

"我和梅梅爸爸开始也是这样觉得的,甚至怀疑他是不是梅梅高中时候的男朋友,但是听他说话的口气又不像。他聊到梅梅的时候一直都是说梅瑰姐,而且感觉非常尊重我们家梅梅,完全不像是男女朋友之间的那种感觉。"

"小高长什么样,您还能记得吗?"赵云飞问。

"长得不丑，个子和您差不多高，浓眉大眼的，对我们两口子很有礼貌。对了，小高走了之后，我和梅梅爸爸发现梅梅房间的桌上多了两万块现金，肯定是小高偷偷留下来的。"

"小高后来有来过吗？"

"没有了，不过他说过等他哥哥病好之后会再来看我们的。说实话，我和梅梅她爸还挺喜欢这个小高的，虽然没见过他哥哥，但是觉得他哥哥应该也是一个不错的人。"

赵云飞和宋雪站在梅瑰家外面的护城河边上，这次已经看不见清理淤泥的作业船了。两人靠在水泥栏杆上，望着梅瑰家的方向。

"我被停职了，卢辉会直接负责这个案子，后面你也不要来找我这个精神病了。"

宋雪严肃地看着赵云飞，说："飞哥，我不允许你这样说自己。说实话，我早晨也是听了录音之后才知道发生了什么。我不管其他人怎么看你，至少我听了录音之后更加敬佩你了！"

"敬佩我什么？"

"我敬佩你是这样有情有义的人！嫂子如果在天有灵，一定会被你对她的爱感动的。"

赵云飞苦笑着摇了摇头："她不恨我就不错了，是我害了她。我曾经答应她会照顾她保护她一辈子，但是根本没有做到，反而一直是她在照顾我保护我。"

宋雪看到赵云飞的眼泪顺着眼角缓缓流下，她心疼地说：

"飞哥，你不要自责了。既然嫂子生前一直和你在一起，那就证明她是非常支持你的工作的。虽然她也没有想到会发生后来的事，但是她肯定不会怪你恨你的，如果你一直生活在自责之中，嫂子肯定也会为你担心的。你如果再自暴自弃，嫂子才会真的恨你！"

赵云飞用力地眨了眨眼，随后用手擦去脸上的泪水。他望向梅瑰家所在的那栋住宅楼："我得想办法回避回避，看来我也被那个黑客盯上了。手机我已经关机放车里了，后面我也不用了。"

"那我想联系你怎么办呢？"

"夏天你还记得吗？"

"还要等到夏天吗？三月才结束！"

赵云飞笑着摇了摇头："是我的同学夏天，住在护城河旁，家像猪窝的那个。"

"哦哦，我想起来了，他和你还是一个村的。你要住他那儿吗？"

"是的，你回去让刑技那边把兄弟们的手机都查一遍，看有没有被监听，你如果有事要找我就晚上来，不要带手机。"

夏天看了一眼时间，十一点半，他记得是十分钟之前点的外卖，怎么会这么快就到了？他兴奋地大吼一声："来了！"

拉开门之后，他惊讶地发现赵云飞拎着一个黑色软包站在门口。

"大飞?"

"夏天,我要在你这儿住一阵子。"赵云飞说完便走了进去并随手关上了门。

"可以啊!但是你不是耍我的吧,我知道今天是愚人节。"夏天笑着说。

赵云飞停下,转身看着夏天:"今天是愚人节吗?难怪我被人耍!"

"谁敢耍你?"

"在你这儿,会被监听吗?"

"这一点你可以放心,我的水平还是能应付监听的。"

2017年4月2日　星期天

清晨的阳光透过小小的天窗照进来,赵云飞下床来到窗前,打开了天窗。凉爽的空气随即扑面而来,他不自主地打了个哆嗦。夏天家的阁楼虽然没有梅瑰家的那种露台,但是窗外同样能看到夏阳市的护城河。

梅瑰搬进新家之后,是不是每天都会站在露台上眺望护城河?赵云飞边想边踩着木制楼梯来到楼下,发现夏天仍然坐在电脑前。

"你是已经起来了,还是一夜没睡?"

夏天离开宽大的旋转椅,站起来伸了个长长的懒腰后走进客厅。他兴奋地看着赵云飞:"熬了个通宵,终于把最后的代码写完了。昨晚睡得怎么样?这个阁楼我有半年没上去过了。"

"我昨晚睡得很踏实。待会儿请你吃早点。"

"不用了,我晚上吃了一夜零食,一点儿都不饿。对了,昨晚你还没有告诉我你为什么搬来我这儿。"

赵云飞拿起夏天电脑桌上的一瓶罐装咖啡,打开喝了一口。

"我被人监听了。"

"哦?"夏天瞬间来了兴趣,"是不是被上次那个黑客监听了手机?"

赵云飞摇了摇头:"应该不是手机,监听的内容都是我在车里说的话,像是有人在我的车里安装了窃听器,为了保险起见,我把手机关机放车里了,车现在也停在了警队。"

"那这个比在你手机里植入病毒监听要简单多了,不过也不能排除你手机也被监听的可能。那你后面查案怎么办?"

"我被停职了。"

"What the f……?"夏天飙出半句英文,"出了什么事?怎么又被停职了?你不会又教训了哪个领导家的熊孩子吧?"

赵云飞一口气喝完剩下的咖啡,然后走到沙发旁,一屁股坐了下去,几秒之后,他看着夏天,缓缓说道:"我有精神分裂症!"

"精神分裂症?真的假的?"

夏天快速坐到赵云飞身旁,上下仔细地打量他:"我怎么看不出来?你会不会像我们村里小凯他妈那样拿刀到处砍?"

赵云飞故意严肃地看着夏天:"很有可能,你最好把你家的刀都收起来!"

夏天深吸一口气,身子往旁边挪了挪:"那么严重?"随后他打量了一下四周,指着他书房办公桌上的两部电脑说,"你砍我可以,千万别砍我电脑,那两台电脑陪了我好几年,供我吃供我喝,就像我的好战友。我买了意外险,我死了我妈能拿到三百万,够她养老了。"

赵云飞摇了摇头,笑着说:"骗你的,和小凯妈不一样。我的精神分裂症是那种会产生幻觉的,我总觉得楚楚就在我身边,然后我经常和她聊天。"

"妈呀,刚刚吓死我了!你不知道,我从小就怕小凯他妈,每次看到她我都跑得远远的。你和嫂子聊天那是完全不同的画风啊,那叫唯美!"接着夏天又变得十分伤感,"嫂子都不在了,还不让你和她聊天,哪条法律规定的!大飞,我挺为嫂子感到可惜的,你说世界上为什么总有那么多坏人?"

"那是因为这些人控制不住自己灵魂邪恶的一面。"

赵云飞看着夏天,从小到大,夏天总是天真得像个孩子。

"必须将这些邪恶的灵魂绳之以法,大飞,这就是我一直佩服你的地方,那些邪恶的灵魂看到你就害怕,不然这次怎么会用这种下三滥的手段来抹黑你。"

"邪不胜正,黑暗遮不住光明。"

"说得对!"夏天打了个哈欠,"大飞,你抓坏人从来没有输过!这次也一样不会输!我去睡觉了,有什么事尽管喊我,门口鞋柜上有我的车钥匙，厨房柜子里有方便面，冰箱里有我妈包的饺子，在我这儿，你不要客气，就当自己家。"

"谢了，兄弟！"

目送夏天进入卧室后，赵云飞闭着眼睛靠在沙发上，他在想窃听器是什么时候装进他车里的。他听过那份录音，明显经过了剪辑，全是他和楚楚的对话，准确说，应该是他和想象中的楚楚的对话，既有讨论案件的，又有对之前的回忆。但是奇怪的是，关于案件的录音并没有涉及任何受害人的名字，涉及受害人名字的地方全都被剪掉了，只能听出凶案的警队内部命名。很显然，对方不想暴露死者，只想破坏自己的名声。到底是什么人干的呢？这个人和这些死者又有什么关系呢？

赵云飞起身走进厨房，他打开冰箱的冷冻室，发现里面有三大包包好的饺子，每大包里面是分好的小包，每小包大约十几个。他从中拿出了一小包。在他的记忆中，夏天妈妈做的面食在他们村里是出了名的好吃。如果他没猜错，这份饺子肯定是夏天最喜欢的猪肉芹菜馅的。

吃完一盘猪肉芹菜饺之后，赵云飞将厨房和客厅打扫了一遍。由于夏天只会煮面条和下饺子，整个厨房几乎没有油烟，清理起来比较简单。之后，赵云飞又坐在了沙发上，闭上了眼睛，开始重新审视这几个案件，希望能找出新的线索。

"云飞，凶手先是杀了顾樊，然后又去杀了吴飞，你说凶手是不是从顾樊那里知道了什么？"

赵云飞睁开眼睛，发现楚楚又出现在了自己的身边。

"这个我之前倒是没有想过。你的意思是凶手通过顾樊了解到了其他人，随后逐一杀人灭口？但是凶手究竟是因为什么事而要杀他们的呢？"

"云飞，就先按照你的直觉来，梅瑰的死假如和这些被害人有关，有人要为梅瑰报仇。但是报仇之前，这个人得弄清楚是谁害死了梅瑰，所以必须经过一番调查。"

赵云飞看着楚楚："今年年后，二月下旬的时候，有个叫小高的人去看望过梅瑰的父母，他自称是梅瑰高中时候的好朋友的弟弟，你说这个人会不会是高凡？通过我们的了解，梅瑰整个高中没有任何朋友，如果有，那一定就是高二下学期退学的高凡！"

"但是这个高凡干吗要掩饰自己的真实身份呢？他哪来的弟弟啊！"

"可能是为了后面的复仇，梅瑰妈妈说他问了和我们一样的问题。"

"你们问了这些问题之后，调查出了罗晶晶这个人，却被凶手捷足先登了！"

"凶手的团队里有黑客高手，他们能搜集到我们无法获得的资料。"

"这些被害人是如何导致梅瑰自杀的呢？他们之间到底发生了什么？还有孟向明为什么也会在里面？"

楚楚的一连串问题让赵云飞再次陷入了困惑，就像绕了一大圈，最后又回到了起点，怎么都走不出去。

天使之城

2017年4月2日　星期日

小鹏远远看到一辆军绿色的丰田陆地巡洋舰缓缓驶入他们的大型汽修厂，待车停稳之后，他微笑着快速迎了上去。

一个皮肤黝黑、戴着墨镜的男人打开驾驶室的车门跳了下来，男人身材并不高大，最多一米七，但是全身上下却散发出一种迷人的魅力。小鹏觉得他的打扮就像电影里的神秘特工。

"帅哥，您好，看您车牌是外地的，是来我们厂里改装吗？您放心，北极卡车风格的，我们都能改！"

男人摘下墨镜，冲着小鹏笑了笑，随后掏出手机："不好意思，我是来找人的，这是我以前的一个朋友，他在你们这里上班吗？"

小鹏看了一眼手机，激动地指着照片说："这不是大凡吗？您是他……战友吧，一看您这打扮就像是当过兵的。"

男人笑着点了点头,说:"对,你怎么看出来的?我跟大凡以前一起当过兵,退伍后有几年没见面了,到处打听才知道他在这片汽修厂上班,我也没他联系方式,就一路问过来了。"

"您这个战友可是我们厂里的镇厂之宝啊,我们老板超喜欢他,他几乎什么车都能修。不过很可惜,他今年年后刚上班没两天就辞职走了。"

"他辞职了?你有他的联系电话吗?"

"有,但是大凡辞职后一直关机,联系不上。我估计他号码已经换了。"

"大凡为什么辞职?"

"具体原因我们也不知道,大凡平时从来不聊他自己的事,我也只知道他以前当过兵。不过我记得他是接了一个电话之后辞职的,很突然,当时我就在他旁边。"

"电话里说了什么?"

"对方说了什么我不知道,反正我听到大凡说什么书店,寄信什么的,大凡又说不用寄,他自己去书店拿。"

"有提到书店的地址和名字吗?"

小鹏想了想:"地址我没听到,好像是他老家的书店吧。不过书店名字我倒是听到了,名字还怪特别的,叫什么来着……对了,叫'天使之城'。"

"'天使之城'?这名字确实很特别。非常感谢!"

男人感激地握住小鹏的手,随后快速返回车中。

小鹏朝着驾驶室里的男人喊道:"如果你找到大凡,记得告诉他，我们老板想死他了，欢迎他随时回来。"

看着大型越野车车尾扬起的灰尘，小鹏揉了揉刚刚被握疼的右手，嘀咕了一句："当过兵的就是不一样，握手握得这么有劲。"

赵云飞先将夏天的大众高尔夫加满油，随后驱车近一个小时来到了距离夏阳山西南方向约十五公里的小阳山陵园。停好车后，赵云飞抬头望了一眼入口处高大的牌坊，感觉这个陵园更像旅游景区。

在陵园管理处，赵云飞向一位中年女性工作人员询问梅瑰的墓地位置，结果刚说出梅瑰的名字，那名工作人员就好奇地问道："怎么又是找这个叫梅瑰的姑娘？上次有个人也是让我帮他查这个梅瑰的墓地位置。"

"大姐，那个人什么时候来的？"

"二月下旬的时候吧，是个年轻的小伙子，个子和你差不多高。"

小阳山陵园的面积比楚楚所在陵园的面积要大很多，赵云飞找了十分钟才找到梅瑰的墓地。梅瑰的墓碑上印着她生前的照片，和她房间书桌上的照片是同一张，不过是黑白的。梅瑰的墓碑前放着一束已经枯萎的鲜花，赵云飞推测应该是高凡送来的。

赵云飞蹲下身，小心翼翼地将鲜花放在高凡的鲜花旁。他看着照片中梅瑰的眼睛，越看越觉得像楚楚的眼睛，给人一种非常温暖非常舒服的感觉。

"云飞，你看梅瑰这个小姑娘长得多漂亮，真希望她是我的小妹妹。"

赵云飞看了看楚楚，随后又将目光转向梅瑰，叹了口气："梅瑰啊，你这么年轻这么漂亮，为什么这么傻要选择自杀呢？"

赵云飞起身，抬头望向天空，此时的太阳刚好被一大片乌云所遮蔽。

"云飞，想要了解一个人，一定要了解他曾经生活过的地方。"

赵云飞点了点头，向梅瑰深深地鞠了一躬之后便离开了陵园。

一个多小时后，赵云飞再次来到了高达智的家里，开门的仍然是他的妻子。

"您是上次来的警察同志吧？是赵警官！我还记得。您还是为了凡凡的事吗？"

赵云飞微笑着说："是的，不好意思，大姐，又要打扰您了。"

"没事，进院里说吧。"

赵云飞还是选择坐在上次的石凳上。

"大姐，我想详细了解一下高凡从小到大的情况。"

高达智的妻子叹了口气："赵警官，不瞒你说，上次你走了之后，我好几天都没有睡好，晚上一躺到床上就会想起凡凡。我不知道你们为什么要找他，但是我可以向你们保证，凡凡是个心地善良的孩子，绝对不会做什么伤天害理的坏事的。"

"您能说说高凡小时候的事吗？"

"凡凡小时候？"高达智的妻子很快就陷入了回忆，过了一会儿，她微笑着说，"凡凡从小就比较憨，也很少哭闹，就好像知道自己是被捡回来的一样。他小时候胆子比较小，上幼儿园和小学的时候，经常挨同学欺负，他的同学经常嘲笑他是从垃圾桶里捡来的野孩子，加上他小时候也不是特别聪明，成绩也不好，所以学校的老师也对他比较冷漠。"

"那他后来成绩是怎么变好的？"赵云飞好奇地问。

"其实这个连我们都觉得很奇怪，可能是当时住在我们隔壁的那个邻居在学习上帮助凡凡了吧？"

"那是什么时候的事？"

高达智的妻子想了想："应该是凡凡上二三年级的时候吧，那个时候我婆婆家隔壁住了一个怪人，就你进来巷子口的左边，本来那里有一排平房，去年的时候拆掉了。那个人好像是上海人，不知道是什么原因跑我们这儿来了，大概在我们这里住了一年多的时间。他天天躲在屋子里，也不怎么出来。他让凡凡帮他买过东西，后来凡凡就经常往他家跑。凡凡跟我们说过，他说那个大哥哥好厉害，懂好多东西，还辅导他功课，教他英语。我们也没当回事，只要不是坏人我们就放心了。后来凡凡成绩变得越来越好，学习也越来越认真，为此我婆婆还经常烧一些菜让凡凡给那个人送过去。那个人我见过几次，就像那种大学里面的书呆子，戴着眼镜，对人很冷漠，从来不和我们打招呼。我们和他打招呼，他也不理，我真不知道凡凡是怎么和他相处的。那个人搬走之前还送给凡凡一些书和一台新的笔记本电脑。那个人走了之后，凡凡难过了好长一段时间，后来他学习就更用功了。他说他一定会好好学习，绝对不会让大哥哥失望的。"

"高凡懂电脑吗?"

"这我就不知道了,他那台电脑就像他的宝贝一样,都是收起来的,从来不让别人碰,反正我们从没看他用过。四年级开始,凡凡每次考试几乎都是班里第一,不过老师和同学还是很不喜欢他。"

"同学不喜欢他可能是因为嫉妒他,但是老师一般不都喜欢成绩好的孩子吗?"

"凡凡四年级上半年的时候,我婆婆心脏病突发去世了,后来学校开家长会都是我去的,我也和老师聊过凡凡的情况,老师说他成绩是没问题了,但是人变得很骄傲和自闭,不愿意和同学交往。我也问过凡凡,凡凡说那些同学以前天天骂他是野孩子是傻瓜,老师之前也经常骂他,他不想跟他们有任何交流。反正在学校是以学习为主,学习好就行了,我们也没太在意。说实话,那个时候,我主要的精力都放在自己孩子身上了,对凡凡的学习也没上过心。"

"您刚刚说的是高凡上小学时的情况,他上初中之后怎么样了?"

"上初中后,凡凡的学习更不用人操心了,而且周末、寒暑假的时候,他还打工补贴家用呢!"

"我记得您说过高凡初中的时候在一家汽修店帮忙?"

"是的,应该是凡凡小学毕业的那年暑假他就在那家店帮忙了,那家店在他小学附近,离我们这儿也不是很远。上高中的时候，我公公身体变得也不好了，凡凡就很少去店里了。那家店好像现在还开着呢，不过我也没去过。我真想不通，那家店怎么会同意凡凡在那儿帮忙的？"

"那家店名字叫什么？"

"叫陈记汽修。从凡凡的小学出门右转，直走十分钟就到了。小学就在你来的路口对面。"

"高凡是怎么找到那家店的？有人教过他修车吗？"

"这我们就不知道了，凡凡也没跟我们说过。上高中以后，凡凡基本上就是学习和照顾我公公了。再后来，之前我跟你说过的，我公公去世后，我家老高和凡凡聊房子的继承问题，凡凡签了放弃遗产的保证书之后就走了。我听隔壁邻居说，凡凡当时是晚上走的，有人看到他背着书包，一手拎着一个蛇皮袋。唉，我想想都觉得凡凡可怜，也不知道他去哪儿了，他那个时候也没有手机，我也联系不上他。我感觉凡凡就是被我家老高硬逼走的。"

"后来你们有收到高凡的消息吗？"

高达智的妻子摇了摇头："再也没有，他就像人间蒸发了一样。如果你们找到他，一定要告诉我啊。"

一个穿着风衣、面部白皙的年轻男人正通过手机地图寻找一家名为"天使之城"的书店，该书店位于老城区步行街附近的一条巷子里，巷子很深，两侧开满了各色店铺，有咖啡店、餐厅、精品店等。

虽然手机地图上显示的是"天使之城",但是男人只看到了店铺名字是"汤姆的口袋"的书店。店面宽约五米,上下两层,透过巨大的落地窗可以看到楼下是卖书的,楼上则像是咖啡店。

"帅哥,有什么需要帮忙的吗?"一个年轻的女孩微笑着问。

"美女,你好,我想问一下这附近有叫'天使之城'的书店吗?"

女孩笑着说:"您现在就在'天使之城'。"

"这儿不是'汤姆的口袋'吗?"

"是这样的,'天使之城'由于经营问题,年前的时候已经关门了,后来我们老板把这个店铺租了下来,进行了重新装修,开了现在的'汤姆的口袋'。"

"'天使之城'的老板你认识吗?我有点儿事情想找他帮忙。"

"'天使之城'的老板我可不认识,不过我们老板认识,听说是一个美女。"

"那你们老板在吗?"

"在的,他就在楼上。"

"谢谢!"

陈记汽修只有两间门面,门前还有一小块停车场,停了两辆车。两间门面分别是两个工位,其中一个工位升起了一辆黑色的奔驰中型越野车。

赵云飞走进门店内部,环顾四周后发现这是他见过的最整洁的汽修店,一切工具摆放得井井有条,这种整洁度他只在军营里见过。

"请问有人吗？"赵云飞喊道。

"来了！"

一位身穿深蓝色工装的中年男人快步走了出来，手里拿着一个活动扳手。男人五十多岁的年纪，个头不高，一米七左右。赵云飞的注意力瞬间被这个男人的脸给吸引了，男人竟然长着一张维吾尔族人的面孔。

"先生，您好，我们这里不提供洗车服务。要修车的话，也需要等。我这台车还没弄完，外面还有两辆在等着。"

这个男人虽然长着一副维吾尔族人面孔，但是说的却是夏阳当地话，听不出半点儿维吾尔族口音。

"老板您好，我不是来修车的，是来向您打听个人的。"

"打听什么人？"

"想向您打听一个叫高凡的人。"

"不好意思，我不认识这个人。"

赵云飞在老板的脸上没有看到一丝犹豫，他想了会儿，继续问道："老板，您的店铺平时就您一个人在打理吗？"

老板点了点头："我这个小修车铺做的也不是什么大生意，我也没那么多钱雇人，平时我一个人能应付过来。"

"听说您十年前收了个小徒弟？"

"你是什么人？"

"我是警察，不过我最近因为个人健康问题被停职了，出示不了警官证。"赵云飞边说边掏出了身份证，"我姓赵。您不放心的话现在可以打电话到刑警队,向刑侦支队的卢辉队长核实一下。"

老板盯着身份证看了几秒,又看了一眼赵云飞,并未说话。

赵云飞收好身份证,接着说道:"您应该非常喜欢这个小徒弟,我想您肯定也不希望他出什么事吧?"

老板突然看着赵云飞:"赵警官,阿凡出了什么事?"语气中很明显能听出一丝担忧。

"最近夏阳发生了几起刑事案件,可能和高凡有关,我想向您了解一下他的一些情况。"

"赵警官,你刚刚说你因为健康问题被停职了。"

赵云飞笑着说:"那是官方的说法,真实原因其实是和那几起案子有关。关于您小徒弟和这些案子之间的关系,我和您一样困惑。"

老板将扳手放在墙上的工具架上,随后说:"我们里面聊。"

工位后方是一个封闭的办公室,有一张办公桌、一个书柜和一张三人位的沙发,整个办公室也非常干净,没有一丝混乱,和外面一样井井有条。

赵云飞在沙发上坐下后,老板给他倒了一杯水。

"阿凡是个不错的孩子,我一直把他当儿子看,他高二退学后我就再也没见过他。"

"他退学的事您知道?"

"知道,他离开夏阳之前来看过我。我本来想留他和我一起修车的,但是后来想想,他那么年轻,以后还有更好的前途,就没留他了。"

"您知道他后来去哪儿了吗？"

"他没说，我也没问他。"

"当年高凡是怎么到您店里帮忙的？"

"说起来也是缘分。"老板感慨道，随后陷入了回忆。

"那是十年前的夏天，有一天，我看到一群男孩子追着阿凡，一边追还一边骂，有的人手里还拿着棍棒。快到我店门口的时候，阿凡摔了一跤，被追上了。那群人围着他拳打脚踢，你别看那些孩子年纪不大，打起人来一个比一个狠，下手根本不分轻重，真的是把阿凡往死里打。阿凡也很有种，明知道打不过还和他们硬拼。我当时看不下去了，抄着个扳手就跑过去了，一脚踹开打得最凶的那一个，然后说：'哪个王八羔子敢欺负我侄子，不想活了！'那帮孩子当中有几个个子高的，像是社会上的小混混，他们看我个子不高，还想连我一起打。我当时把扳手塞到阿凡手里，把那个看起来像是那群人老大的放倒在地，然后阿凡挥起扳手朝着那个人的头就砸了下去。我当时以为阿凡要闹出人命了，还好他砸在了那个人旁边的水泥地上，水泥都被砸掉好大一块。阿凡这一扳手把那些人全都给镇住了，那个老大起来的时候腿都吓软了，然后就带着那群人跑了。后来我把阿凡领到我店里，给他清理了伤口，哪知道小家伙突然跪了下来，谢谢我救了他。我扶他起来，问他家住哪儿，他一下就哭了，我从没看过哪个孩子哭得这么伤心，之前他被那群人打的时候我都没见他淌过一滴眼泪。"

"他肯定有很多伤心事在心中憋了很久。"

老板点了点头："阿凡告诉我，他叫高凡，从小就没有父母，他是养母从公园里捡回来的。从小到大，就只有养父、养母和嫂子对他好，但是嫂子后来工作忙，也很少来看他了，养母在他四年级的时候去世了，养父的身体也越来越差。看到阿凡，我就想到了我儿子，我儿子在我遇到阿凡两年前遭遇车祸，和他妈妈一起走了。"

说到这儿，老板停了下来，有点儿哽咽，但很快又恢复了正常，他接着说："我看阿凡挺可怜的，就问他有没有兴趣跟我学修车。他当时就来了兴趣，我给他讲了汽车的工作原理以及常见的故障，想不到他一听就懂了。那年暑假他刚好小学毕业，也没有作业，于是没事就来店里，再后来他上了初中，周末和寒暑假还会过来帮忙。"

"您知道高凡有哪些朋友吗？"

"朋友？"老板想了想，说道，"我印象中只听到他提到过两个朋友，一个他喊小威，说是电脑高手。另外一个叫阿帆，帆船的帆，人很聪明，总是有很多鬼点子。赵警官，到底是什么案子？阿凡做了什么？"

"具体发生了什么我们也在侦查中，不方便透露细节。我能告诉您的是，他可能和几宗命案有关。"

"命案？阿凡怎么可能会杀人呢？"

"具体的我们也在调查，只是怀疑高凡和命案有关，最终事实如何，我们是讲证据的，不会随便抓人。"

老板变得有点儿魂不守舍，他叹了口气，像是自言自语一般："如果真是阿凡干的，你们估计很难抓到他。"

赵云飞好奇地看着老板："为什么很难抓到他？"

老板突然摇了摇头，像是要努力让自己变得清醒一样，他看着赵云飞，缓缓说道："阿凡这孩子有着钢铁般的意志力和执行力，一旦他决定要做什么事，他一定会坚持到底，不顾一切代价做到完美。"

赵云飞情不自禁地点了点头，仿佛是对老板刚刚所说的话表示肯定，随后他又笑着问："老哥，我还有一个问题，是和您有关的，不知道您方不方便回答？"

"和我有关？什么问题？"

"您是维吾尔族人吗？"

老板听到这个问题也笑了："怎么说呢，我应该算是半个维吾尔族人吧，我爸爸是汉族人，妈妈是维吾尔族人，但是我从小是在夏阳长大的，新疆也只有小时候过年和放暑假去过。"

"那您会维吾尔语吗？"

"那肯定会啊，我妈从小就教我维吾尔语，我和她在家都是讲维吾尔语的。"

"您教过高凡维吾尔语吗？"

听到这个问题后，老板脸上的笑容中夹杂了几分自豪："赵警官，我是教过阿凡维吾尔语。当时只是没事闹着玩的，教的也就是一些简单的口语，但是没想到阿凡非常感兴趣，他学得很快，后来他自己还买了资料自学。说实话，他维吾尔语比我这半个新疆人讲得都标准。我从小在夏阳长大，维吾尔语也只是能听懂，会说，但是读写能力很一般，但是阿凡可不一样，他的维吾尔语就像从小在新疆长大的孩子一样，而且是那种学习非常用功的维吾尔族孩子，听说读写都非常优秀。"

"是周彤女士吗？"

周彤回头发现一个年轻男人正站在马路对面朝她挥手。男人穿着休闲西装，长得很帅气。男人很快小跑着过了马路。

"您是刘老板介绍过来的那个张俊先生？"

"是的，我想向周老板打听一个人。"

"张先生还是直接叫我周彤吧，我之前只是一家小书店的小老板，还比不上人家摆摊的小贩呢。小贩们还在摆摊，我的小书店都已经关门倒闭了。"

张俊微笑着说："塞翁失马，焉知非福？附近有一家不错的咖啡店，能请周彤女士您喝杯咖啡吗？"

"那我就恭敬不如从命啦。"

两人步行大约五分钟便来到了那家咖啡店，是一间咖啡会所，位于一栋公寓楼的二楼。服务员将两人领入一个包间，两人入座后，张俊让周彤看菜单，随后点了咖啡和简餐。

"我以为张先生是临时起意要请我喝咖啡的，想不到包厢都已经安排好了，我真的是受宠若惊啊！"

张俊笑着说："都说笨鸟先飞嘛！我这个人反应比较慢，所以喜欢提前规划。"

周彤觉得对方除了长相帅气，还挺有幽默感，她笑着问："张先生安排得这么正式，想打听什么人啊？我还不知道能不能帮上忙呢。"

"这个人是我以前的高中同学和好兄弟。他高二退学后我就再也没见过他了，也联系不上他。最近我好不容易托人打听到了他的下落，但是发现他又离开了。我听人说，离开前他接到过来自'天使之城'书店的电话，说是有封信要给他，但是他说要自己回来拿。"

听到信，周彤突然又想起了那个人，这段时间以来，她一直试图忘记他，但是却怎么也无法彻底将他从脑海中抹去，而那封信则是周彤遇到过的最神秘最特别的信，同时还有那个年轻的漂亮女孩。

2012年年初，周彤用打工的积蓄和从朋友那儿借来的钱开了家名为"天使之城"的小书店，除了卖书，也卖一些精品文具和小工艺品，另外书店还提供一项特别的服务——代寄信件，而且代寄的时间可以自己选定，在选定的那天，书店会负责将信件寄出。

此时，周彤的思绪快速飘回到2012年的夏天。七月底的一天，一个满脸忧伤的漂亮女孩走进了书店。

2012年7月29日　星期日

"姐姐您好，请问你们书店真的可以代寄信件吗？而且时间可以自己选定吗?"

周彤仿佛瞬间被闪电击中一样,她赶忙抬头看向站在跟前的女孩。女孩的声音和自己妹妹小洁的声音太像了!周彤盯着女孩的脸,她和小洁一样,清纯漂亮却又充满忧伤。

如果小洁当年没遭遇那场意外的话,她也差不多和眼前女孩这般,到了高中生的年纪。快速收起回忆后,周彤笑着点了点头:"是的,妹妹,你选定时间后,我们书店一定会准时将信件寄出的,你看那里的几个信箱,后面的几个月,你想在哪个月寄,就把信投入对应的信箱里就行了。"

女孩望了一眼那代表着十二个月份的绿色复古铁皮信箱,随后又问道:"只能是一年的时间吗?时间能不能再长一点?"

周彤笑着问:"从我们提供这项服务开始,顾客的信基本上都是在一年以内寄出的,当然你可以放心,时间长一点也是可以的。你是想多长时间之后寄出呢?"

"四年之后可以吗?"

周彤听了之后大吃一惊,她都不敢确定自己的小书店四年之后是否还能继续营业,但是看着女孩期待的眼神,周彤点了点头,"放心吧,妹妹,我个人绝对会帮你把信寄出。你信带了吗?"

"你们书店卖信纸和信封吗?"

"有的,妹妹,都在那边,你自己选,看有没有你喜欢的。"

女孩挑好信纸和信封之后,又询问了周彤的姓名,随后便在书店角落的一张桌子旁坐下了。周彤看到写信的过程中,女孩忍不住哭了两次,其间又时而低头沉思,她甚至看到女孩的泪珠一滴滴地落在信纸上。

这个女孩到底有什么伤心事呢？周彤非常好奇，但是又不方便询问。大约一个小时之后，女孩将两个信封递给了周彤。

"姐姐您好，有两封信，这封请在2017年2月13日寄出，是寄给您的。"

"寄给我的？为什么？"周彤十分惊讶。

"您到时候打开后，里面有收信人的姓名和电话，然后麻烦您帮忙联系一下收信人，如果接电话的是他，麻烦您在2017年2月14日那天将另外一封信寄出。如果接电话的不是他，麻烦您帮我把信烧掉。可以吗？"

听着这熟悉的声音，周彤又想到了小洁。看着女孩挂着泪痕的漂亮脸蛋，她心中有种说不出的心疼，根本没有理由和勇气拒绝："放心吧，妹妹，相信我，包在我身上了。妹妹，听姐姐一句话，一切都想开点儿！生活其实还是很精彩的。"

"谢谢您！"

女孩朝着周彤深深地鞠了一躬，随后哭着离开了书店。

女孩走后，周彤小心翼翼地将两个信封放进了自己的包里。晚上回到家，她做的第一件事就是将两封信找一个安全的地方藏起来。那天晚上，女孩挂着泪痕的脸深深地印在了周彤的脑海中，女孩匆匆离去的身影也不知不觉和小洁的形象重叠在了一起。爱读书的周彤为女孩设想了无数伤感版本的故事，却始终无法与女孩的痛苦程度相匹配。她不知道何时才能再见到女孩，她甚至连女孩的名字都不知道。

2017年2月13日　星期一

清晨，周彤从柜子里取出了那两封信，迫不及待地撕开了寄给她自己的那封，里面的信纸上只写了人名和手机号码，字迹整洁清爽。

早上十点整的时候，周彤用颤抖的手拨通了纸上的号码，接电话的男人声音很好听，更令周彤激动的是这个男人和纸上写的是同一个人。她想找对方要收信地址，但是对方告诉她不用寄给他了，他会来找她取信。

挂了电话之后，周彤激动的心情久久难以平静，她自己也不知道为什么，但是她知道自己激动并不仅是因为实现了几年前的诺言，她觉得可能是对方得知那个女孩的信件后的兴奋心情感染了自己。

2月13日晚上八点的时候，周彤在"天使之城"附近的一个体育公园和收信人见面了，收信人似乎是直接从车站过来的，身上背着双肩大背包，另外右手还拉着一个大行李箱。

"周女士您好，我是高凡，这么晚还麻烦您出来给我送信，实在不好意思。"

"没事，其实我也很想见一见你这个神秘收信人，放心哦，信我绝对没有拆开看过。"周彤边说边微笑着将信交给对方。

"谢谢，我相信您！"

高凡接过信便在旁边的一个长椅上坐了下来,然后迫不及待地拆开了信。长椅旁刚好有一盏明亮的路灯。

周彤没有走开,而是在高凡身旁隔着一个位子小心地坐了下来。借助路灯的灯光,她悄悄地打量着高凡。高凡看起来像是久经沧桑,但是长相还算比较帅气,特别是眉毛,显得整张脸非常刚毅。但是接下来发生的事却是周彤怎么也没有想到的。高凡突然哭了起来,整个人掩面痛哭。周彤一时间有点儿不知所措,她从来没看过一个男人如此痛苦地哭泣。

"高先生,发生什么事了?"周彤紧张地看着高凡。

"你为什么骗我?你为什么不早告诉我啊?"高凡边哭边用头奋力地撞击身旁的钢制路灯灯杆。

周彤赶忙去拉高凡,但是她的力气比不过高凡,很快就被挣脱了。高凡再次猛烈地撞击灯杆之后突然又平静下来了,他调整坐姿,拿起信,从头到尾又看了一遍。

"周女士,您好,这封信是什么人什么时候给您的?"

高凡此时的冷静让周彤更加吃惊,仿佛刚刚什么都没有发生过一样。周彤将四年前女孩来书店的情景仔细描述了一遍,她根本不用去回忆,因为当时的每个细节都深深地刻在她的脑海之中。

"那个女孩出了什么事吗?"

高凡并没有回答这个问题,他仍然十分冷静地说:"周女士,感谢这几年您所做的一切,日后我一定会报答您。"

周彤摆了摆手:"高先生言重了,我只是帮忙代寄一封信而已，虽然时间长了点儿，但最后还是您自己来取的，我只算是保管了一段时间。"

"周女士，我也希望您能帮我一个忙，不知道您方不方便？"

"您说吧，看我有没有能力帮。"

"如果有任何人问起信的事，麻烦您什么都不要说，您就当寄信人、收信人和信都不存在。可以吗？"

看着高凡期待的眼神，周彤仿佛又看到了当年那个恳请她寄信的女孩，她毫不犹豫地点了点头。

"这个礼物请您收下，再次感谢您！"

高凡将一个牛皮纸信封塞进周彤的手里，深深地鞠了一躬，随后带着行李和信匆匆离开了。

眼前的场景和四年多前那个女孩的离开太过相似，整个过程结束得很突然，周彤甚至没有想到拒绝。

看着高凡离去的背影，周彤心中原本幻想出来的重逢大结局已经不可能了，她猜想女孩已经选择和这个高凡分手或者女孩已经……她不敢也不愿意继续往下想，她只希望这个高凡能够想开点儿，生活还是很精彩的。

周彤拆开信封，发现里面竟然是一叠百元的人民币，足足有一万块。

第二章 天使的魔鬼

交　易

2017年4月2日　星期日

"张先生，实在不好意思，我们'天使之城'之前确实有提供过代寄信件服务，但是这项业务去年就停止了，而且我们代寄的大多数都是明信片，所以您说的信我还真不太清楚。"

"会不会是你们书店的哪个员工联系的我朋友？"张俊笑着问。

"我们书店的代寄服务都是我亲自负责的。我觉得也可能是其他的书店吧，说不定是'天空之城'呢，现在叫什么之城的书店还挺多的。"

张俊叹息道："那可能是我弄错了，看来我很难找到我的这个好兄弟了，您不知道，我现在很担心他，真怕他出什么事。"

"您的这个朋友到底发生什么事了？"周彤好奇地问。

"唉，怎么说呢？我这个兄弟上高中的时候交了一个女朋友，两人感情很好，那女孩长得也漂亮。后来我兄弟高二的时候退学出去闯荡了，走之前说他会努力赚钱，到时候等女孩大学毕业后和她结婚。但是他哪知道，他退学后女孩因为想他得了忧郁症，高考后的暑假自杀了。不知为什么，我那个兄弟也是最近才知道他女朋友自杀的消息，我真怕他想不开。"

"难怪……"周彤不自觉地感叹了一句。

"难怪什么？"

"没什么，"周彤赶忙摇了摇头，"难怪您那么着急，信的事我真不知道，不过我真的希望您的朋友能够想开点儿。"

两人又聊了些其他话题，张俊询问了周彤书店之前的情况，周彤则有意无意问了一些关于他那个高中好兄弟的事。结束后，张俊主动提出送周彤回家。

来到广场后，张俊掏出车钥匙，随后一辆黑色凯迪拉克轿车的灯立刻亮起。

周彤笑着说："张先生，看来您之前是订好包厢、停好车之后走过去见我的。"

"笨鸟就要先飞嘛！"张俊拉开后座的门，做出一个请的动作。

"谁啊？"

夏天看了一眼赵云飞，随后快步走向玄关，透过猫眼，可以看到外面的人戴着棒球帽和口罩，不像是送外卖的，而且他点的外卖已经送到了。赵云飞也来到门口，看了一眼后打开了门。

"飞哥好。"

宋雪摘下口罩，露出笑容。

"你是那天……"夏天指着宋雪，还没说完就被宋雪打断了。

"夏天，你好，我是那天和飞哥一起来向你咨询神秘黑客的人，我叫宋雪，还记得吗？"

夏天笑着连忙点头："记得记得，你的名字象征着冬天，而我是夏天。"

"飞哥，我有重大发现！"宋雪说完看了一眼夏天。

"你们聊，我知道你们警察不能泄露案情，我去写我的代码了！"

夏天转身去了他的工作间并关上了门。

"有什么发现？"

宋雪从背包中掏出了一沓A4纸，上面印满了号码和一些标注。

"飞哥，我昨天把受害人最近的通话记录又仔细研究了一遍，你猜我发现了什么？"

赵云飞指着其中一张纸上用黑笔圈出的部分："是不是发现受害人之间新的关联了？"

宋雪激动地不住点头："是的，我发现孟向明在遇害前曾经联系过钱小丹的父亲钱江龙，而且联系过三次。"

"他们都是做生意的，有生意上的往来也很正常。"

"我本来也是这么想的，但是我又仔细查了一下，孟向明在过去的一年当中都没有联系过钱江龙，他们之间应该没有生意往来吧,难道刚好有生意往来,孟向明就遇害了?"

"这三次分别是什么时候?"

宋雪赶忙掏出自己的小笔记本:"我都记下来了,分别是2月28日,3月13日和3月24日。"

赵云飞听完立刻从沙发上站了起来:"3月13日是吴飞遇害的第二天,3月24日则是孟向明遇害的前一天!"

"是的,飞哥,你记得没错。这也太巧了吧!你说那个黑客既然能监听到张莉和孙琦,对了,飞哥你也被他监听了,我敢肯定吴飞、孟向明和顾樊他们都被监听了。"

"在监听的过程中,凶手可能知道了什么,然后杀人灭口!"赵云飞又坐在了沙发上,接着说道,"上次我们去梅瑰家的时候,梅瑰妈妈说2月22号那天,有个叫小高的人来看望他们,还问了和我们问的几乎一样的问题。"

"是的,我觉得这个人很可能就是高凡本人,至于所谓的弟弟,肯定是他自己假装的。"

"看望了梅瑰父母,还给他们留下了钱,下一步,高凡很有可能就要考虑复仇了。但是复仇前,他得弄清楚梅瑰的死因。"

"可是梅瑰就是死于自杀啊!"

"但是导致梅瑰自杀的原因我们并不知道,梅瑰的父母也不知道,高凡就更不会知道了,所以他才想去调查清楚。宋雪,假如你是高凡,你会怎么去调查?"

"啊?我是高凡?"宋雪抓了抓头,努力地思考。她想了一会儿,说道:"如果我是高凡,我肯定会先弄清楚梅瑰为什么离家出走，或者离家出走是不是和那次聚会有关系。"

"那怎么去弄清楚呢？"

"就像我们之前查案那样，问参加聚会的同学和老师！但是我们只能问同学了，因为唯一参加聚会的老师孟向明已经……"宋雪突然停下，惊恐地看着赵云飞，"如果高凡真的问了孟向明的话，那个时候孟向明还没死！"

"你有没有查2月28号孟向明打给钱江龙之前的通话记录？"

"有，除了几个诈骗推销电话，有一个号码一直显示关机，我让电信公司查了这个号码，是实名登记政策出来之前办的老卡，没有身份信息。这个电话孟向明还接通了，之后他就联系了钱江龙。飞哥，我觉得孟向明一定知道什么！"

"如果他被黑客监听了的话，那么他和钱江龙的通话内容一定也被黑客听到了。"

"是不是黑客监听了他们的通话之后杀了顾樊和吴飞？在杀死这两人之前，我觉得凶手肯定从他们口中又得到了更多的信息。但是孟向明3月13号为什么又打电话给钱江龙呢？2月28号至3月13号之间，我没有查到那个关机的号码以及类似的非实名登记的号码的通话记录了。不过孟向明失踪前接通的那个电话却是来自新疆，是一个被盗用的号码，因此也无法确定通话人的真实身份。"

"看来高凡一定是找了他的朋友小威帮忙！"

宋雪惊讶地看着赵云飞："小威？小威是谁？"

"我今天下午又去了高凡的嫂子家了解高凡小时候的情况，

然后去了高凡曾经帮忙的汽修店,汽修店的老板说高凡提到过他有两个朋友,其中一个叫小威的是电脑高手。"

"如果是这样的话,我们可以确定那个电脑黑客很可能就是高凡的朋友小威。这个小威是什么人?"

"老板也没见过,只知道高凡喊他小威,不知道全名。高凡还有一个朋友叫阿帆。另外,我今天又了解到了一些关于高凡的重要信息。"

"什么信息?"

"高凡精通维吾尔语。"

看着吃惊得几乎下巴都要掉下来的宋雪,赵云飞将下午去陈记修车铺的经过详细地告诉了她。宋雪听完之后,为高凡竖起了大拇指。

"我们已经可以肯定吴飞和顾樊是被高凡和他的朋友杀的了,樊勇少之前见到的黑衣人应该就是高凡本人,那个黑衣人说的'他们'应该包括那个搞窃听的,也就是高凡的好朋友小威。另外那个叫阿帆的不知道是不是也参与了。高凡之前是樊勇少的高中同班同学,樊勇少没有转学之前,高凡也没有退学,他肯定知道樊勇少的遭遇。但是他是怎么和樊勇少联系上的呢?樊勇少是不是也参与了,却骗我们说他是无辜的不知情的呢?"

赵云飞想了会儿,摇摇头说:"我觉得樊勇少应该不知道黑衣人就是高凡,即使他卷入了吴飞被害案,他也是毫不知情的,而且高凡也没有任何想拉他下水的想法。从高凡他们犯案的手法来看,他们根本不需要樊勇少的介入。即使没有樊勇少的帮忙,他们一样有能力杀死吴飞,他们只不过顺便借助了樊勇少以及张莉和孙琦正在做的事。"

"这个高凡从小就能和怪邻居以及修车师傅处得那么好,证明他这个人还是很有交际能力的,也能让人喜欢,为什么他的同学都说他是怪人,喊他怪物呢?"

"高凡由于身世,从小就一直被他的同学嘲笑和欺负,所以导致他不喜欢他的同学吧。"

"想不到高凡从小就遭遇过霸凌,真可怜!我觉得他很有情有义,不然也不会想到要为梅瑰报仇。"

"是的,高凡确实是个有情有义的人,可惜他的这种方式严重触犯法律。他应该相信法律,将吴飞他们交由法律来审判,绝不能私自处决!"

宋雪点头表示认同,随后又说道:"飞哥,高凡的这些朋友到底是什么人,竟然愿意帮他杀人!"

"他们的交情肯定不一般,即使不是生死之交,也离生死之交不远了。高凡退学后这几年的生活和他的朋友圈,我们还不了解。咱们先梳理一下时间线索,你来说,按照案件的先后顺序说。"

"我先写吧,我不写就想不起来。"

宋雪将茶几上的一张A4纸翻到背面,写下了"2月22日",随后她边写边说。

"2月22日这天,高凡隐瞒身份去看望梅瑰父母并了解梅瑰自杀前的情况,之后可能调查了一段时间,2月28日打电话给孟向明,通话内容未知,后来孟向明打电话给钱江龙,通话内容未知。在2月28日至3月13日期间，顾樊死于3月9日，吴飞死于3月12日，然后孟向明在3月13日又打了电话给钱江龙，通话内容未知，十一天之后，也就是3月24日，孟向明被害。六天后，3月30日，罗晶晶被害。罗晶晶的通话记录，我研究过了，没有发现异常。但是顾樊的通话记录我们之前就发现了，在他死前，曾经有人打过电话给他，他挂了电话就匆匆忙忙地走了，之后死在仓库里。联系他的那个号码也关机了，是实名登记前的老卡，查不到通话人信息。"

赵云飞从沙发上起身，在客厅来回踱步。

"高凡他们到底查到了什么？他们又是按照什么顺序杀人的呢？下一个受害者又会是谁呢？"

"飞哥，你说这个孟向明为什么要打电话给钱江龙，另外钱江龙当初为什么要好心介绍生意给孟向明？他真的那么感激孟向明对自己女儿高中几年的关照吗？钱小丹高考之后，孟向明也辞职了，已经不是她的老师了，钱江龙也不会有求于他，干吗对他那么好？"

"你的意思是……？"

"我总觉得钱小丹可能没有完全说实话，聚会那天晚上，她一定隐瞒了一些事情没有告诉我们，这些事情说不定孟向明也知道。"宋雪接着又摇了摇头，"不过聚会当天，梅瑰是正常回家的，难道是第二天又发生什么事了吗？反正，虽然我不知道具体发生了什么事，但肯定不是什么好事。另外，还有一点我始终想不通。"

"哪一点？"

"我觉得高凡是很爱梅瑰的，梅瑰四年前就去世了，但是他为什么好像今年年后才知道梅瑰去世的消息呢？这几年难道他和梅瑰两人之间都不联系的吗？如果梅瑰是为了高凡才考的上海的大学，考上之后梅瑰肯定会把这个好消息告诉高凡的啊，怎么感觉两人后来就像断了联系一样。再好的感情，如果几年都不联系，也会变淡最终消失啊！"

"这点我也有想到，就算梅瑰没有联系高凡，高凡一定也会主动联系她的，但是梅瑰的父母说过这几年并没有任何同学联系过梅瑰。即使梅瑰的同学忘记了她，高凡应该不会忘记的。高凡和梅瑰之间是不是发生了什么不愉快的事，比如两人吵架了？"

宋雪摇了摇头："就算两人吵架，也不至于几年不说话不联系吧！男女朋友之间如果那样，就不叫吵架了，叫分手。"

周彤感觉头很昏很沉，她睁开眼睛，但是周围却很黑。她想揉眼睛，却惊恐地发现自己躺在一张长沙发上，手脚都被绑起来了，嘴上也被贴了胶布。

到底发生了什么？周彤只隐约记得之前和一个叫张俊的男人在一家咖啡会所的包厢喝咖啡，后来就坐他的车回家了……

一片亮光射向周彤的眼睛，她本能地闭上了眼，随后听见一个熟悉的声音。

"怎么样，周彤女士？这一觉睡得如何？"

周彤记得这个声音,说话的人正是之前请她喝咖啡的那个张俊。她慢慢地睁开眼睛,看见了天花板上刺眼的电灯泡和一张面带微笑俯视着她的脸。

四周的环境像是仓库,周彤挣扎着想喊救命,但是嘴巴发不出声音。

张俊左手竖起食指放在嘴唇前面,右手则轻轻地抚摸着周彤的头发:"周彤女士,你如果很吵的话,我恐怕就无法继续保持我的绅士风度了。"

周彤全身颤抖地看着张俊,不敢再发出任何声音。过了一会儿,张俊缓缓地撕开了周彤嘴巴上的胶布。

"其实本来在喝咖啡的时候,咱们就可以非常愉快地结束这场会面的,我也会非常绅士地送你回家的,说实话,我鲜花都准备好了,就放在我的后备箱。但是很可惜,你破坏了我已经安排好的精彩剧本。我不得不执行我的B计划。"

"你到底想干什么?"

周彤说出这句话的时候感觉到口腔的肌肉在恐惧的作用下变得无比僵硬。

"唉,"张俊叹了一口气,"我亲爱的周彤姐姐,不好意思,我偷看了你的身份证,发现你比我大几个月。有一点你可以放心,我对比我大的女人没什么兴趣,即使这个女人长得美若天仙。其实我就是想知道你到底把什么信给了我的好兄弟,另外我也想知道我这个好兄弟去了哪里。我查了你的手机,你好像把通话记录给删了,不过你放心,删了我们也能找到的。你先跟我说说那封信吧。"

"我跟你说过了，我不知道信的事情。"

周彤感觉自己听到信之后似乎有了勇气。

张俊吹了一声口哨，随后房间里又来了两个男人，都长得十分高大，其中一个又高又胖，脸上还长满了络腮胡。

"周彤姐姐，你的脸蛋长得不能说惊艳吧，但也算是很漂亮的，不知道你的身材如何？我这两个兄弟特别喜欢帮美女拍裸体写真，要不你也来一套，我不收钱！"

"你们不要乱来！我不知道你说的信。"

周彤用力地挣扎，但是完全没有用，绳子捆得非常紧。

"周彤姐姐，你可不要逼我。待会儿我们给你注射点儿药，不用我们动手，你自己就会把衣服脱得光光的，到时候你不仅会配合我的这两个兄弟拍照，还会和他们两个来场激烈的三人运动。"

长着络腮胡的胖男人掏出一支针管，从一个小瓶子里抽取了一管液体，满脸邪恶地走向周彤。

"周彤姐姐，怎么样？有没有想起信的事？现在想起来还来得及。"张俊问。

"我不知道信的事，你们别过来，过来我就死给你们看。"

张俊笑着看着周彤："周彤姐姐，你的身体都被绑成这样，怎么死？难道是咬舌自尽吗？你真是个爱看书的傻姐姐！胖子，去给周彤姐姐打一针，然后你们两个陪姐姐好好玩玩。"

"谢谢俊哥！"胖子满脸淫笑地看着周彤，"姐姐，你好漂亮！"

"别过来！"

周彤闭上了眼睛。

一阵手机铃声打破了房间里的紧张气氛。是她的手机铃声！周彤睁开眼睛，努力寻找声音传来的方向。在房间的角落里，她看到了自己的包，手机就放在包里。

张俊快步走向周彤，再次把她的嘴巴用胶布粘了起来，随后从包中取出了手机。

来电显示是一个来自新疆的号码，他点击了接通键，小心地放在耳边。

"放了她！"

听筒里的声音冷静且充满力量。

张俊朝两个大个子使了个眼色，两人点了点头便出去了。

"兄弟，我到处找你呢！你差点儿害了这位漂亮的小姐姐！"张俊边说边走到周彤身边，再次撕开了她嘴上的胶布，随后他打开了免提。

"我认识你吗？"

周彤听出了手机听筒里传来的这个声音，说话人正是那天找她取信的高凡。

"兄弟，你认不认识我没有关系，重要的是我认识你。说实话，我挺欣赏你的，所以想和你做个交易。"

"什么交易？"

"听说你从永超集团的吴总那儿搞到了价值两百万的黄金。

这样吧,你把这些黄金转给我,我就当找不到你,另外,这位漂亮的周彤姐姐,你也可以接走。其实我很想知道,兄弟你用了什么秘诀吸引了她,她竟然这样护着你。"

张俊说完还冲着周彤眨了一下右眼。

虽然周彤不知道他们在说什么,但是她还是冲着电话大声喊道:"快离开夏阳,别管我!"

"听到了吧,兄弟。"张俊摇了摇头,"我真感动,你真的不能拒绝我的交易,就算不为自己考虑,也要考虑一下这位漂亮的小姐姐。"

"怎么交易?"

张俊抬手看了一眼劳力士水鬼腕表,表盘显示此时是十点十分。

"明天早上六点,你一个人带着黄金过来,咱们一手交货一手交人。地……"

张俊话还没有说完,就被对方打断了。

"不用那么迟,我们很快就会见面!"

"兄弟,你果然爽快,有种!地址在……"

对方已经挂掉了电话。

"喂,喂……他妈的,老子还没说地址呢!"

张俊对着话筒骂了一句,随后又转向周彤,笑着问:"周彤姐姐,你的这个男朋友是不是特别神通广大?"

周彤愤怒地看着他,并没有回答。

张俊又吹了声口哨,刚刚出去的两人很快又进来了。拿着针管的胖子笑着问:"俊哥,现在可以打针了吗?"

"不打了。"

"啊!"胖子听后十分失望,他紧紧地盯着周彤,咽了咽口水。

"把针收好,然后你和彪子在院子里守着,今晚咱们要谈笔大买卖。如果谈成功了,你还怕没有漂亮女人?快去!"

"好的,俊哥!"

张俊检查了房间内的窗户,随后他拖来一把木椅,坐在周彤的身旁。

"周彤姐姐,听说你这个男朋友当过兵?"

"他不是我男朋友!"说完周彤望向窗户的位置,但是外面什么都看不见。

2017年4月3日　星期一

"小威,有什么发现?"

"从无人机拍摄到的画面来看,这里像是一个私人农庄,北侧是一栋三层洋楼,楼南面有一个池塘,面积约一百平方米。西侧有一排仓库,东侧和南侧都是围墙,围墙高约五米,入口在南侧。院子里有条狗,没有拴,从体型来看,估计是藏獒,另外仓库北边窗户有灯光,有两个人站在仓库外抽烟,目测都是一米八左右的彪形大汉,周彤应该是被关在那个仓库里。大勇，你有什么计划？"

"西侧院墙外不远处有棵大树，我先在树上用麻醉枪搞定藏獒。"

"那条藏獒体型很大，麻药行不行？"

"阿帆自己配的麻药，他说搞定狮子老虎都没问题。如果实在不行，我再补上一箭。"

"好的，院子西北角有个简易棚，那边没有安装摄像头，可以从那里进入院子。两个大汉交给你了，我来搞定电力和手机信号。"

"好的，十秒之后开始行动。"

张俊打着哈欠，又看了一眼表，十二点零二分。他走到周彤面前，发现她仍然睁大了眼睛看着窗外。

"周彤姐姐，你说你这个男朋友是不是很固执，我本来定的早上六点多好，大家晚上还能休息一会儿，交易完之后也不影响一天的生活。结果他倒好，电话里说很快就会见面，我当时以为他已经找到我这儿了呢。但是现在已经过十二点了，两个小时都快过去了，他还没到。你书读得多，你说说看，他是不是对'很快'这两个字有误解。"

周彤狠狠地瞪了张俊一眼，随后转过头，继续盯着窗外。

"其实呢，几点来倒是无所谓，我就怕他耍我们。如果他不来的话，那可真别怪我了，胖子已经等得不……"

院子里突然传来了狗叫声。周彤紧张地看着窗外，努力地从狗叫声中寻找其他的声音。

张俊笑着安慰道:"别怕,那是阿虎,是我们从小养大的藏獒。看来,阿虎在欢迎你的男朋友。"

周彤的心绷得很紧,他怕高凡会出什么意外。然而不一会儿工夫,那只狂吠的藏獒声音越来越小,最后竟然没有声音了。

张俊慌慌张张地走到门口,打开一道缝,对着外面喊道:"胖子,阿虎怎么了?"

"俊哥,阿虎它……"

屋里的灯突然灭了。

"你和彪子过去看看!"张俊说完之后赶忙关上了门。

约五分钟过去了,外面静悄悄的,除了风声,听不到任何声音。张俊掏出手机,发现完全没有信号。他掏出折叠刀,摸着黑割掉了周彤身上的绳子。

"跟我过来!"

张俊一只手握着刀并紧紧地抵着周彤的脖子,一只手拿着手机。他发现手机还是没有信号。

"他妈的!"

张俊气得扔掉了手机,推着周彤朝门口走去。他躲在周彤身后,轻轻地打开了门,露出约五厘米的缝隙。张俊的头藏在周彤的脖子后面,朝外望去并喊道:"胖子、彪子,你们在哪儿?"

没有任何人回答。

周彤紧张地望着外面,但只能看到前面池塘水面上倒映的月亮。突然,她感觉到一根冰冷的像是金属一样的东西从自己的脖子旁飞过。

张俊的刀掉在了地上,紧接着整个人也倒在了地上,挣扎了几下便不动了。周彤捂住了嘴,吓得躲在门后的角落里。

没过多久,仓库的门缓缓打开了,一个黑影走了进来,背对着周彤。这个人先是用脚检查了地上躺着的张俊,随后转过身来。

当周彤看到这个人犹如骷髅头的面孔后,她大叫一声,昏了过去。

赵云飞躺在沙发上,可以看到夏天工作间门缝里的灯光,同时也能听见持续不断的键盘敲击声,随后他又望了一眼楼梯。由于聊得很晚,夏天就让宋雪留下过夜了。宋雪睡阁楼,赵云飞睡楼下客厅的沙发。

"飞哥……飞哥。"

赵云飞睁开刚刚眯上的眼睛,发现宋雪竟然站在楼梯上,探着头小声地喊他。他立刻从沙发上坐了起来,蹑手蹑脚地走到楼梯旁。

"这么晚了,你怎么还不睡?"

"我换床睡不着,而且我一个人在阁楼好怕。"

"阁楼有什么好怕的,别忘了,你可是一名刑警。"

"刑警也是人好吧,也会怕啊。你能不能上来和我一起睡?"

"啊?"赵云飞惊出一身冷汗。

"不不不，飞哥，你别误会了。我的意思是你能不能也到阁楼上睡，你睡床，我睡沙发。拜托了！"

看着宋雪拱手作揖的滑稽样，赵云飞紧张的心情放松了很多，他摇了摇头："真没想到你居然害怕阁楼！"

赵云飞刚踏上楼梯，夏天工作间的门突然打开了，随后夏天打着哈欠走了出来。赵云飞和夏天两人不约而同地看向了对方。

"大飞，你不是睡沙发吗？怎么……"

"我……"

"夏天，我一个人在阁楼好怕，所以想让飞哥也上来睡，帮我壮壮胆。你要不要也一起上来？"

"哦，"夏天若有所思地点了点头，"我就不上去了，我之前也是因为一个人在阁楼睡害怕就下来了。放心吧，我这房子挺干净的，之前那个房东要出国急着出售的，没住过人，也没死过人。"

"那我就放心了。"宋雪笑着说。

"你们……"夏天又打了一个大大的哈欠，"早点休息。我睡觉去了，不然真要猝死了。"

夏天摇摇晃晃地走进房间并关上了门。

赵云飞感觉自己像是做贼一样，他确认夏天卧室的门关上之后，快速爬进了阁楼。他陪宋雪进入阁楼的卧室，看着她上床躺好。他转身刚要离开，宋雪突然起身，像想起什么似的，说道："飞哥，你可不要把我害怕阁楼的事告诉大牛他们，他们会笑死我的！"

"放心吧，我还在停职呢。"

"复职回去也不能说！"

"我刚刚都快忘记阁楼的事了，你不要再提醒我了。"

"好的，什么阁楼？早点睡吧，晚安。"宋雪说完迅速躺倒并盖上了被子。赵云飞摇了摇头，从房间迅速退出并轻轻地关上了门。他来到阁楼客厅，将一张两人位的布艺沙发拉开变成一张小床。他躺在床上，很快就睡着了。

周彤睁开眼睛，发现自己躺在一张小床上，并且身上还盖着被子。她揉了揉眼睛，努力回忆昨晚发生的一切。她只隐约记得自己被人绑住了手脚躺在一张沙发上，那个叫张俊的男人接到了高凡的电话，再后来她就看见一个骷髅头面孔的人。

自己现在又是在哪里呢？周彤可以看到手腕处绳子的勒痕，她活动了一下手腕，坐了起来。床的右侧有一扇大窗户，被米色的窗帘遮住了，但是仍然可以看到光亮。

周彤打量了一下房间，是一间卧室，地上铺着浅色的木地板，墙和天花板都被刷成了淡淡的粉色。房门的右侧靠墙有一组松木衣柜，她躺着的小床也是松木制成的，床边还有一个松木床头柜。正对床尾靠墙的位置是一张松木的书桌和书架，书架是空的，书桌上只有一个相框，相框里是一个女孩的照片。周彤看不清女孩的长相，于是她拉开了窗帘。

刺眼的阳光瞬间透过窗户照进卧室，周彤跪在床上，用手遮住阳光并朝窗外望去，她发现不远处竟然有一片大湖，宽阔的湖面好像大海一样壮观。她又伸长脖子朝下望了望,这个房间应该是在二楼,她可以看见楼下的小院。

周彤从床上下来,来到书桌前,拿起了相框,里面一个扎着马尾的年轻女孩正朝着她微笑,女孩长得很漂亮,嘴角两边各有一个酒窝。周彤猛然发现,照片中的人正是四年前委托她寄信,并且有着和小洁相同嗓音的女孩!周彤迅速转身又打量了一下整个房间,难道这里是这个小妹妹的卧室?她走向衣柜,拉开柜门后,发现里面整齐地挂着女孩的各式外套。全是新的,衣服上的吊牌都还在。

这到底是怎么回事?周彤小心地打开房门,发现房间内外简直是两种风格,外面就像是那种传统的农宅,左手边是楼梯,还有通向楼上的楼梯,地面是深色的水磨石。她走向对面的房间,是卫生间,一进门的位置就是一个浴室柜。整个卫生间像是新装修过的一样,墙面和地面都贴了马赛克瓷砖,马桶和浴室柜都是新的。洗脸盆上有一个干净的玻璃杯,里面插着一管新牙膏和一支没拆封的牙刷,旁边的架子上挂着一条新的白色毛巾。

周彤抬起头,看到浴室柜的镜子里出现了一个男人的面孔,她吃了一惊,赶忙转过身去。

"周彤女士,您好,不好意思,刚刚吓到您了。"

面前的这个男人脸上虽然饱经沧桑,却难掩英俊帅气。这个人正是那天晚上约她拿信的高凡。

"你是……高凡先生?"

男人微笑着摇了摇头:"不好意思,周彤女士,高凡是我哥哥,我是他的弟弟高帆,帆船的帆。"

"你们是双胞胎?"

周彤满脸惊讶地看着高帆,他的长相和那天晚上见到的高凡似乎没有差别。

"是的,谢谢您为我哥哥送信。"

疑问一个接着一个涌上周彤的心头,她觉得越来越困惑了。

"高帆先生,你能告诉我到底发生什么事了吗?"

"周彤女士,您先洗漱,待会儿下楼吃早饭。"

高帆说完便离开卫生间,走下楼去。看着高帆的背影,周彤摇了摇头。她发现卧室隔壁是一个客厅,外面连接着阳台,但是客厅里却没有任何摆设,空无一物。

周彤退回卫生间,看了一眼镜子中的自己,随后撕开了牙刷的外包装。

信

2017年4月3日　星期一

牛晓峰蹲在地上，盯着地上的死者。死者右眼破损，显然是被异物击中穿透颅骨导致死亡的。

"大牛，我看像是弓弩射中的，如果是枪的话，冲击力会很大，整个右眼眼眶和颅骨的破坏面会非常大。"枪神说。

大牛点了点头："枪神，凶手射中死者后，肯定又把箭拔了出来带走了。所以我们在现场找不到任何凶器。"

两人走向另外两个高大的男人，其中一个体型比较胖，脸上留着络腮胡。

"案件发生前，死者在干什么？"大牛问。

其中一个人说："警官同志，当时俊哥就在仓库里睡觉。"

"在这里睡觉？"

枪神又打量了一下仓库，里面只有一张三人位的沙发、一张桌子和一把靠背椅。

"他为什么不在后面的楼里睡？"

一个高个儿男人走了过来："警察同志，我这个弟弟比较古怪，他就喜欢睡仓库，仓库旁边就是他的车库，他喜欢和他的车在一起。"

大牛看了高个儿男人一眼，那人比自己还要高，足有一米九。随后他又问了那个胖子："你们看见凶手了吗？"

胖子摇了摇头："当时我们都在睡觉，大半夜的，我们养的藏獒阿虎突然叫了起来，我和阿彪就穿了衣服出去看看，哪知道刚出去阿虎就突然不叫了。我们就去看阿虎怎么了，后来就被人打晕了，打我们的人我们根本就没有看见。"

"这个凶手挺奇怪的，这么大的藏獒竟然只是给它打了麻药，如果也用弓弩的话，藏獒会当场毙命。"枪神嘀咕道。

大牛、枪神和刑技的同事又将现场勘查了一遍，随后将报警的人带去了警队录口供。

周彤踏着楼梯来到了一楼，楼梯入口处是一个卫生间，走出楼梯间便来到了一楼的客厅，和楼上的客厅一样，也是空的。周彤推测整个一楼和楼上的布局是一样的，客厅两侧分别是一间卧室。

走出客厅，周彤来到了院子，院子约六十平方米，左右两侧分别有一间大瓦房，其中左侧的瓦房房顶还有一个烟囱。院子前方是实体围墙和红色入户铁门。

高帆出现在左侧瓦房的门口,他身上穿着做饭的围裙,看起来就像餐厅里的专业厨师。他微笑着向周彤伸手示意:"周彤女士,来吃早饭吧!"

周彤微笑着点了点头,走进厨房。厨房入口的右手边是一排操作台,台面上贴着老式的白色条形瓷砖,像是用了很久,但被擦拭得很干净。操作台虽然旧,但是配套的灶具却是全新的。厨房里面还有一个传统的大锅灶,上面有两口大锅,都被全新的木制锅盖遮住了。厨房中央有一张长方形的松木餐桌,两侧各有三张松木靠背椅。

周彤惊讶地发现餐桌上面的一个圆形餐盘里摆着两片吐司面包、切成两段的削皮黄瓜和一个煎蛋,旁边还有一杯透明玻璃杯装的牛奶。

这是她坚持了近四年的一成不变的早餐搭配。这个高帆怎么会知道?周彤拉开椅子坐在了餐桌前。

"高先生,您不吃吗?"周彤抬头问了仍然靠着门框望着院子的高帆。

高帆回过头,笑着说:"我吃过了。"

看着高帆洁白的牙齿,周彤赶忙低下了头,她感觉自己的脸又红了。

吃完早餐后,周彤打算收拾餐具,但是被高帆抢先一步:"您是客人,这些交给我来处理。"说完高帆端着餐具来到了水池边,很快就将餐具和水杯洗干净了。

"高帆先生,谢谢您救了我。"

高帆走到餐桌旁，拉开了周彤对面的椅子，坐了下来。

"您是一个愿意用生命恪守承诺的人，是我们连累了您才对。不过救您的人不是我，是大勇和小威，他们两个都是我和哥哥的好兄弟。另外，您还是直接喊我阿帆吧。"

"那你也别您、您地称呼我了，就叫我彤彤吧，我朋友都这样叫我。我现在有好多疑惑，你能帮我解答吗？"

高帆点了点头："从现在开始，你就是我们的朋友，只要我方便说的，我不会对你有任何隐瞒。但是有些不方便回答的，你也不要怪我。"

"不方便说的你就不要说了，我肯定不会怪你的。我最想知道的是你哥哥高凡现在怎么样了。"

高帆瞬间收起了笑容，叹息道："哥哥现在状态非常不好，我能感觉到他想自杀，所以我让大勇和小威帮忙照顾他。"

"是因为那封信吗？我也很想知道寄信的那个女孩现在怎么样了。我连她的名字都不知道呢。"

听到信和女孩，高帆垂下了头。当他再次抬起头的时候，周彤可以看到他眼中打转的泪水。

"寄信的女孩名叫梅瑰，梅花的梅，玫瑰的瑰，她是我哥哥的女朋友，我哥哥非常爱她，她也很爱我哥哥。梅瑰姐本来是可以成为我的大嫂的，但是……"

说到这儿，高帆终于没有忍住，趴在桌上痛哭起来。

看到哭泣的高帆，周彤又想起了那天晚上痛哭的高凡。她起身走到高帆身边，坐在了他的旁边。"原来这个女孩叫梅瑰，多么特别的名字啊，能告诉我她后来怎么了吗？这几年，我一直都想着她，也很担心她。"

高帆抬起头，转身看着周彤。他用手擦了擦眼泪，抽泣着说："梅瑰姐……她死了！"

之前在公园看到高凡痛哭的时候，周彤还没敢往最坏的方面去想，她骗自己说是梅瑰在信中和高凡提分手导致他很伤心。后来张俊提到梅瑰由于忧郁而自杀的时候，周彤虽然非常伤心，但是当张俊不停地打探信和高凡下落的时候，周彤又产生了怀疑，她认为张俊是故意骗她的。但是这次，从高凡亲弟弟口中说出，以及通过兄弟两人的痛苦表现来看，梅瑰应该真的已经离开了这个世界。

不知为何，原本想安慰高帆的周彤也忍不住开始失声哭泣，四年前的那个漂亮女孩的身影在她的脑海中始终挥之不去。直到此刻，周彤才突然明白她为什么一直牵挂着梅瑰，因为见到梅瑰的第一眼开始，她就把梅瑰想象成了她的妹妹周洁。周彤八岁的时候，她的爸爸在外面认识了其他女人，和她妈妈断然离婚，那时周洁才两岁不到，从此她们母女三人相依为命。周彤上大一的时候，她妈妈查出来患上了乳腺癌。周彤大三上学期的时候，周洁在放学路上遭遇高空抛物，不幸离世。原本就虚弱不堪的妈妈经受不了打击，没两个月也走了。生命中最重要的两个人在短短的时间内相继离去，自此，失去亲人的阴影始终笼罩在周彤的心头，驱之不散。周彤开始明白，为什么梅瑰的离去能让高凡兄弟俩哭成这样，因为她自己就经历过,现在又要再次面对。这种失去爱人和亲人的痛苦让人如此难以忍受。

哭了很久,两人才渐渐停了下来,看着对方。高帆似乎能从周彤的眼中看到她哭泣的原因,因此他没问她为什么也会落泪。

"那个张俊说梅瑰妹妹是由于忧郁症而自杀的,是真的吗?"

周彤发现高帆眼中残余的泪水开始褪去,逐渐被愤怒所替代。

高帆抹去眼角的最后一丝泪痕,愤愤地说:"梅瑰姐自杀绝不是因为忧郁症,是因为有人逼她!她以前确实忧郁过一段时间,但是后来自己化解了。"

"梅瑰妹妹看起来那么善良,什么人会这么坏,要把她逼死?"

周彤的心中也瞬间燃起一团怒火。

高帆看着周彤,恢复了平静:"具体原因,我不方便告诉你,彤彤姐,你是一个好人,我们不想再连累你。"

周彤没有继续问下去,但是此时她突然想起了楼上的房间,于是问道:"我现在是在什么地方?我醒来的那个房间怎么会有那么多崭新的女装?另外,我还在桌上看到了梅瑰妹妹生前的照片。"

"你现在在夏阳市阳江县的牛山镇。这栋房子是我们今年2月底买下来的,梅瑰姐是在这里长大的,这栋小洋楼是她小时候住过的地方。"

周彤惊讶地指着外面:"梅瑰妹妹小时候住在这里?那楼上的房间……"

"那个房间是我们为了纪念梅瑰姐,按照她去世前所在的房间风格装修的,家具、地板、墙面以及窗帘的颜色都尽可能一样。2012年高考后,梅瑰姐一家搬进了护城河旁的新家,叔叔和阿姨特意为梅瑰姐打造了一个属于她自己的公主房,但是很可惜,梅瑰姐两个月都没有住到就离开了。衣柜里的女装都是哥哥这几年帮梅瑰姐买的,他觉得梅瑰姐穿上会很好看就买下来了,一直留着打算等回来一起送给她的,但是没想到她已经不在了。"

周彤向高帆竖起了大拇指,称赞道:"你们兄弟俩真了不起,竟然把梅瑰妹妹小时候住过的房子又买回来了。"

高帆摇了摇头:"光靠我和哥哥肯定是办不到的,多亏了小威和大勇的帮忙。"

"虽然我不认识小威和大勇,但是听你这么说,他们肯定也是非常好的人。你之前说是大勇和小威救了我,昨晚天黑我没看清他们,你什么时候方便介绍他们给我认识啊!"

"大勇和小威最近比较忙,等忙完,我会安排你们见面的。"

"你们是怎么知道我被张俊抓起来的?"

高帆抓了抓头,面部表情开始变得有点儿不自然。

"这个……先请你原谅我们。小威在你的手机里植入了病毒,对你进行了窃听。不过你不要怪他,是我让他这么做的,我怕因为信的事连累到你。想不到真的发生了。"

"窃听?"周彤睁大了眼睛看着高帆,"怎么窃听?我怎没发现有什么病毒?"

高帆尴尬地耸了耸肩:"具体操作我也不懂,小威是这方面的专家。你和张俊吃饭时的聊天我们都听到了。我们兄弟几个都很感动,你果然信守诺言,没有说出任何和信有关的事。后来张俊送你回家,我们以为你没事了。但是没想到,张俊他们竟然如此阴险歹毒,将你绑架并威胁你。我由于要照顾哥哥,就让小威和大勇赶去救你。我打电话的时候,他们已经在路上了。"

整个过程,高帆说得很平静,但是周彤却惊讶得说不出话来。过了好一会儿,她才缓缓说道:"能遇到你们,我真的感觉很幸运,你们兄弟四人简直就是我的四叶草。"

"四叶草?这个比喻很有趣,我还是第一次听到。"高帆笑着说。

周彤激动地点了点头,接着说道:"我醒来的时候,发现离这儿不远处有一片大湖,看起来好漂亮啊!就像大海一样壮观!"

"上学的时候,梅瑰姐经常和哥哥说,她最喜欢的还是小时候住过的小洋楼,家里有个小院子,房子的周围有小山坡和树林。哥哥问她小洋楼在哪儿,她说在阳江县一个叫牛山镇的地方,她还说在二楼她的房间,站在窗边就能看到一片漂亮的大湖,叫作牛山湖。当时她说的每一句话都被哥哥记住了,哥哥也告诉了我们。2月13日那天,哥哥看到信后,心情十分难过,他甚至想一死了之,还好他最后控制住了自己。我们几个知道了梅瑰姐的事情后,也非常难过,同时也很怕哥哥再次想不开,于是我们就想陪他散散心，小威通过地图搜到了梅瑰姐曾经住过的这片地方，我们就一起来了。当我们看到这栋房子的时候，发现周围的环境和之前梅瑰姐描述的完全一致。于是我们敲门想进一步确认，开门的是位姓李的老大爷，人很热情，通过和他聊天，我们再次确认这栋房子正是梅瑰姐小时候住过的地方。更巧的是，李大爷正打算把房子卖了搬到县城和儿子一起住。我们问了价格，刚好这几年我们打工攒的钱凑在一起还够，于是就买了下来。"

"如果在夏阳市区，这可是湖景独栋别墅啊，怎么也要上千万吧！"

"还好是在镇上，房价不高，不然我们还真没能力买下来。"

"我记得昨晚在仓库的时候，张俊提到什么黄金，到底发生了什么事？"

"彤彤姐，这个我不方便告诉你，请原谅。"

"哦，没事，不方便的你就直接告诉我不方便就行了。对了，昨晚大勇和小威救我的时候有没有受伤？张俊有两个高大的手下在外面守着，而且外面还有一条听起来叫得很凶的狗。"

"之前通过你的手机，我就听到了狗叫声，我给大勇准备了大剂量的麻药，对付那条藏獒很轻松，而张俊那两个手下大勇根本不放在眼里。"

"大勇这么厉害啊！对了，那个张俊好像被什么东西射中了，不知道他有没有……"周彤没敢讲下去。

高帆的表情又变得严肃起来："我们只在乎彤彤姐你的生命

安全,至于张俊是死是活,我们根本不在乎。关于张俊,我能告诉你的就是他是夏阳黑帮的一个小头目,干了很多坏事,也伤害了很多女孩。"

周彤听完有点儿害怕,小心问道:"那会不会因为这件事连累你们兄弟四人?"

"这个你不用担心,我们几个人有办法解决。为了你的安全,这段时间,你就暂时住在这里吧,这里很安全,你就睡楼上梅瑰姐的房间。"

周彤微微点了点头,陷入了短暂的沉默,之后她突然说:"能让我加入吗?"

高帆惊讶地看着周彤:"加入什么?"

"你们是要为梅瑰妹妹报仇,对吗?"

高帆看着她,没有说话。

"自从四年前见到梅瑰的第一眼,我就在心中把梅瑰看成了我的妹妹。我的亲妹妹小洁在我上大三那年遭遇意外走了,而梅瑰就仿佛是世上的另一个小洁。她流着泪写信时的痛苦场景,我一辈子都忘不了。如果你们真的是在为梅瑰妹妹报仇,请让我加入!"

高帆低下了头,随后又抬起头看着窗外。周彤可以看出,他很犹豫。

"彤彤姐,我们非常感谢你守护了梅瑰姐的信这么多年,我们不能再连累你了。等所有事情结束,我们兄弟四个保证会让你重新回到之前的生活,到时候希望你能忘记我们,就当一切都没有发生过。"

"阿帆,当我看到梅瑰妹妹和你们兄弟二人痛哭的时候,我就已经回不到之前的生活了。在我心中,我是真的把梅瑰当成我妹妹的。虽然我和她仅有一面之缘,对她其实一无所知,但是通过你和你哥哥,我可以肯定梅瑰一定是个非常善良的女孩。如果有人逼死这样的好女孩,我一定不会让这样的人有好下场。梅瑰妹妹这么年轻就走了,你让我怎么能够忘记!我不想自己往后的人生继续在痛苦中度过。"

高帆再次沉默了,随后他突然起身走了出去。周彤看着他的背影,不知道是不是自己激怒了他。但是不一会儿,周彤看到高帆又回来了,手里拿着一封信,正是2月13日那天晚上自己交给高凡的那封。

"彤彤姐,这么多年,你是不是一直很好奇信里写了什么?"

周彤点了点头。

高帆轻轻地将信封放在餐桌上并推到她的面前。

周彤指着信,既兴奋又紧张地看着高帆:"我可以吗?"

高帆点了点头。

周彤小心翼翼地拿起信封,用颤抖的右手取出了信。

致我此生最爱的人——高凡

凡凡:

当你收到这封信的时候,不知道你是否还恨我,恨我几年前给你发了最后一条信息之后便和你断了联系。当我鼓起勇气写下这封信的时候，我内心深处是多么渴望和你重逢并牵手走过余下的岁月，但是我知道我不能。不能的原因不是因为我不爱你了，请相信我，你是这个世界上我爱上的第一个也是最后一个男人，任何人都无法取代你在我心中的位置。我不知道该如何向你解释，因为我不希望这迟到的解释影响到你现在以及未来的幸福。

　　自从我到市里读书以来，我一直都很孤独。我从来没有想过，来自小镇和穿着朴素竟然也能成为别人冷嘲热讽的理由。自卑和内向在我的体内暗暗滋生，我似乎已经渐渐忘记曾经在小镇生活的自己其实也是一个活泼开朗的女孩。我唯一能做的就是拼命学习，这样中考就可以考入一个好的高中。当时我天真地认为好高中就意味着好老师、好同学以及好的学习环境。当我拿到市排名第二的夏阳八中的录取通知书时，我真感觉自己像是拿到了通往幸福列车的车票。然而我没有想到，天堂里也藏有魔鬼，小学和初中的痛苦经历仿佛又要像噩梦般在高中被唤醒。感谢你在我最痛苦无助的时候站到了我的身边，你就像我的守护天使，为我带来了阳光和快乐。高一下学期到高二上学期的这一年是我人生中最幸福的时光，每天早上醒来，一想到能见到你，我就觉得自己像个幸福的小公主。虽然我知道我们俩被同学们私下里称为"美妖""学怪"，但是我却一点也不难受，反而感到无比幸福和自豪。每天都能见到你，能和你在一起，就算被他们喊成"黑凤双煞"又何妨？

然而幸福的时光总是短暂的，当你高二下学期选择退学时，我心如刀割。我很害怕自己再也见不到你了，我怕自己会再次被黑暗所吞噬。但是当我收到你冒雨送给我的那几本手写的高考复习笔记时，我知道你并不会抛弃我。为了你，我会勇敢地独自战斗下去，在你的一本本手写的犹如印刷般工整漂亮的笔记前，低落的情绪、糟糕的成绩以及老师同学的嘲讽全都不堪一击。我发誓要拿着重点大学的录取通知书和你在上海相逢，我之前没有和你说，因为我想给你一个惊喜。

功夫不负有心人，在你的复习笔记的指导下，最终我被上海的一所重点大学录取了。拿到通知书的瞬间，我开心得像个即将出嫁的新娘。然而我怎么都没有想到，黑暗会再次将我笼罩，高中毕业后的我仍旧没有逃过命运的捉弄，或许这就是我的命吧。只有离开，才能彻底结束这一切。我舍不得我的父母，他们是中国最传统的父母，为了我操劳一生，但是我最舍不得的还是你。你那么优秀，即使我离开了,你肯定还会遇到比我更好的女孩,也会拥有更幸福的生活。

　　凡凡,我走了。我会在天堂祝福你!请原谅我的不辞而别,希望你偶尔能想起我!

永远爱你的梅瑰
2012.7.29

　　看完信,周彤已经泪流满面,这封信根本不是她想的那种分手信,分明是在作生死诀别!她终于明白为什么梅瑰在离开书店的时候会再次流泪,因为在那个时候她已经做好了自杀的准备。她心中舍不得高凡,却又无能为力。

　　高帆拿出一张纸巾,递给了周彤。

　　周彤慢慢接过纸巾,紧紧攥在手里,满眼泪水地看着高帆。

　　"阿帆,你能告诉我梅瑰妹妹到底发生了什么事吗?什么人要逼她自杀?"

　　"梅瑰姐很爱哥哥,她不想哥哥因为她的死而失去理智去铤而走险,所以她在信里根本没有提到她自杀的原因。逼死梅瑰姐的人,我绝对不会放过他们!"

　　赵云飞靠在护城河河岸的水泥栏杆上,盯着不远处的一栋红色住宅楼的楼顶。宋雪早上离开之后,他一个人不知为何竟然又来到了梅瑰家附近。

　　楚楚出现在了赵云飞的身边,和他一起盯着阁楼的方向。

"云飞，梅瑰去世了四年高凡才知道，中间的这几年到底发生了什么事？"

"这也是我一直想知道的。关于高凡这几年的行踪，我们没有查到任何有价值的线索，没有他的手机卡信息，没有出入境记录，没有社保信息，没有银行卡和信用卡办理记录，没有火车站和机场的购票记录，汽车站的购票实名制是3月1日开始实行的，但是高凡在此之前应该已经回到了夏阳，所以就算他买票了我们也没有他在汽车站的购票记录。总之，自从高凡高二退学之后，我们就找不到任何与他有关的信息。"

"樊勇少曾经说过黑衣人自称幽灵，看来这个高凡并没有撒谎，他确实就像一个不存在的幽灵一样！"

"但是他为什么要这样做呢？他只是退学而已，又不是畏罪潜逃。"

"难道是为了逃避梅瑰？也没道理啊。"

"如果真是阿凡干的，你们估计很难抓到他。"赵云飞想到了之前陈记汽修的老板说过的一句话。

一辆黄色的福特野马跑车从赵云飞前方五米的路上飞驰而过，但是在前方调头之后又开了回来，车速明显慢了不少，最后停在了赵云飞正前方。

一个戴着墨镜的高大男人从车里走了出来。

"飞哥！"男人摘下墨镜，朝赵云飞挥了挥手，激动地小跑了过来。

赵云飞上下打量着眼前的男人，惊讶道："浩子？两年没见都开上跑车啦?"

浩子害羞地挠了挠头,笑着说:"飞哥,当年要不是被您一巴掌打清醒了,我估计我现在已经蹲大牢了。刚才我开车路过,觉得特别像您,就绕了一圈回来再看看,没想到真是您。半年前,嫂子去世,我在外地赶不回来,您不要怪我啊!"

"你让人送的花圈我都收到了,有心了。对了,浩子,现在没走以前的老路吧?"

浩子笑着摇了摇头:"怎么会呢?飞哥!高利贷我现在是一点儿都不碰了,江湖上的事也不参与了。我开了家按摩休闲会所,收入还不错。不过您放心,我们会所绝对合法经营,黄赌毒一概不沾。"

赵云飞拍了拍浩子的肩膀:"规规矩矩做生意,心里踏实。歪门邪道,早晚是要出事的。阿姨一个人把你带到大不容易,不要让她再操心了。"

"飞哥,您放心吧,我已经浪子回头了。您最近忙吗?"

赵云飞转过身,看着护城河:"还好,最近被停职了,比较清闲。"

"停职了?"浩子惊讶道,"您这么好的警察怎么会被停职,这领导是眼瞎了吧?"

赵云飞叹了口气:"情况比较复杂,领导也是为了我好。"

浩子靠在栏杆上,摇了摇头:"不过,您停职也算是好事,最近我们夏阳估计会出大事,到时候够你们警察忙的。"

赵云飞急忙转过身:"浩子,你这话是什么意思?夏阳会出什么事?"

"我今天一早听人说张家帮的老三张俊被人杀了。"

"张家帮?没听说过,他们是什么人?"

"张家帮是最近才出名的,是由三个姓张的亲兄弟搞起来的,这三兄弟从老家带了一帮人过来,个个都比较狠,他们搞汽车报废,也搞工程,听说还跑运输什么的,反正生意挺杂的,什么挣钱他们就搞什么。"

"那什么人敢动他们,是生意纠纷导致的仇杀吗?"

"不像是仇杀,张家帮现在在夏阳也算是比较有势力的,应该没有人敢和他们硬来。听说杀死张俊的人当过兵,身手挺厉害的。"

"这个人叫什么名字?"

"名字我不知道,张家帮那边不让说,谁说谁没命。这个张俊死得可真突然,他有一个叫阿彪的手下经常来我店里按摩,前两天我还听他吹牛说他们俊哥最近准备做一票大生意,想不到今天早上人就走了,也不知道是不是和那个大生意有关。"

"什么大生意?"

"我当时也问了阿彪,具体什么生意他没说,但是他说如果干成的话他们俊哥能拿到几百万现金和价值两百万的黄金,他自己少说也能分到一二十万。"

"两百万黄金?"

"是的,我当时还在想是什么大生意,竟然还有黄金,难道是抢银行?后来我也没问,我也算金盆洗手了,江湖上的事也不能太好奇。"

"这个叫阿彪的人经常来你们会所吗？"

"是的，他看上了我们会所的一个小姑娘，想追人家，这两个月每个星期都要来两三次，周末不来，反正星期一肯定过来。飞哥，这个阿彪有什么问题吗？"

"今天刚好是星期一，我晚上找他问点儿事。"

"他们老大今天刚出事，不知道他今晚来不来了，不过您可以去我那儿按摩按摩放松一下。您别担心，我们会所很正规的，是有男技师的。"

"我晚上过去。你先什么都不要说。"

"放心吧，飞哥。"浩子接着又感叹道，"飞哥，像您这样负责的好警察真是少见，都被停职了还私下里查案。"

赏金猎人

2017年4月3日　星期一

陈疆擦了擦汗，按下升降机的按钮将一台旧款的黑色大众途锐越野车放下，随后将车开到门前的停车位上。停好车后，他接着将另一辆银色的奥迪 A6 轿车开进了工位。

开启升降机的瞬间，他听到了一个熟悉的声音，他按下暂停键，赶忙转过身。一个戴着黑边眼镜、中年模样的男人站在店门口，面无表情地看着他。陈疆觉得自己刚才肯定是听错了，于是微笑着问："先生您好，是要修车吗？"

"师父！"

确实是维吾尔语！这个声音陈疆绝对不会听错，他看着眼前的男人，用颤抖的声音问道："你是……阿凡？"

陌生人点了点头。

陈疆小心地瞅了一眼外面，小声说："到里面等我。"

等那人进入里面的房间后,陈疆迅速拉下了卷闸门,接着跑进了里面的办公室。

"阿凡,你怎么会变成……"

那人摘下了眼镜和硅胶面具。这时,一个帅气的年轻人出现在陈疆面前,此人正是与陈疆六年多没见面的高凡。

高凡走向陈疆,紧紧地抱住了他,又喊了声"师父"。

陈疆也紧紧地抱着高凡,哭着说:"阿凡,这几年你都去哪儿了?师父都想死你了。"

师徒两人抱头痛哭。哭了一会儿,高凡突然跪了下来:"师父,徒儿不孝,连累了您。"

看到高凡跪地的那一瞬间,陈疆仿佛回到了十年前救下高凡的那个场景,那时的他还是个稚嫩的孩子,现在已长成一个英俊的年轻人。陈疆擦干眼泪,赶忙把高凡扶了起来。

"阿凡,你到底出了什么事?最近警察找过我,说你和几起命案有关。"

"师父,具体情况我不能告诉您,但是请您相信我,如果苍天有眼的话,也会支持我这么做的。"

陈疆点了点头:"阿凡,你的为人怎么样,我这个师父难道会不知道吗?但是法律面前是不讲人情的,你这么年轻,后面打算怎么办呢?"

"师父,您放心,我和我的朋友会全身而退的。但是我们做的事连累了您,这段时间可能会有人抓你来逼我现身。"

陈疆笑着看着高凡:"抓我来逼你现身的人肯定不是什么好

人，十年前师父能保护你，十年后师父虽然不一定还能保护你，但是绝对不会拖你后腿。师父我现在就一个人，早晚也是要下去找你没见过面的师母和小哥哥的，也没什么好顾虑和害怕的。你不用担心师父，师父我也是见过世面的。我今天通知顾客把车开走，然后我回新疆待一段时间，你结束之后去新疆找我。"

周彤发完短信，刚准备关机，就看到对方打来了电话。她看了看远处的小洋楼，犹豫了几秒，随后接通了电话。

"彤彤，你到底出了什么事啊？为什么说这段时间都不要找你？"

"姗姗，你就别问那么多了，事情结束之后我再找你。如果有其他人问起我，你就说我外出旅游了。哦，对了，我差点儿忘了，你帮我把白雪接走，暂时让它在你那儿住一段时间。"

"等等，我没养过猫，你跟我说一下怎么照顾它。"

周彤叹了口气，又花了几分钟的时间交代猫的情况。挂了电话之后，周彤赶忙关了手机并按照高帆叮嘱的取出了电话卡。随后周彤一个人朝着湖边走去，她原本觉得这片大湖离得很近，走起来却发现还挺远，她足足走了半个小时。

阿帆去夏阳办事了，她不知道他多久才能结束。周彤沿着湖边边走边想这两天发生的事情，她目前可以确定的是梅瑰死了，是被人逼死的。另外，那个骗自己并绑架自己的坏人张俊也死了，是被她没有见过面的大勇杀的。对于张俊的死，周彤并没有任何恐慌和不安，但是她很担心大勇和小威，怕他们因为杀了张俊而被警察通缉。关于大勇和小威，阿帆并没有说太多，只是告诉她小威是一流的计算机黑客，性格内向，话不多，而大勇曾是一名优秀的军人，勇敢，冷静。

周彤停下脚步，转过身，再次朝着身后不远处的小洋楼望去，可以清晰地看到厨房的烟囱。这栋小洋房一共三层，三层是一个大露台。一二两层共有四间卧室，楼上左右两侧分别是梅瑰和高凡的房间，楼下左侧是高帆的房间，大勇和小威则共同住在右侧。不过，到目前为止，她并没有进过他们的房间，房间的门都是关上的，窗户也拉上了深色窗帘。

高凡被转移到了一个安全又安静的地方，大勇和小威负责照顾他，因此整栋楼现在只剩下她和阿帆两个人。从小到大，周彤还从来没和一个陌生男人住在一起过，虽然阿帆比她小几岁，但是想到要和他一起待一段时间，周彤就觉得很害羞，脸不知不觉红了起来，还好周围并没有其他人。

"慧慧，你按得真舒服。"王彪说着便闭上了眼睛，从昨晚到现在，他都没怎么休息，感觉整个人就像散了架一样。

过了一会儿，王彪突然醒来，是疼醒的，他不知道为什么慧慧会按得这么用力，他悄悄地去摸慧慧的手，但是没想到摸到的却是一只粗糙大手。他赶忙翻过身，发现一个戴着黑色口罩，穿着黑色连帽风衣的男人正站在床边，微笑着看着他。

王彪从按摩床上跳下来，挥起拳头边骂边朝着黑衣人的脸上打去，黑衣人也不躲，只是快速地用右手握住了他的手腕并朝着肘关节的反方向掰去。

看着黑衣人身形并不高大，没想到力气却这么大。王彪感觉自己手腕就像被铁钳夹住了一般，肘部传来阵阵疼痛，仿佛随时要被折断。

"他妈的！"

王彪骂完抬腿想踢对方，但是被对方抢先一步。黑衣人一脚踢在他的膝盖上，他腿一打软跪在了地上。

黑衣人笑着说："彪哥是吧？我只是想问你一些关于你们老大张俊的事情，没必要这么激动吧？"

今天凌晨张俊的死其实把王彪吓得不轻，他觉得他和胖子没死算是运气好。来者不善，王彪没敢轻举妄动，小心地打量着眼前的这个陌生人，生怕他和杀死张俊的人是一伙的。

黑衣人松开了手，摘掉了脸上的黑色口罩，露出一张黝黑的面孔："不要怕，我又不是坏人。"

王彪盯着黑衣人的脸，惊讶道："你是赵云飞赵警官？"

"哦，认识我啊，那我也就不用出示证件了。"赵云飞笑着说。

"你不是被停职了吗？"

"这你都知道？"

"网上都能看到，夏阳新闻上说你有精神分裂症被停职了。"王彪边说边活动着痛得要命的右手手腕、右肘和右膝盖。

"看不出来，你对夏阳新闻还挺关注的。那你知不知道精神分裂症患者发病时是不能辨认和控制自己行为的，万一我这个时候发病对你造成危害，经法定程序鉴定确认，是不用负刑事责任的。"

看着赵云飞略显诡异的表情，王彪更加害怕了，刚才和赵云飞交手的时候，他就已经知道自己根本不是赵云飞的对手了。

"你不用紧张，我现在的精神状态还是很稳定的，但如果你不配合的话，我心情一烦躁，那就不好说了。"

"你想怎么样？"

"听说你们老大张俊今天早上走了，我想了解一下详细情况！"

"我们已经报案了，警察也来过了，所有的情况都和警察交代过了。"

赵云飞摇了摇头："那你就不能再跟我说说吗？你不是也知道我被停职了吗？我这个人没什么耐心，你想逼我烦躁吗？"

王彪赶忙摆手："赵警官，你别激动，我现在就告诉你。"

听完王彪的描述之后，赵云飞皱着眉看着他："你们今天上午就是这样和警察说的？"

"是的，赵警官，我们上午怎么跟警察说的，我刚刚全都告诉你了。"

赵云飞又摇了摇头："彪哥，你的不坦诚让我很失望也很头疼，如果我待会儿精神分裂症犯了，那你可别怪我了！"

"赵警官，我们今天上午真的是这样告诉警察的，我没有骗你。"

赵云飞从外套口袋里掏出一副黑色的手套并戴在了手上，随后清了清嗓子。

"我现在最后一次提醒你,说谎的后果你自己负责。下面的问题,希望你把握机会。"

王彪盯着赵云飞的黑手套,感觉气氛越来越不对劲了,他看了赵云飞一眼,紧张地点了点头。

"当时有三个人,为什么你和胖子,对了,还有一条大藏獒没死,而你们老大张俊却死了?张俊当时为什么要待在仓库里?别骗我说他喜欢睡仓库,你认为我会相信吗?"

王彪紧紧盯着赵云飞的双手:"赵警官,这……我不能说啊,说了就小命不保了。"

"你不说也一样会没命。凶手那么轻松就杀了张俊,杀死你和其他人也同样易如反掌。你们想绕开警察私下抓人,我可以告诉你们,你们不仅抓不到人,到头来可能反而弄得自己被杀。除了和警方合作,你们没有其他出路!"

看着赵云飞充满浩然正气的刚毅面孔,王彪哀求道:"赵警官,我只是个小弟,就是跑腿卖命的,知道的也不多。"

"那你就知道多少说多少!"

王彪犹豫了一会儿,重重叹了口气。

"最近,我听俊哥说他大哥,也就是我们张家帮的老大锋哥接了个活儿,有人出八百万做掉一个人。俊哥说他大哥把价格抬高到了九百万,他们兄弟三个每人三百万。"

"什么人出的钱?"

"这我就不知道了,反正是夏阳的有钱人。锋哥接下活儿之后,他们兄弟三个就开始行动了。俊哥的二哥超哥打听到了这个人的下落,这个人在上海的一个汽车修理厂。"

"看来他们兄弟三人是想当赏金猎人啊!他们要找的这个人是不是叫高凡?"

王彪惊讶地看着赵云飞:"赵警官,你怎么知道的?这个人确实叫高凡。知道他在上海之后,我们超哥就带人去了上海,本来打算在上海就把事情解决掉的,哪知道这个人又回到了夏阳,说是要回来拿一封信。"

"什么信?"

"说是夏阳的一个书店老板要给他寄一封信,结果这个高凡说自己回来拿,就从上海辞职回来了。超哥之后就赶快通知了俊哥,把那家书店的店名发给了俊哥,俊哥就去找书店了。俊哥找到书店的时候发现那家书店今年年初的时候已经关门了,书店转给了另外一个人,俊哥又通过这个人联系上了书店之前的老板,是个女的。俊哥本来是打算从那个女的那里打听高凡下落的,结果那个女的死活不肯说,所以俊哥就把她绑回来了,想用其他方法逼她说。"

"那个女的后来说了吗?"

"没说,那个女的真有种!俊哥吓她,说再不说就让我和胖子给她注射毒品,然后给她拍裸照。就在胖子拿针过去的时候,那个女的手机响了,竟然是那个高凡打过来的,你说奇不奇怪?他就好像知道我们在干什么一样!"

"高凡电话里说了什么?"

"是俊哥接的电话,我们也不知道高凡说了什么,应该就是让我们放人什么的。俊哥说让高凡带黄金过来,然后他就放了那个女的。"

"为什么要带黄金?"

"唉,这个我觉得是俊哥贪心大意了。本来锋哥的计划就是抓住高凡,但是俊哥了解到这个高凡上个月绑架了夏阳永超集团老板家的儿子,要了价值两百万的黄金还撕票了。所以,他就想既抓到高凡,又把两百万黄金弄到手。但是,哪知道这个高凡会这么厉害!简直就像电影里的职业杀手一样!俊哥本来想和他约今天早晨六点来一手交黄金一手交人的,但是高凡说他很快就过来,而且他都没问地址就把电话挂了。我们都不知道他是怎么找到我们那儿的。我们昨天晚上一直等到十二点,俊哥本来以为高凡不会来了,但是哪知道他突然就出现了,他先用麻药打中了阿虎,我和胖子去检查阿虎的时候被他打晕了,我们连他长什么样都没看到。我们醒来才发现俊哥死了,那个女的也被救走了。真的,整个过程就像做噩梦一样。锋哥知道俊哥死了之后,气得差点儿把我和胖子也杀了,幸亏超哥拦住了他。"

"那个女的叫什么名字?她和高凡之间是什么关系?"

"那个女的叫周彤,当时俊哥翻出了她的身份证,我看到了。我不知道她和高凡什么关系,俊哥说高凡是她的男朋友。对了,听超哥说这个高凡当过兵,而且可能还有人帮他。"

"当过兵?很有意思!"赵云飞摸了摸下巴,随后又问道,"你们张家帮的老大张锋后面有什么安排?他打算怎么给自己亲弟弟报仇？"

"具体怎么安排我们还没接到通知，俊哥的尸体现在还在太平间里，锋哥说要抓到高凡为俊哥报仇。"

房间的门突然打开了，会所的老板刘浩拿着防暴叉跑了进来，身边还跟着一个年轻的女孩，这个女孩正是之前帮王彪按摩的慧慧。慧慧指着赵云飞说："老板，就是他！"

刘浩瞪着眼睛看着赵云飞，大声喊道："你是什么人，敢来我们会所打扰彪哥按摩！"

赵云飞看着他们，抓了抓头，显示出烦躁不安的表情。王彪看了一眼赵云飞，赶忙朝着刘浩摆手："刘老板，误会，误会，这位是我朋友，找我有事。"

"哦，原来是这样，我还以为有人要害彪哥你呢！"刘浩放下了防暴叉，"不好意思，彪哥，误会，今晚费用算我的。你们接着聊，我们不打扰了。"

刘浩走的时候，偷偷朝赵云飞使了个眼色，赵云飞也悄悄地竖起了大拇指。

2017年4月4日　星期二

赵云飞回到夏天家的时候，已经十二点多了。客厅的灯是关着的，只能看到夏天工作间门缝里透过来的光亮。他刚想开灯，就发现了门口鞋架上的一双女式运动鞋，随后他朝着客厅望去。他惊讶地发现宋雪躺在沙发上,身上盖着毛毯。

这时夏天打开门,从房间里悄悄地走了出来,小声说:"宋雪十点半过来的,等你等睡着了,我怕她冻到,给她盖了毯子。你要不要把她叫醒去阁楼床上睡?"

"我来搞定,你也早点儿睡。"

赵云飞打开客厅的落地台灯,随后轻轻地走向宋雪,蹲在她的身旁,小声地喊她名字。宋雪睁开眼睛,看到是赵云飞后,激动地坐了起来:"飞哥,你终于回来了!夏阳又出事了!"

"你要不要先睡觉,明天……待会儿早上再说。"

"我不困,我带了咖啡,我们去阁楼聊吧。"

两人来到了阁楼的客厅,一起坐在了沙发床上。宋雪迫不及待地说:"飞哥,昨天凌晨,北郊的一个仓库里发生了一起凶杀案,死者是被弓弩射死的,现场没有任何指纹,脚印也被清理了。哦,死者名叫张俊。"

赵云飞点了点头:"死者是张家帮的老三张俊,他是被高凡他们杀死的。"

"是被高凡他们杀死的?"宋雪惊讶地看着赵云飞,"飞哥,你是怎么知道的?"

"我是从张俊的一个手下那里了解到的,那个人叫王彪,他昨天上午去警队录了口供,我晚上就是去找他了,所以回来得比较晚。"

"那你了解到什么重要信息了吗?"

赵云飞从遇到浩子开始说起,然后将通过浩子接触到王彪并逼他将一些凶案背后的事情交代出来的事说了一遍。

宋雪激动地说："我们之前不是一直想不通高凡是如何得知梅瑰死亡的消息的吗？现在看来，就是通过那封信！"

赵云飞点了点头："这样看，确实是因为这封信高凡从上海返回了夏阳。但是还有一个疑问，梅瑰是四年前走的，这封信为什么会四年之后才交给高凡？"

"是啊，这确实有点儿奇怪！"宋雪抓了抓头，陷入了沉思。过了好一会儿，她突然问道，"飞哥，你看过《神雕侠侣》吗？"

"《神雕侠侣》？金庸的武侠小说吗？"赵云飞被这个突如其来的问题弄得不知所措，"你问这个干吗？"

"你有没有看过啊？"宋雪急切地问。

赵云飞不知道这个丫头又想到了什么，于是说道："我只看过几集古天乐版的电视剧。"

"你记不记得，小龙女中毒之后，知道自己没有救了，想一死了之，但是又怕杨过难过想不开，所以故意骗他说十六年后再与他相见。小龙女以为这么长的时间会让杨过忘记她，哪知道杨过对她却始终一往情深，并没有随着时间的流逝而忘记她，真的苦苦等了小龙女十六年。"

"你的意思是梅瑰故意让人在四年之后将信寄给高凡，因为她希望高凡通过四年的时间将她忘记？但是为什么是四年呢？"

宋雪又想了想，说："四年之后，梅瑰刚好大学毕业。可能梅瑰怕时间长，会引起高凡的怀疑。"

赵云飞叹了口气："难怪高凡不惜杀人也要救她！"

"你说的是那个被张俊绑架的周彤吗？"

赵云飞点了点头："那封信肯定是梅瑰在自杀前写好的，然后交给周彤，委托周彤四年之后的某一天寄出。这个周彤不知道和梅瑰是什么关系，竟然能帮她将信保存了四年，而且按照梅瑰的要求寄出。周彤现在肯定和高凡在一起，如果能找到周彤，我们就可能找到高凡他们。"

"我来负责查找周彤的信息。"

楼下传来一阵声音，从楼梯处可以看见楼下的灯关上了。赵云飞推测夏天要睡觉了，他看了一眼手表，已经凌晨两点了。

陈疆出门的时候就发现有两个高个子男人在跟踪他，现在通过出租车的倒车镜，他仍然可以看到这两个人。这两人正坐在一辆黑色的奥迪车里，一个人在开车，另外一个坐在副驾驶。四十分钟之后，陈疆在夏阳国际机场下了车，那辆黑色奥迪也来到了机场。

距离检票还有一个小时，陈疆起身看了一下四周，随后朝着卫生间的方向走去。起身的瞬间，那两个大个子男人也看到了他，快速朝着他的方向走来。

陈疆进入卫生间不久，两个大个子便守在了厕所的出入口，此时有人陆续进出，但是两人并没有看到陈疆。两人等了很长一段时间后，其中一个大个子走进了男厕所，很快另外一个大个子也迅速跑了进去。没过多久，两人又都跑了出来，看起来很生气，一个边跺脚边骂骂咧咧，另一个则掏出了手机打电话。

陈疆快步进入机场的停车场,寻找一辆旧款的白色丰田普拉多。找到后,他打开车门,上了车。他看着化妆镜中的自己,摸了摸脸,笑着说:"这面具戴在阿凡头上显老气,但是我戴着却很显年轻。"他拿起挡把旁的一张纸条,上面用维吾尔语工整地写着:"师父,祝您一路顺风!"

"今天可以开车看日出了!"

陈疆感叹了一句,随后驾车离开了夜色笼罩下的夏阳国际机场。

林姗姗来到楼下的时候,又掏出超市的购物小票看了一会儿。没想到猫粮竟然这么贵!想到昨天刚刚打扫完的家,她不由自主地加快了步伐,她怕白雪会在家里到处爬。

"白雪!我回……"

打开门之后,林姗姗惊恐地发现一个男人竟然坐在她家客厅的沙发上,怀里抱着白雪。她还没有反应过来,门旁的另外一个男人一把捂住了她的嘴并关上了门。

"喵……"白雪叫了一声,从男人的怀里挣扎着跳了出来。它从林姗姗的脚旁安静地经过,朝着厨房的方向跑去。

男人拍了拍衣服,从沙发上站了起来,慢慢走向林姗姗。他边走边说:"原来它叫白雪,名字不错。"

林姗姗吓得双腿发软,她不知道自己遭遇了什么,她根本不认识眼前这个高大的男人。在身高一米五八、体重不足一百斤的林姗姗面前,这个男人就像一座大山,她根本不敢抬头看对方。

男人用手抬起了林姗姗的下巴,温柔地说:"我待会儿问你什么,你就回答什么。如果你好好配合的话,我们不会伤害你的。听懂了吗?"

林姗姗拼命点头,为了活命,她必须听懂。

男人示意林姗姗身后的人松开手,随后林姗姗大口地喘着粗气。

"林女士,咱们坐沙发上谈。"男人说完做出一个请的姿势。

林姗姗战战兢兢地坐在三人位沙发的中间位置,仿佛一只待宰的羔羊。男人的同伴从餐厅搬来一把椅子让男人坐,而他自己则站在高大男人的身后。

"林女士,听说你和周彤女士的关系不错?"

为什么提到周彤?林姗姗很好奇,但是不敢问,只是点了点头。

"我们想和周女士做个生意,但是联系不上她,而且她家人又不在夏阳,所以我们只能找你帮忙邀请她见面。不知道林女士肯不肯帮这个忙?"

林姗姗想起了周彤在电话里交代她的,于是说道:"彤彤她……出去旅游了,她没告诉我她去哪儿了。"

"出去旅游了?这么巧?"

男人笑了,接着站了起来,坐到了林姗姗的左侧,右手搭在她的肩膀上,随后快速移动到了林姗姗的嘴上并用力捂住。男人的头贴着林姗姗的耳朵,小声地说:"你当我们是智障吗?

再给你最后一次机会!"说完他松开了手。

林姗姗吓得眼泪都流了出来,她不停地摇头,颤抖着说:"我真的不知道她在哪儿?她关机了,我也联系不上她,你不信的话用我手机打她电话。"

男人接过林姗姗掏出来的手机,拨通了周彤的号码,话筒里提示对方已关机。

"实在不好意思,林女士,既然这样,我们只能先邀请你,然后再邀请周彤女士了。现在就跟我们走吧,路上不要有多余的想法,不然今天就是你在这个世界上的最后一天。"

周彤又来到了湖边,这次她走得比上次还要远。望着无边的湖面,她并没有觉得和大海有什么区别,如果能划着一艘小船泛舟湖面的话肯定会别有一番风味。她看了一眼那栋小洋楼,随后将手机卡装入手机并开机。开机不久,她就收到了林姗姗发来的微信。

不知道姗姗和白雪相处得怎么样?

周彤点开林姗姗发来的微信后,吓得手机掉到了地上。她哭着捡起了手机。手机里有一张照片,照片中林姗姗被人绑在椅子上,嘴巴上被贴了胶布。在林姗姗身旁的桌子上,有一只白猫被人砍断了头,而且砍掉的猫头正血淋淋地正对着镜头。这只猫正是白雪!照片下有一行文字,上面写着:收到照片后立刻回复,否则林姗姗的下场和白雪一样!

姗姗,是我害了你啊!周彤握着手机大哭,她没想到这帮坏人竟然这么快就找到了姗姗。阿帆还没回来,周彤不知道该怎么办。犹豫了几秒之后,周彤回复了一条信息:"请不要伤害姗姗!"谁知对方立刻发来了视频电话邀请。

周彤赶忙擦干眼泪,接通了电话。视频里首先出现的是林姗姗,和之前照片中的场景一样,她仍然被绑在椅子上,只不过嘴上的胶布被撕掉了。

"彤彤,救我啊!"林姗姗看到周彤之后立刻放声大哭。

"姗姗……"

周彤话没说完一个男人就出现在了屏幕中,此人戴着黑色的口罩,看不清长相。

"周彤女士,你好!怎么没见到高凡先生?"

"我不认识什么高凡。你们是什么人?你们不要伤害姗姗!"

视频中的男人摇了摇头,不耐烦地说:"下午四点来老火车站的站前广场,我会派人接你们。你们来的话,我们就放了林女士。如果不来,你们就等着给林姗姗收尸!"说完男人就挂掉了电话。

周彤呆呆地握着手机,盯着屏幕中显示的通话结束提示,随后她赶忙关机并取出了电话卡。快一点了,距离对方要求的四点还有三个多小时。周彤强迫自己冷静下来,边往回走边想办法。

很明显,对方是冲着高凡来的,想拿林姗姗逼自己现身,抓住自己再逼高凡现身,就像上次一样,但是这次情况却比上次还要危险。周彤不知道高凡现在人在何处,就算知道,她肯定也不会让他白白去送死的。

周彤几乎是跑回那栋小洋房的,打开门之后,她气喘吁吁地靠在门上。周围静悄悄的,周彤可以清晰地听到自己的呼吸声。阿帆还没有回来,也联系不上他。

想到最近发生的这些事情,周彤抱着头蹲在地上又哭了起来。她觉得一切都是自己给高凡的那封信引起的,如果四年前她能觉察到梅瑰的异常表现,哪怕和她聊一会儿,或许她就不会选择自杀。想到这儿,周彤感到无比愧疚,感觉是自己害了梅瑰。因为那封信,她又害了高凡和林姗姗。

静默了几分钟之后,周彤擦干了眼泪,勇敢地站了起来。她在厨房留下一张纸条便离开了。

在去夏阳的路上,周彤想:梅瑰当时的痛苦,或许正是这种近似无能为力的绝望感。

赴　约

2017年4月4日　星期二

与刚建成两年不到的夏阳南站相比，夏阳老火车站的站前广场明显热闹了不少，随处可见拖着行李匆匆赶路的行人。广场对面就是夏阳市有名的白云服装城，周彤还记得上大专的时候，她经常和姗姗一起去那里买衣服。想到姗姗，周彤的心又紧张了起来。她朝广场的四周望去，这时一个穿着黑色西装的男人朝她走了过来。

"是周彤女士吗？"

周彤点了点头。

"就你一个人吗？"

周彤又点了点头。

"我们老板派我来接你，请这边走！"

男人的礼貌态度让周彤想起了之前的张俊，虚伪得让人作呕。她默默地跟在男人的后面。走了大约五分钟之后，周彤上了一辆黑色的别克商务车，车里并没有其他人，带他过来的男人就是司机。出发前，男人打了一个电话，只说了一句："老板，人接到了，只有女的，男的没来，我们现在回去。"

一路上男人没有说一句话，但是周彤注意到他时不时地会从后视镜里偷看她几眼。

周彤坐在车窗边，盯着窗外不断后退的街景。她突然发现这座她生活了近十年的城市已经变得如此繁华，各种高大挺拔的建筑似乎在骄傲地展示着现代都市之美。然而，此时的她却像坐在一辆囚车之中，终点站是一个令人毛骨悚然的未知刑场，那里的人不需要任何理由就可以直接宣判她死刑。但是如果她一个人的死能换取其他人的生，她宁愿做出这样的选择。

随着时间一分一秒地过去，都市的繁华慢慢在车窗外褪去，当周彤的注意力再次回到现实中的时候，车已经来到了夏阳北城的郊区，她不知道自己是不是又要回到那个让她心惊胆战的仓库。

十分钟之后，黑色的别克商务车驶入了一家废旧汽车报废中心，看着周围堆放的各种废旧汽车，周彤仿佛看到了自己的下场——被肢解后抛弃在荒野，静静地腐烂。

男人将车开进了最里面的一个大仓库。他下车后，非常绅士地拉开了侧滑门。

"周彤女士，我们老板在里面的办公室等你。"

周彤朝里面看去，男人口中的办公室是一个集装箱改建的方盒子。周彤咽了咽口水，转身又看了一眼仓库大门，远处的蓝天和废弃的车辆挤在一起，仿佛一张定格的画面。她恐怕再也看不到外面的世界了，但是她希望高凡和姗姗他们可以。周彤嘴角露出一丝微笑，朝着集装箱快步走去。

集装箱的门在周彤快靠近的时候打开了，一个面无表情的高个子男人站在门口。经历了上次的生死之旅后，周彤已经不再怕这些人了，她觉得这些坏人只能靠凶神恶煞的表情和言语来吓唬胆小的人，如果撕破他们这副面具，他们不见得比老鼠勇敢多少。

集装箱里有一张沙发，另外一个更加高大的男人坐在沙发上，仿佛一头金刚。男人面前摆放着一张折叠椅。

"周彤女士，你好。坐吧。"

眼前这个男人的虚伪程度一点儿也不亚于之前的张俊，周彤很是厌恶，但是并没有显露在脸上。面对男人狼一般的眼神，周彤没有丝毫畏惧。

"我已经按照你们的要求来了，请你们遵守诺言放了姗姗！"

"遵守诺言？"男人笑了起来，随后凶狠地看着周彤，"我说的是让你们过来，你们包括你和高凡，你都没有遵守诺言，你让我怎么遵守诺言？"

"我不认识高凡！你们就算杀了我也没用。"

男人站了起来，走到周彤身边，右手突然一把抓住周彤的头发，"我知道你不怕死，但是你也应该知道，不怕死不等于不会死！"

周彤忍住发根牵拉的疼痛，抬着头迎着男人的眼神："你们到底想怎么样？"

男人松开了手："你放心，抓到高凡之前，我们暂时不会让你死。你既然这么在乎他，我就让他在你面前慢慢死去。"

"高凡和你们有什么仇，你们为什么要杀他？"

男人笑着说："高凡和我们兄弟几人本来无冤无仇，我们想干掉他是因为他的命值九百万现金。"

"是什么人出钱要杀死高凡？为什么？"

"收人钱财，替人消灾，为什么杀他不是我们要考虑的问题。"

"是不是出钱要杀高凡的人害死了梅瑰？"

"什么玫瑰？竟然有人会起这么傻的名字？你知道吗？由于你的愚蠢，害死了我三弟，后面就不是钱的问题了。你和高凡都得死。我知道这个高凡很厉害，而且还有人在背后帮他，但是他这次绝对没有那么好的运气了。你不肯说出高凡的下落也没关系，他肯定会来救你的，到时候再见他也一样。"

一路上，高帆边开车边和小威讨论接下来的安排，大勇却始终一言不发。

"大勇，虽然从夏阳到乌鲁木齐有四千多公里，路程是远了点儿，但是师父一个人开车绝对没问题的，也就是中途需要多加几次油。"

"阿帆，几年没见师父，他老了很多。"大勇感叹道。

"师父是侦察兵出身，身体还硬朗着呢，不用担心。"

"时间过得真快啊！我真想回新疆和师父一起住一段时间，另外，我也想去看看艾米拉的家人。"

"这次哥哥的遭遇和你当年的很像。"

"对于艾米拉，我只算是暗恋，连表白的机会都没有。你哥哥与我不同，他和梅瑰的感情更深。"

小威看了一眼窗外，小声地问："大勇，你还想着艾米拉吗？"

大勇的眼角滑下两条泪水，并没有回答。

半小时之后，高帆他们回到了小洋楼。当高帆将车开入车库的时候，他突然觉得有点儿不对劲。

其实他刚刚开车经过厨房窗外的时候就已经有同样的感觉了，之前他总能看到周彤站在窗边笑着看他将车开进车库，然后跑到院子里等他。但是今天，窗户后面却是空空的。

一楼没有人，高帆快速跑到了二楼，也没有人。他随后来到阳台，朝着牛山湖的方向望去，也没有发现周彤的身影。

"阿帆，家里并没有来人的痕迹，周彤是不是去镇上买东西了？"大勇问。

"彤彤姐应该不会这样做，我叮嘱过她不要跑远的，她跟我说她最多就是去湖边走走。"

高帆下楼后来到了厨房，几乎是进去的瞬间，他就看到了餐桌上的纸条，是用一个小碗压着的。他冲了过去，拿起了纸条。

亲爱的阿帆：

很高兴认识你们，这几天给你们添了很多麻烦。

今天我才突然发现,梅瑰妹妹的死,我也是负有一定责任的。当初如果我能将她留下来和她聊一聊,或许她就不会选择自杀,我为我当时的冷漠感到后悔和羞耻。没能阻止梅瑰妹妹自杀,我就已经错了第一步。后来我又将信转交给你,让你们为了梅瑰妹妹铤而走险,我又错了一步。我不能再这样错下去了,不能因为自己的失误而造成更多的痛苦。我走了,我真的没有脸再面对你们,请你们忘记我。人死不能复生,请你们不要为了梅瑰妹妹的事一错再错了。我希望你们及时收手,带着高凡,一起离开这座城市。生活还是很美好的,祝四叶草兄弟幸福快乐!

周彤
2017.4.4

高帆神色凝重地站在餐桌旁,看着窗外,随后将纸条折叠整齐放入上衣口袋。

"小威,查一下今天彤彤姐的通信记录。"

小威赶忙冲进卧室,打开密码箱,拿出了设备。他很快就黑入了周彤的社交账号,随后他将周彤下午删除的微信记录展示在高帆的面前。

"阿帆,没想到张家帮的人这么快就绑架了周彤。"大勇说。

"哥哥现在还没有恢复,不能让这些事情刺激他。是福不是祸，是祸躲不过。既然他们这样相逼，我们也不用客气了。小威，你查一下彤彤姐和林姗姗的位置。"

小威盯着电脑屏幕，边飞速敲击键盘边说道："彤彤姐的手机关机了，电话卡也拿掉了，最后一次通话位置在牛山湖附近，是对方打来的微信视频电话。林姗姗的最后通话位置在夏阳北城的郊区，张家帮在北城有一家废旧汽车报废中心，结合微信中的照片和卫星地图，林姗姗应该是被关在那里。"

"大勇，小威之前查过张家帮几兄弟的资料，三兄弟当中，最狠的是老二张超，他曾经在金三角当过几年雇佣兵，绝对不是一般的黑社会那么简单，另外，我觉得那个人肯定也介入了！我们这次要小心。"

大勇摇了摇头，说道："比起中东那帮人，他们差得远呢！"

高帆独自来到院子中间，抬头望着天空，蔚蓝的天际没有一丝白云。盯着天空看了十分钟之后，他再次走进小威和大勇的房间。

"小威，帮我联系张超。"

晚上十点，宋雪准时出现在了夏天家的入户门前。这几天，夏天家的餐厅和客厅已经成了她的夜班办公地点，阁楼更是成了她的临时住处。为此她还担心夏天会不会嫌她烦，但是夏天跟她说，他从小就在赵云飞家蹭吃蹭喝，寒暑假的时候甚至还和赵云飞睡一张床。他让宋雪和赵云飞把他的家当成自己家，除了他的工作室和卧室，其他地方她和赵云飞可以随意进出。

进门之后,宋雪迫不及待地拿出了白天搜集到的关于周彤的资料开始汇报。

"周彤的老家是外地的,她父母在她上小学的时候离婚了,她原本还有个妹妹,比她小六岁,2008年的时候遭遇意外去世了,她妈妈因为生病和丧女的打击,之后不久也离世了。周彤的父亲在离婚后,和她们母女三人就断绝了往来。周彤是2010年夏阳大学毕业的,工作了一年多后辞职开了一家叫"天空之城"的书店,但是书店在今年元月份的时候关门了。这是我整理的周彤的简历。"

宋雪递给赵云飞一张A4纸。

赵云飞看完简历之后问道:"有没有调查周彤最近半年的通话记录?"

宋雪笑着看着赵云飞:"飞哥,我正等你问我呢!重大发现!周彤2月13号那天联系过一个号码,这个号码和之前打给孟向明的是同一个,来自新疆!但是根据基站收到的信号,和周彤通话时这个号码的位置在上海,而和孟向明通话时位置却在夏阳,之后基站就没再收到这个号码发出的信号了!"

"收不到信号是因为高凡已经做出了要复仇的打算,怕被人查出,就把手机关机并拿出了电话卡,他一定是受到了他黑客朋友小威的指点。"

"周彤的最后一次通话在今天下午,之后就关机了。基站收到的信号显示她在阳江县的牛山镇。"

"阳江县？梅瑰家以前不就是阳江县的吗？"

夏天工作间的门突然打开了，夏天站在门口，神色紧张地朝着赵云飞和宋雪喊道："你们快过来！"

"出了什么事？"宋雪问。

"你们过来就知道了！"

赵云飞和宋雪进入了夏天的工作室，夏天指着电脑屏幕说："那个黑客来了！"

电脑屏幕上出现了一封来自夏天电子邮箱发出的邮件。

赵云飞警官：

您好！我是高凡，我的两名女性朋友目前被张家帮的人劫持，有生命危险，希望您能出手相助，时间为今晚十二点，地点在城南夏阳江岸边的一家废弃船厂。附件是无人机拍摄的船厂及周围的照片。事后我会交代最近的几起命案经过。谢谢。

高凡

2017.4.4

赵云飞点开发来的照片，又查看了船厂周围的路线，之后他闭上了眼睛，快速回忆图片中的各个细节。

宋雪吃惊地看着电脑，感叹道："这个高凡太厉害啦，他是怎么用夏天的邮箱发邮件给夏天的呢？"

赵云飞看了一下表，十点一刻。手机地图显示，从夏天家出发,至少需要一个小时的时间才能到达船厂。

宋雪拉着赵云飞的手:"飞哥,我和你一起过去!"

赵云飞紧握着宋雪的手,看着她的眼睛:"我一个人过去,你待会儿通知卢队。船厂会很危险,我不能让你冒这个险。"

宋雪不服气地看着赵云飞:"就因为危险,我才不能让你一个人去啊!我也是刑警,也是受过专业训练的!"

就在两人僵持不下的时候,夏天说话了:"我也和你们一起去!"

赵云飞和宋雪同时转过身,惊讶地看着夏天:"你也去?"

夏天又看了一眼电脑屏幕,发现邮件自动消失了。他指着屏幕对两人说:"这个高凡绝对是个顶级黑客,我很想见见他,他简直就是我的偶像!"

"那个顶级黑客不是高凡,是他的朋友小威。"赵云飞说。

"反正我跟你们一起去,说不定我也能帮上忙呢。"

"飞哥,那我们就三个人一起去吧,也好有个照应。"

看着宋雪期待的眼神,赵云飞点头同意了。只见夏天大吼一声,兴奋地冲进卧室并关上了门。赵云飞和宋雪诧异地看着夏天的卧室门,同时摇了摇头。两分钟后,夏阳打开了门,自豪又略带害羞地走了出来。夏天穿着黑色的连帽外套,黑色的运动裤和一双全黑的运动鞋。

宋雪惊讶地上下打量着夏天:"你穿这么黑干什么?"

"夏天,你本来个儿就不高,还穿这么黑,看起来就像个小黑球。"赵云飞故意打趣他说。

夏天尴尬地笑了笑:"我要的就是这个效果,这样晚上才不容易被发现。万一遇到危险,你们顾不上我,我随便找个黑的地方躲起来就行了。"

来到停车位,夏天更加激动了,他骄傲地指着他的大众高尔夫说:"去年我买车的时候,好多人问我为什么不买白色的,就白色显大。怎么样?今天我的小黑派上用场了吧,关了车灯就像隐形了一样!"

上车之后,夏天一个人坐在后排。一路上,夏天都很亢奋,说个没完,他说自己已经很久没有晚上出来了,甚至透过天窗玻璃看到月亮他都要称赞几句。

距离船厂还有四公里的时候,赵云飞舍弃大路,左转进入一条林间碎石小路,很快碎石路面又变成了土路,土路两边开始出现越来越多的大树。赵云飞减慢车速,关掉了车灯,借助月光和脑海中的地图慢慢地向目的地靠近。十分钟之后,赵云飞指着挡风镜说:"前面就是那个船厂了!"

宋雪和夏天不约而同伸着头朝前方看去,赵云飞打开了驾驶位的车窗。起风了,除了枝叶随风摇曳的沙沙声,还可以清晰地听见不远处夏阳江江水拍打河岸的声音。

赵云飞将车开进了路旁的小树林里,三人下了车。他们所处的位置地势较高,可以俯视夏阳江边上的废弃船厂。在夜色下,能隐约看到一栋高大的厂房和三艘停在岸边空地上的废弃大船。

赵云飞看了一眼手表:"现在十一点二十,离高凡他们约定的时间还有四十分钟。"

宋雪紧紧地盯着船厂的方向："飞哥,这个船厂连个灯光都看不到,高凡和张家帮的人不知道来了没有?"

"张家帮的人到没到我不知道,但是高凡肯定已经到了,应该就在某个地方埋伏着。"赵云飞说完又转向夏天,"你在车附近找个地方藏好,我和宋雪下去,救到人之后,我们一起来找你。如果感到情况不对劲,你就立刻打电话给卢队长!"

夏天打了个哆嗦："我突然觉得好紧张!"

宋雪笑着安慰他："夏天,你不用担心!你穿这么黑,只要不出声,没人会发现你的!"

"我们肯定能救到人的!"夏天坚定地说。

赵云飞和宋雪来到土路之后,沿着路边的山坡小心地往下走,山坡虽然不算陡峭,但是布满了大大小小的石块。赵云飞走在前面,不停地回头叮嘱宋雪小心。快到船厂的时候,两人停了下来,藏在一棵大树后面,观察着船厂的动静。

约二十分钟之后,赵云飞听到了不远处传来的汽车引擎声,几辆车正朝着船厂的方向驶来。通过车灯的数量,赵云飞可以判断前后一共有四辆车。很快,四辆车驶进了船厂并在三艘大船后方不远处的空地停了下来。

赵云飞和宋雪正打算偷偷前往三艘废弃大船的时候,最后一辆车的车头上方突然亮起了一排越野射灯,刚好对着赵云飞和宋雪的方向。赵云飞赶忙搂住宋雪的肩膀,把她按了下去。

赵云飞侧着身子,小心地瞥了一眼,此时的空地已经变成了破旧的灯光球场。四辆车前后间隔几米停了下来，最前面的是两辆轿车，中间是一辆商务车，最后一辆是经过改装的越野车，车顶前方安装了四枚越野射灯，空地上耀眼的光源正是来源于此。

陆陆续续有人从车里出来，有十几个人，其中有六个人站在商务车的四周。

"飞哥，灯太亮啦，还正对着咱们，万一被发现怎么办？"

"先等等，再观察一下。"

赵云飞又看了一眼表，还有五分钟就到十二点了。他能感觉到宋雪此时略为紧张的呼吸声，同时他手表表盘秒针的跳动声也清晰地传入他的耳中。空地传来了张家帮的人彼此交谈的声音，但是由于距离太远，听不清他们说话的内容。

2017年4月5日　星期三

空地突然传来一声凄惨的叫声，接着是第二声，张家帮的人瞬间躁动起来，传来非常大的叫骂声，还有人在喊："关灯，快关灯！"

四辆车的车灯相继熄灭了，包括越野车上的射灯。

赵云飞碰了碰宋雪，然后朝着空地的位置做了一个手势。宋雪点了点头，跟在赵云飞的身后，朝着船的方向悄悄前进。

船厂再次被笼罩在黑夜之下，仿佛静寂的舞台，上空昏暗的月光像是低功率的射灯努力挤出微弱的光,张家帮那边也变得鸦雀无声了。

江边的风似乎刮得更加迅猛,快速起伏的波浪用力地拍打着岸边,像是在为即将到来的演出激烈鼓掌。与此同时,天空中有一大片乌云正朝着月亮的方向快速飘去并迅速将其包围。

在夜色和江水声的掩护下,赵云飞和宋雪快速绕到了三艘废弃大船所在的船台。三艘废弃大船每艘都有二十多米长,全都是建好了船体的骨架并且焊接了部分船身,未完工的船体在月色下看起来就像烧烤架上的三条巨大烤鱼,被人掏空了身体。

持续的风将乌云不断送向远方,月亮再次将朦胧的白光投向船厂,三艘废船的船尾距离四辆车的车身左侧大约二十米。第一艘废船的船尾正对着第一辆轿车的驾驶室,赵云飞可以看到张家帮的人几乎全都躲在车身左侧,还有两个人躺在地上,似乎是受伤了,不断地发出痛苦的呻吟。

一定是高凡他们在车身右侧的方向发动了进攻,刚刚发出杀猪般惨叫的应该就是这两个倒霉蛋。赵云飞推测这两个人的遭遇和之前的张俊相同,但是幸运的是两人并没有像张俊那样一命呜呼。

一声剧烈的枪响划破天际。

"他们有枪!"

赵云飞示意宋雪不要说话,随后紧紧地盯着车辆的位置。

"高凡,你给我出来,我没兴趣和你玩捉迷藏!我数到十,你如果不出来的话,我就先干掉一个。十……"

赵云飞从地上找了两块碎砖递给宋雪:"我们现在到最后一辆车那边去,那辆越野车底盘高,我们可以躲在下面。待会儿我们来一个声东击西。"

"怎么个声东击西?"

"我们先过去,待会儿听到我的信号,你就朝着前两辆车扔砖头,用力扔,砸得声音越大越好。"

"砸伤高凡的朋友怎么办?"

"他的两个朋友现在肯定还在车里,伤不到她们,你扔准点儿,尽量砸中车身。"

赵云飞和宋雪猫着腰,快速移动到了第二艘大船后,紧接着移动到了第三艘大船背后,停在最后面的那辆越野车刚好位于船尾的右前方。两人此时就像两只猎豹,悄无声息地接近越野车。

越野车的驾驶室外的车门下有个张家帮的人正半蹲着靠在车门上,伸长着脖子试图通过车A柱和发动机盖的夹角观察着外面。突然他感觉一只强有力的大手紧紧地捂住了他的嘴,他还没来得及喊出声便觉得颈部一阵剧痛。

"三……二……"

向高凡喊话的声音来自倒数第二辆商务车。

赵云飞将倒下的人靠在车轮旁,轻轻地摸了摸对方的颈动脉,随后便小心地钻进车底,躺在宋雪的身旁。宋雪几乎屏住了呼吸,两只手分别紧握着一个砖块。赵云飞小心地朝着商务车望去,发现有两个人正站在商务车的滑门外,刚好将门全部遮住。考虑到之前张俊的被杀方式，赵云飞认为张氏兄弟肯定对于高凡的弓弩非常忌惮。

"等等！"

黑暗之中传来一个声音。

赵云飞从越野车的车底看见一个身影正从车辆右前方的黑暗中缓缓走来。

"高凡，丢掉家伙，待在原处别动！"

一道亮光从第二辆车中射出，打在高凡的身上。赵云飞可以看到高凡穿着一套黑色作战服，双手以持枪姿势端着一架弓弩，脸上似乎涂了黑色油彩。他又看了一眼商务车，侧滑门是开着的，隐约可以看见一高一矮两个长发女孩低着头站在车门外。虽然天黑看不清两人的脸，但是赵云飞推测其中一个就是周彤。车里坐着的人很可能有枪，但是赵云飞知道如果自己动作足够快的话，便可以一脚将侧滑门关上，然后救下门前的两个人。

"待会儿听到关门声就扔砖头，最前面的两辆车，一前一后扔，扔完之后就赶紧在车后找地方躲起来。没有我的通知，不要出来。"

"那你怎么办？"

"不用担心。"

赵云飞小心翼翼地从前轮下朝着商务车的车尾移动，同时他看到高凡双手握着弓弩正慢慢蹲下，赵云飞快速爬出越野车，调整好方向后，猛地踹向侧滑门。

巨大的关门声将车门前的两个人吓了一跳。赵云飞一跃而起，冲到滑门前，喊了声"跟我来"便拉着两个人的手往车后跑。

第一辆车传来了砖块击中车窗玻璃的巨大破碎声，随后又传来第二声玻璃破碎声。

然而，当赵云飞拉起那两人胳膊转身就跑的瞬间，他突然意识到上当了。

"快离开！"

赵云飞刚喊完便觉得双腿被一股巨大的力量重重地绊倒在地，紧接着有两个人扑到了他身上。他压在身下的右手被用力抽出，和左手一起被反折在背后，随后脖子被人用膝盖死死地抵住。

一个冰冷的铁器抵住了赵云飞的头部，他放弃了挣扎，因为下肢被另外一个人狠狠地压制住了，他现在唯一能做的就是快速调整呼吸以免窒息身亡。

赵云飞的左侧脸颊紧贴着粗糙的地面，刚好朝着高凡的方向，他感觉到自己粗糙的脸被各种大小碎石像砂纸一样争相打磨。他看见高凡快速举起了弓弩，但是随后又快速卧倒。

赵云飞听到了头部上方传来的枪声。

高凡躲过子弹之后迅速起身，再次消失在黑暗之中。随后最前面的两辆车相继传来了爆胎的声音。

"超哥，前面两辆车的车胎被射穿了。"压着赵云飞双腿的人说。

看来抓住自己的人是张家三兄弟中的张超，赵云飞此时非常担心宋雪的安全,不知道她有没有找地方躲好。

"没事,我们先看看抓到了谁?"

跪压在赵云飞脖子上的膝盖终于挪开了,在他快速吸入空气的同时,双手和双脚被结实的塑料束带给捆了起来。

商务车的侧滑门打开了,一个身形高大的人走了出来。

"妈的,刚才谁关门,把老子吓死了!"

张超拿掉假发,拎着赵云飞的衣领将他翻了个身,随后一道手电筒的强光照向他的脸。赵云飞还没来得及睁开眼睛,脸上就挨了两记重拳,肚子也被狠狠踢了两脚。接着他被拖拽起来,被迫形成一个跪姿。

商务车中出来的大个子摸了摸拳头,恶狠狠地吼道:"你是高凡什么人?"

根据浩子的描述,赵云飞断定眼前这个像大猩猩一样的男人应该就是张家帮的老大张锋。赵云飞忍受着腹部的疼痛和刺眼的强光,眯着眼睛问:"谁是高凡?"

"妈的,还装傻!"

张锋一脚将赵云飞踢翻在地,想踩踏他的脸的时候被张超拦住了。张超仔细盯着赵云飞的脸,惊讶地问:"你是赵云飞?"

张超随后将赵云飞从地上扶了起来。

赵云飞活动了一下嘴巴,感觉到右上方的一颗牙有点儿晃动。他咽下了口腔中的血液,笑着说:"没想到我在夏阳这么有名,连张家帮的人都知道。"

"你就是赵云飞?"张锋的语气中也透出一丝惊讶。

确认了赵云飞的身份之后,张超笑着问:"赵警官不是因为生病被停职了吗?为什么会和一个杀人犯勾结在一起?你不怕丢饭碗吗?"

"我确实被停职了,今天没事出来逛逛,发现这里挺安静的,本来想在这儿散散步,缓解一下病情,哪知道碰上你们张家帮搞绑架。你们刚刚说的话、打的枪我都拍了下来,我也报警了。你们涉嫌绑架、非法持枪等多项罪名,我停职抓不了你们,但是我的同事可以!"

赵云飞说完悄悄地用左手去抠粘在右手手腕上部位置的一块胶布。

"把他手机找出来!"张锋说。

赵云飞轻轻地将手从胶布上拿开。

张锋的两个手下在赵云飞身上搜了半天,但是什么都没搜到。

"不用找了,我发完视频、打完电话,手机就扔江里了。反正也要换手机了。"赵云飞笑着说,随后又开始继续撕胶布,他已经摸到那一小片金属了。

赵云飞的话让张锋和其他人都变得十分紧张,但是张超很快又微笑着看着他:"赵警官,想不到你们警察骗起人来眼都不眨一下。我们今晚一个是杀,两个也是杀,你不用再演戏了。"

"你们骗了高凡,杀了他的朋友,你们也别想离开了。警察很快就到了!"

"赵警官,你不用套我话,实话告诉你,高凡的朋友就在前面两辆车的后备箱里,能不能被救出来要看高凡的本事。放心,那两个女的长得都还可以,我可舍不得杀掉,我打算送她们到缅北去。"

张锋掏出枪,抵着赵云飞的额头:"老二,别跟他废话了,我们先把他杀了,也让高凡知道我们张家帮的厉害!"

"住手!"

一个女人的声音传来。张超将手电筒的灯光照向越野车的方向,一个短发女孩朝着他们快步走来。

"我是警察,放下武器,你们全都被捕了!"女孩边说边掏出证件。

"我还在想刚刚是谁砸碎了我们的车玻璃,那个人应该就是你吧。没想到还是个美女警察,手劲挺大呀,你想不想也去缅北啊?"

张超慢慢地朝着女孩走去。

女孩迅速做出从身边拔枪的动作,大声喝道:"别过来!"

"我就过来!我也有枪,我们看看谁掏得快。"

张超话刚说完,赵云飞突然起身夺走了张锋手中的枪,将张锋放倒在地,用枪抵着他的头,随后朝着女孩喊道:"快跑!"

张超冲向宋雪,但就在抓住她的瞬间,一支箭从黑暗中射了过来,从他的胸前擦过,撞击在车门上,发出"咚"的一声。张超赶忙蹲下,拔枪朝着箭飞来的方向连续射击两次。

张家帮的人将赵云飞围了起来,其中有几个叫嚣着不断地靠近:"放了我大哥!"

赵云飞朝天鸣枪，厉声喝道："不想你们大哥有事的话，就全部抱头蹲下！"

张超举枪瞄着高凡出现的地方，同时快速朝着赵云飞靠近。

"老二，别管我，一枪打死他！"

"听到了吧，赵云飞，我们张家帮的人会怕死吗？我三弟的死和你无关，只要你放了我大哥，你可以和那个漂亮的女警官一起离开。"

赵云飞没有吭声，举枪抵着张锋的头，张超则将枪口对准赵云飞的头，张家帮的人全都凶神恶煞地盯着赵云飞。

就在双方僵持不下的时候，一个黑影从越野车的后方冲了过来，将张超抱摔在地。张超摔倒后枪掉在了地上，黑衣人抢先一步捡起了地上的枪。就在黑衣人准备开枪的瞬间，张超一脚踢开了枪，随后两人扭打在车左侧的黑暗之中。

张家帮的人此时分成两小拨，一拨围在赵云飞身边，另外一拨试图靠近黑衣人和张超。由于天太黑，他们也不敢贸然向前。没过多久，黑衣人握着枪从商务车左侧走了出来。

"张超已经死了，想活命的全部抱头趴在地上，否则杀无赦！"

"我跟你们拼……"

一声枪响之后，赵云飞感觉到张锋的身体像是突然受到了气流的巨大冲击，随后他的头垂向一边，身体不由自主地瘫在地上。张家帮的其他人见状纷纷抱头乖乖地趴在地上。

黑衣人走向越野车，打开了射灯，光束再次照亮空地。赵云飞低头检查张锋的尸体，发现他心脏部位中枪，鲜红的血不停地向外涌出。

"飞哥!"

宋雪从黑暗中跑了出来,她冲向赵云飞,紧紧地抱住了他。

黑衣人从身上掏出一把黑色的塑料束带,扔到趴在地上的张家帮众人的面前:"把手脚捆起来!我只说一遍!"

张家帮的人就像接到圣旨一样,立刻相互传递,彼此间还相互帮忙。

黑衣人盯着张家帮的人捆好自己后,走向赵云飞和宋雪,"赵警官、宋警官,差点儿害了你们,我很抱歉。"

宋雪在小声地哭泣,赵云飞则笑着说道:"我终于见到神秘的高凡先生了,但是很遗憾,你目前的打扮让我感到更神秘了。"

高凡将枪口对着自己,把枪递到了宋雪的面前:"宋警官,枪还是交给你们警察比较安全。"

宋雪看着高凡,点了点头,伸手接过了枪。

"高先生,张超说你的朋友被关在前面两辆车的后备箱里了。"

"谢谢,我先去救我朋友,之后我再向赵警官交代相关情况。"

赵云飞点了点头,看着高凡朝着前面两辆车快速跑去。

远处传来了警车的声音。

"肯定是夏天及时报警了。"赵云飞笑着说。

宋雪看着赵云飞,眼睛里还噙着泪水:"飞哥,我刚才吓死了,我真怕张家帮的人把你杀了!"

"谢谢你刚刚救了我。"

赵云飞说完扭头朝着高凡望去,他已经将两个朋友从后备箱里抱了出来。

"我们去看看高凡他们。"

"这些人怎么办?"

"没事,他们跑不了的。"赵云飞指着船厂通向外面的路,"警察已经来了。"

两人走到高凡身边时,一个女孩正抱着他痛哭流涕,边哭边说:"阿帆,我以为我再也见不到你了!"

高凡摸着她的头发,安慰道:"彤彤姐,没事了,一切都结束了。"

数辆警车相继开进了船厂,最前面的是一辆黑色的大众高尔夫两厢车。

"彤彤姐,我让宋警官先陪陪你们,我和赵警官有些事情要说。"

宋雪在周彤的身边坐下,她旁边的那个个子矮一点儿的女孩一句话也不说,显然是被吓坏了。

"周彤女士,你还好吗?"宋雪微笑着问。

周彤看着高帆的背影,微微地点了点头。宋雪也朝着两人望去,月光下,高凡和赵云飞肩并肩朝着江边的码头走去,两人身高相仿,步伐一致,看起来就像是一组巡逻的战士。

和高凡默默地走到漆黑的江边码头,赵云飞一直在想怎么开口,最后还是高凡先说:"吴飞、顾樊他们都是我杀的。"

赵云飞欣赏高凡的坦诚，他本想问他为什么要杀死这几个人，但是如果这样问反而显得自己十分虚伪，于是他问："是因为梅瑰吗？"

听到梅瑰的名字时，赵云飞可以看到高凡眼中瞬间闪烁的泪光。高凡用力眨了眨眼，看着赵云飞："赵警官，我真没想到你能查到梅瑰身上，这一点让我很佩服，同时也很感谢你，感谢你让她被更多的人想起。"

赵云飞笑着问："感谢我为什么还窃听我，还把录音到处散播，害得我又被停职？"

高凡摇了摇头："赵警官，我可以向你保证，我从来没有窃听过你，更没有窃听过你们警方，因为我觉得你们不会查到他们的死和梅瑰有关。但是从你们来到梅瑰家的那一刻起，我才发现我低估了你，同时我也希望你能继续发掘下去，看你能不能发现我所发现的一切。"

"我确实发现了一些隐情，但是还有一些需要你来告诉我。我现在只想知道梅瑰自杀的原因。"

高凡一脚踏上了江边码头的水泥护栏上，护栏只有半米高，但是比较宽大。护栏的另外一边便是黑黑的江水。他看了一眼身后的江水，随后又望向车辆的方向，警车已经将船厂包围了，一些特警队员正押着张家帮的人上警车。等他视线再次移到周彤的时候，他发现她正盯着自己。

"赵警官，今天我有点儿累了，所有的细节我已经录了视频，会直接发到夏天的邮箱里……"

高凡停了下来，朝着周彤的方向望去。

赵云飞也转过身，将视线移向不远处的周彤，他发现宋雪和周彤坐在一起。

"希望你能帮我保护好周彤，除了梅瑰，她是我见过的最善良的女……"

赵云飞回过身，发现高凡已经跌入江中，随后船厂后方的山上传来一声枪响。赵云飞本能地蹲下身，迅速滚到了右侧，他听到了子弹和码头水泥护栏之间的撞击声，被击碎的水泥溅到了他的头发上，这时传来了第二声枪响。警车那边很快也传来了枪声，是突击步枪的声音，特警队员正对着枪声传来的方向开枪回击。

过了一会儿，枪声停止了，张家帮的车辆那边传来一个女人的哭喊声："阿帆！"

赵云飞迅速来到水泥护栏边，伸头朝下面的江面望去。漆黑一片，什么都看不见，只能听到凄冷的江水声。赵云飞随后靠在水泥护栏上，低着头。

对方一共开了两枪，第一枪击中了高凡，第二枪显然是冲着自己的。开枪的到底是什么人？赵云飞此时才感到头部传来阵阵剧痛，同时也感到一股股热流不停地从头上顺着脸颊往下淌，他摸了一下头，发现满手都是鲜血。

身　份

2017年4月5日　星期三

赵云飞睁开眼睛，看见了窗外刺眼的阳光，接着发现宋雪正闭着眼睛趴在他的床边。他刚坐起来，宋雪就立刻睁开了眼睛，随后赶忙扶住了他。

"飞哥，你醒啦！你头流了好多血，小心点儿。"

赵云飞摸了摸头上的绷带。他不记得自己是什么时候睡着的，只记得医生说如果不是他及时低下头，子弹就直接射进他脑袋里了，他的头皮被子弹划开了一道六厘米长的大口子。

"现在几点了？我睡了多久？高凡找到了吗？"

"现在十点不到，你只睡了六个小时。卢队派人潜入了江中，但是找了好久也没有找到高凡的尸体，江水很急，不知道尸体是不是被江水冲走了。"

"周彤和另外一个女孩呢？"

"两个人录完口供都被送回家了，周彤状态很不好，一直在哭，她当时亲眼看到高凡中枪掉进江里。"说到这儿，宋雪也忍不住叹了口气，"如果不是高凡，我也差点儿被张超给抓住。"

"虽然张家帮兄弟三人都死了，但是案子还没有结束。"赵云飞说完掀开被子，准备离开病床。

宋雪紧张地盯着赵云飞头上的绷带："飞哥，医生让你多休息。"

"没事，我的身体我自己知道。"

就在宋雪面对倔强的赵云飞一筹莫展的时候，卢辉提着水果和一箱牛奶走进了病房，脸上挂着微笑。

"老赵，别动，这段时间你就好好休息。这次如果不是你，案子也没法那么快侦破。"

"辉子，案子还没结束！"

卢辉将水果和牛奶交给宋雪，然后走到赵云飞的床边，硬是把他按着躺倒在床上。

"老赵，我懂你的意思，现在就差那个朝你和高凡开枪的枪手了，射向你的那颗子弹已经送去做弹道测试了，你放心吧，我们肯定不会放过这个人的。另外，你同学夏天已经将视频发给我们了。"

"什么视频？"赵云飞问。

"就是高凡发给夏天的视频，里面交代了他的作案经过，很可惜他的尸体还没有找到，不过江水那么急，他又中枪了，生还的希望很渺茫。"

赵云飞盯着窗外,脑海中想着几个小时之前的画面,当时他也算是和高凡并肩作战,他甚至还想借审讯的机会和高凡好好聊一聊。但是他怎么也没想到,在看似一切都要结束的时候,高凡竟然会中枪坠入江中。

看着赵云飞没有说话,卢辉接着故作神秘地说:"老赵,还有一个好消息要告诉你。"

"卢队,什么好消息?"宋雪比赵云飞还要激动。

"嘿,老赵,别苦着个脸,"卢辉轻轻地拍了一下赵云飞的肩膀,笑着说道,"刚刚上面领导开会了,这次你立了大功,领导同意你复职,但前提是你得去做一个心理评估,你放心,就是走个形式。上次让你去找的那个心理医生,姓什么来着……"

"丁,丁建中医生。"

"你去找丁医生了吗?"

赵云飞摇了摇头。

"我就知道你不会去的。这两天,你感觉好点儿了就去找丁博士,做个评估,后面身体恢复了,回来再接着查案。你好好休息,我回警队了。"

宋雪将卢辉送出病房。在楼梯旁的阳台上,卢辉将宋雪狠狠地批评了一顿。

"宋雪,破案是讲究团队合作的,就你和老赵两个人,出了事怎么办?老赵他查起案来不要命,你可不能跟他学。不是说这样不好,但不管怎么样也要考虑自己的安全。"

宋雪低着头说:"卢队,也不是只有我和飞哥,还有夏天和高凡呢。"

"夏天又不是专业警察,不帮倒忙就算不错了。那个高凡自己就是凶手。还好,你们没出大事,老赵也算命大。回去之后,你写份检查。"

"好的,卢队,我知道了。我现在和你一起回警队吗?"

卢辉摆了摆手:"不用了,你好好陪着老赵,嫂子走了之后,他的内心变得很脆弱。有你陪着他,我也比较放心。"

宋雪红着脸看着卢辉:"卢队,你在说什么啊?"

卢辉尴尬地抓了抓头:"我的意思是我们这群大老爷们儿在安慰人这方面比不上你们女人……反正你这两天负责盯着老赵,让他把心理评估给做了。我走了。"

看着卢辉匆匆离开的背影,想到他刚刚说的话,宋雪忍不住笑了起来。

宋雪回到病房的时候,发现赵云飞已经穿好了衣服。

"我们去找周彤。"

"我先陪你去做心理评估吧,很快的,然后我们再去找周彤。你看怎么样?"

看着宋雪疲惫的面容,赵云飞突然意识到从昨晚到现在,她几乎没休息。

"好吧,我们现在去找丁医生,他刚好就是这家医院的。"

赵云飞敲了敲丁建中医生办公室的门,听到应答后,他便推门进去了。出于职业习惯,他快速打量了一下办公室四周。

整个办公室足有一百五十平方米,非常空旷,和其他医生办公室雪白的墙壁不同,这里的墙壁被刷成了米色。朝南的大面积落地窗被浅色的窗帘遮住了,既挡住了刺眼的阳光,又恰到好处地保证了室内的充足采光。第一扇落地窗的左侧靠墙位置是一排木制的书柜,里面塞满了书,窗前放置了一张原木色的圆形桌子,四周有四张米色的靠背椅。中间的落地窗前放置了一把躺椅和一张圆形的桌子。最后一扇落地窗前是医生的办公区域,有一张米色的办公桌,桌上摆着白色外壳的电脑显示器,显示器后面坐着一位穿着白大褂的长发女士,三十岁左右的年纪。她身后的墙壁上挂着一幅和海洋、沙滩有关的画。

赵云飞怎么也没有想到,丁建中博士竟然是一位年轻的女医生,他原以为是一位戴着眼镜的中年男性。

他走向丁医生,没等她开口,便说道:"丁医生,您好,我是刑侦队的赵云飞,是来做心理评估的,为了不耽误您的宝贵时间,希望咱们能快点儿结束。"

丁医生微笑着看着赵云飞:"原来是赵警官,久仰大名,终于见到你本人了。我看了你的资料,希望能够帮助到你。"

"我的心理情况我自己了解,您现在最能帮我的就是快速帮我做完评估,这样我就能继续查案了。"

丁医生站了起来,从办公桌后面走上前来。

"赵警官,请这边坐。你放心,心理评估的事情我一定会全力配合你,但是你遇到的心理方面的困惑,我也想帮你,这样你才能更好地查案,不是吗?"

赵云飞听人说心理医生会不断窥探一个人的内心深处，他很怕自己会在不知不觉中被"剥光"暴露在医生面前。但是看着眼前这位微笑着的年轻女医生，赵云飞还是决定尝试一下。

在丁医生的指引下，赵云飞走到一进门就看到的那张躺椅旁，然后躺了上去。躺椅很柔软很舒服，里面的填充物十分厚实。

周彤租住的公寓在老城区的一个巷子里，两居室的空间里，出现最多的就是书，除了书架上，茶几上、餐桌上也都能看到书。赵云飞和宋雪敲门的时候，周彤正躺在沙发上，默默地流着眼泪。开门看到宋雪和赵云飞后，周彤忍不住抱着宋雪哭了起来，她边哭边说："我真的再也见不到他了。"

宋雪没有忍住，也跟着哭了起来。梅瑰的自杀曾经让她痛心过，高凡的复仇让她有过伸张正义的快感，但是她怎么也没有想到高凡会这样意外地离开。

赵云飞没有打扰宋雪和周彤，静静地等着两人平静下来。周彤哭声停止后的第一句话就是："找到阿帆的尸体了吗？"看着赵云飞和宋雪的表情，她似乎知道了答案，随后又将头低了下去。这时，赵云飞才发现，自始至终，周彤一直称呼高凡为"阿帆"。

"周女士，你说的阿帆就是高凡吗？"赵云飞问。

周彤摇了摇头，随后抬头看着两人："阿帆是高凡的亲弟弟，他们两个是双胞胎。"

宋雪惊讶道:"高凡真有个弟弟?"

周彤点了点头。

"高凡和高帆两个人你都见过吗?"赵云飞问。

周彤点了点头,随后从梅瑰的那封信说起,接着讲到自己如何因为高凡被张家帮的人抓走,后来又被救,住进了阳江县牛山镇的一栋房子里。在周彤的讲述过程中,赵云飞和宋雪听得十分认真,其中梅瑰的那封信让三人一同陷入了悲伤。

宋雪首先打破了沉寂,她叹了口气:"我真为梅瑰感到可惜,她如果没有自杀的话,现在肯定和高凡在一起了。"

赵云飞也为两人的死感到痛心,但是仍然感到十分困惑:"周女士,你的意思是凶手不是高凡,而是他的弟弟高帆以及小威和大勇,那你知道高凡现在在什么地方吗?"

"我不知道,阿帆没有说过,他只是说过让小威和大勇照顾他,防止他自杀。"

"你有见过小威和大勇吗?"

周彤摇了摇头。

宋雪突然紧张地看着赵云飞:"飞哥,你说小威和大勇会不会为高帆报仇?"

赵云飞没有回答,而是看着周彤:"周女士,你能带我们去看看阳江县牛山镇的那栋房子吗?"

下午三点,赵云飞、宋雪和周彤三人一同来到了梅瑰曾经住过的小洋楼。院子的深红色铁门紧闭着,周彤流着泪蹲下,将手伸进大门下方的门缝里，从门缝左侧摸出一把钥匙，她用这把钥匙打开了院子的铁门。

周彤推开铁门走进院子，整个小楼静悄悄的，就像她昨天离开时那样。她抹去眼睛周围的泪水，走进了厨房，发现自己留在桌子上的字条已经不见了。

"我走之前留了一张纸条给阿帆，他肯定是看了纸条之后让小威查了我的通信记录，然后才知道了张家帮绑架姗姗的事。是我害了阿帆！"

周彤说完拉开椅子，趴在桌子上哭了起来。

在宋雪安慰周彤的时候，赵云飞走进了小洋楼。进门便是空旷的客厅，没有任何家具。他戴上一次性手套后，打开了客厅左手边卧室的门。卧室挂着深色窗帘，光线很暗。进入卧室的瞬间，一张黑色大理石台面的工作台就吸引了赵云飞的注意，台面上整齐地摆放着一些实验室的器具，有量筒、烧杯等。工作台左边的墙上挂着一件白大褂，右边则是一张靠墙放置的小木床，但是仅有光秃秃的床板，并无床垫和被褥等。整个房间弥散着化学试剂的味道。

赵云飞退出后又去了对门的另外一间卧室，这间卧室的陈设也十分简单，只有一张小木床、一张木制的写字台和一把木制靠背椅，这次吸引他注意的是床上的被子，虽然深蓝色的被子和床单没有什么特别之处，但是整理得异常整齐，最让他惊讶的是被子被整齐地叠成了豆腐块状。

难道高凡的弟弟高帆和大勇一样也当过兵？

"这是小威和大勇的房间。"

门口传来了周彤带着哭腔的嘶哑声音。

赵云飞转过头,看到宋雪挽着周彤的手,两人站在卧室的门口。

"小威和大勇两个人的房间?为什么看起来像是一个人住的?"

周彤摇了摇头:"除了梅瑰的卧室,他们四个人的卧室平时门都是关着的,我从没进去过。"

"那对面的房间呢?是谁住的?"

"阿帆。"

周彤说完再次低下了头。

"那间卧室像是一个实验室。"

"阿帆说过他对医学和化学很感兴趣,射中那条藏獒的麻药就是阿帆自己配制的。"

"那楼上的房间呢?"

"阿帆房间的楼上是梅瑰的房间,高凡的房间在大勇和小威房间的楼上。"

周彤带着赵云飞和宋雪上了二楼。二楼楼梯口的左侧便是梅瑰的房间,走进去之后,赵云飞和宋雪几乎同时感叹:"太像了!"

所有的陈设,包括窗帘的颜色,几乎做到了一比一的复制。

宋雪再次忍不住拿起书桌上梅瑰的相片,感慨道:"高帆他们真是太有心啦!高凡怎么会有这样的好弟弟?他又是怎么认识小威和大勇这样的好朋友的?"

"这两天我都是睡在这间卧室的,一看到梅瑰的照片,我就会忍不住流泪,她死的时候才十八岁!对于一个女孩来说,十八岁是多么美好的年纪啊!"

三人再次陷入短暂的沉默,随后三人穿过和楼下同样空旷的客厅,打开了高凡房间的门。然而,这个房间却是空的。

"高凡应该没有住进来过,阿帆可能怕他触景生情,安排他住在其他地方了,然后让大勇和小威照顾他。"周彤推测说。

赵云飞走到朝南的窗边,拉开窗帘,可以眺望到不远处的大湖,这片大湖应该就是周彤说的牛山湖。望了一会儿后,他转身看着周彤:"周女士,除了拿信的那天晚上,你就再也没有见过高凡?"

周彤点了点头。

"你能再回忆一下高凡约你拿信那天晚上的细节吗?比如,高凡有没有异常的表现?"

"异常表现?"

周彤不解地看着赵云飞,随后将那天晚上和高凡见面的场景又详细描述了一遍。

"周女士,你说高凡看完信之后很激动,甚至用头去猛烈撞击路灯的灯杆,但是不知为何突然停了下来,之后问了你梅瑰把信交给你时的细节?"

"是的,有什么不对吗?"

宋雪抢先一步说:"高凡为什么前后会有这么大的反差?失去了梅瑰,高凡应该无比痛苦才对,不应该会突然自行冷静下来的啊？而且，正如你说的，他就像突然变了一个人。"

"我也不知道为什么。"周彤摇了摇头。

那个人离开之后，送给凡凡一部崭新的笔记本电脑，凡凡说他一定会好好学习，不让大哥哥失望。

阿凡提到过他有两个好朋友，一个叫小威的是个电脑高手，另外一个叫阿帆，总是有很多鬼点子。

他们四个从小就认识，小威是超级黑客，大勇曾经是一名非常优秀的军人。

……

赵云飞觉得大脑在高速地运转着，他完全无法控制，高凡嫂子、高凡师父以及周彤说过的关于高凡的话一句接着一句不断在他耳畔响起，他只觉得头越来越沉，同时也越来越痛。

"云飞，既然他们四个从小就认识，为什么高凡从没和他师父提到过大勇？还有，他为什么不告诉他师父阿帆是他亲弟弟？"

听到楚楚的声音之后，赵云飞突然眼前一黑，整个人倒在了地上。

"飞哥！"

"赵警官！"

赵云飞很快恢复了正常，他发现宋雪和周彤两人都在紧张地看着他。

"飞哥,昨晚你头流了好多血,你还是好好休息吧,这两天就不要查案了。"

"是啊,赵警官,你们都是我的救命恩人,阿帆已经不在了,你不能再把身体搞垮了。"

"我没事!"

在两人的帮助下,赵云飞从地上重新站了起来。他看着两人说:"我们现在去找这栋房子的前任房主。"

"前任房主?"宋雪满脸疑惑地看着赵云飞,接着她又看了一眼周彤,发现她同样也很困惑。

通过询问周围的邻居,宋雪查到了前任房主老李在阳江县的住址。老李住在阳江县一个叫"彩虹名城"的小区,三人找到他的时候,他刚好接孙子放学回来,他们就在小区的广场聊了起来。

提到高凡的时候,老李还很激动:"那个房子虽然卖了,但是到现在都还没过户呢!"

"李大爷,为什么没过户呢?"宋雪不解地问。

"小高说房子是买给他岳父母的,他这段时间有事要办,等办好事再办过户,到时候让我们直接过给他岳父母。他钱全都付给我们了,我儿子也跟他签了协议,过户的时间协议里也写了,好像就是这个月。小高人看着挺孝顺的,我们一家也都是老实人,也不会骗他的,到时候该过户就过户。"

"他提到过他的岳父母是什么人吗?"赵云飞问。

"没细说，就说他们以前也是我们镇上的，等办过户见到面就知道了。"

"李大爷，您还记得当时一起来看房的几个人的长相吗？"

老李笑着说："当时来看房的就小高一个人，没有其他人啊！小高长得很精干，看着很仁义。"

周彤一听，惊讶地说："不对啊，阿帆说他们兄弟四个一起来看房的啊！"

老李摇了摇头："就小高一个人，这个我没必要骗你们。"

周彤满脸的震惊，不停地嘀咕："这到底是怎么回事啊，阿帆为什么要骗我？"

"李大爷，高凡和您儿子签的协议能让我看看吗？"

"协议被我儿子收起来了，我打电话问问他。"

离开"彩虹名城"之后，赵云飞给卢辉打了电话，让他迅速派人来阳江县牛山镇的高凡住所提取指纹等信息。随后他又给市人民医院的丁建中医生打了电话，说下班后让她等他一会儿。

回去的路上，宋雪安静地开着车，赵云飞坐在副驾驶，闭着眼睛，而周彤则坐在后排座椅上靠着车窗发呆。一路上，三个人都没有说话。

进入市区后，赵云飞突然睁开眼睛，然后侧身看着宋雪和周彤："待会儿我们一起去见丁博士。"

"我也去吗？"周彤问。

赵云飞点了点头。

来到夏阳市人民医院后，宋雪和周彤跟着赵云飞进入了丁建中医生的办公室，两人好奇地四处打量。

"赵警官，很高兴你能主动联系我。心理评估我已经帮你弄好了，结果你不用担心。你带着两个美女过来找我，肯定不是让她们一起观摩心理治疗那么简单吧。"

丁医生说完微笑着邀请三人在圆桌旁的靠背椅上入座。

"我有些问题想请教丁医生。"

"赵警官请说。"

"丁医生，一个人能否刻意伪装成多种身份，而且每种身份的性格都截然不同呢？"

"我想我明白赵警官的意思了，你说的这种情况被称为多重人格障碍。"

"多重人格障碍？也是精神分裂症吗？"

丁医生摇摇头说："多重人格障碍和精神分裂症都是心理方面的疾病，但是两者有本质上的区别。咱们拿赵警官打个比方，假如你有精神分裂症，你可能就会在某些时候产生幻觉，感觉某个人出现在你的面前，你可以和这个人交流和沟通，但是你还是你，你的思维还是受到你自己大脑的控制。"

宋雪悄悄看了赵云飞一眼，发现他表现得挺若无其事的。

"但是多重人格障碍不一样，"丁医生停顿了一下，随后继续道，"医学上，多重人格障碍又被称为分离性身份障碍。说得有趣点儿，就是一个躯体里存在两个甚至更多的人，这些人的性格、年龄、认知甚至性别等都会有巨大的差异，每个独立人格都有自己的记忆、行为、思想以及情感。"

"还真有这样的人？"赵云飞惊叹道。

"人类的大脑就是这样神奇！人类的心智极限到底在哪儿，没有人知道。"

丁医生走向书架，从里面抽出一本书，放在了圆桌上。

"《24个比利》，难道这个比利有24种人格？"宋雪惊讶地问。

"是的，这些人格当中，有男有女，比利本人是土生土长的美国人，但是他的人格当中却有说斯拉夫语的东欧人，有的人格负责逃脱，有的人格负责保护他们，当不同人格出现的时候，比利的脑电波甚至都是截然不同的，这么多人格完全不是想装就能刻意装出来的，这是一种非常复杂的精神疾病。"

"丁医生，这些人格之间彼此熟悉吗？知道对方的存在吗？"周彤问。

"这个也是最让我感兴趣的地方。咱们还是以这本书中的比利为例，他的这些人格当中有些彼此熟悉，但也有一些隐藏的人格不被其他人格发现。彼此熟悉的这些人格之间，他们能相互交流，甚至能一起下棋和吵架。"

周彤的头低了下去，当她再次抬起头来的时候，眼中全是泪水。

"阿帆根本就不存在，小威、大勇也都不存在，他们全都是高凡，他们全都死了！"

周彤说完后哭着跑了出去。

"周彤!"

宋雪看了一眼赵云飞,追了出去。

"赵警官是不是碰到了多重人格障碍患者?"

丁医生说话的时候很淡定,完全没有受到周彤的影响。

赵云飞若有所思地深吸一口气,他挠了挠头,摸到了头上的绷带。头部的疼痛还在,他很想把绷带给撕了。他自嘲道:"丁医生,想不到一个精神分裂症患者碰上了一个多重人格障碍患者!"

"不知道赵警官碰到了其中的几种人格?"

"除了本来的那个人格,其他的都碰到了。"赵云飞叹了口气,随后继续问道,"丁医生,您说一个人怎么会变出这么多人格出来呢?"

"这个原因很复杂,主要和这个人的成长环境有关。如果一个孩子在成长过程中身心不断受到虐待,可能就会分离出不同的人格来保护自己。"

"感谢丁医生的解答,"赵云飞突然站了起来,"我想我心中的部分困惑已经解开了。"

"关于别人的困惑都是容易解开的,关键是如何解开自己身上的困惑。"

"我不会忘记她的。"

"你不需要忘记她,你需要的是重新开始。"

"谢谢,我得走了。再次感谢丁医生。"

"需要这本书吗?"

赵云飞望了一眼圆桌,摇了摇头:"最近很忙,没时间看。结束之后,我再过来找您借。"

"那到时候请我喝杯咖啡。"

赵云飞没有回答,只是微笑了一下便离开了。

赵云飞在住院部后面的小花园找到了宋雪和周彤,两人正并肩坐在一张石椅上。他静静地走到周彤面前,蹲下身,坚定地看着她,说:"周彤,不管高凡之前做过什么,请相信我,我一定会抓住杀他的凶手!"

夏天打开门,看到赵云飞头上的绷带之后,立刻扶着他坐到了沙发上。

"你今天去哪儿了?我中午去医院看你的时候,你人不在。感觉怎么样了?"

"我先做了心理评估,后来去了阳江县。"

赵云飞说话的时候觉得整个头痛得厉害,就像有人拿着电钻有节奏地钻着他的颅骨。他从上衣口袋掏出一瓶止痛片,倒了几颗在掌心。

"我去帮你倒杯水。"夏天说完飞快地奔向厨房。

赵云飞将药扔进嘴里,随后接过夏天手里的水将它们全都冲进了胃里。他闭上眼睛,躺在了沙发上。

"去我床上睡吧。"

"不用了,这沙发睡得舒服。夏天,谢谢你了。"

"咱俩就不要那么见外了。你头被枪打中,流了好多血,这段时间就在我这儿好好休息。"

"就擦破点儿皮，没事。高凡发给你的视频还在吗？拷给我。"

"还在。这次竟然没有自动删除。我已经转发了一份给你们卢队了。你的那份我帮你拷到U盘里了，你有空的时候再看。今晚你就安心地睡吧。"

赵云飞没再坚持，他的眼皮已经睁不开了。

"云飞，好好休息，重新开始你的生活吧！"

听到楚楚的声音，赵云飞露出了微笑。

宋雪和周彤两人靠在沙发上，沙发前的茶几上摆了一打罐装啤酒，其中有五六罐已经空了。

周彤拿起一罐啤酒，打开后便往嘴里灌，像是要刻意把自己灌醉一样。喝到一半的时候，她放下啤酒，擦了擦嘴边的啤酒液，看着宋雪："宋警官，我感觉自己就像做了一场梦一样，遇到了一个不存在的人。"

宋雪一把夺过周彤手中的啤酒："你就别喊我宋警官了，现在我们就是两个普通的女人。你比我大，你就喊我小宋或者小雪，我喊你周姐或者彤彤姐。"

周彤摇了摇头："小宋和小雪太俗了，我喊你雪儿吧。你也别喊我周姐或彤彤姐，周姐听起来太老，彤彤姐只有阿帆才能叫，你就叫我阿彤吧。"

"阿彤很好听，"宋雪搂住了周彤，头靠在她的肩膀上，"阿彤，我也像做梦一样，遇到了一个精神分裂症。"

周彤惊讶地看着宋雪："赵警官真的有精神分裂症？"

"你怎么知道我说的是赵警官？"

宋雪比周彤更加惊讶。

"从丁医生拿赵警官打的比方，我猜对了吗？"周彤笑着问。

宋雪点了点头。

"赵警官为什么会有精神分裂症？"

宋雪将剩下的啤酒喝完，随后讲述了赵云飞和他妻子的故事。听完之后，周彤感叹道："赵警官和高凡一样，都是痴情的男人。"

"阿彤，你说高凡的四个人格当中，到底是谁爱上了梅瑰？是高凡本人还是四个都是？"

"今天听了丁医生说的多重人格障碍之后，我觉得高帆就好像是在我身边出现过的幻觉一样，明明我还和他面对面交谈过，但是现在却感觉不真实。"

"阿彤，丁医生也说了，每种人格都是独立的，有独立的情感和记忆。所以，高帆并非完全是幻觉，他也拥有自己的灵魂。昨晚高凡递枪给我的时候，我就有种感觉，感觉他说话的语气和神态和之前救我的时候不太一样，就像是另外一个人。现在想想，昨晚救我的一定是大勇，而递枪给我的却是高帆。在高凡的四种人格之中，大勇应该是充当他们保护神的人格。"

周彤点了点头："那天晚上，在仓库救我并杀了张俊的也是大勇。"

"真不知道高凡的这四种人格是怎么产生的。高凡如果从小就孤独，看到别人家有兄弟姐妹，可能他就慢慢幻想出一个弟弟，这个弟弟就是高帆。小威，我觉得可能是高凡小时候受到隔壁怪邻居的影响。至于大勇，我就想不出来了。感觉这个人格好神秘好厉害，昨天晚上他的穿着和行动，真的就像军人一样！他是会用枪的，而且枪法非常好，飞哥说他都不需要瞄准，就一枪击中了张锋的心脏。"

"那天晚上救我的时候，大勇穿得也像电影中的军人。我记得阿帆跟我说过，大勇可以在极端恶劣的环境下生存。"

"昨天晚上，我看着高凡和飞哥一起走向江边，感觉他们俩就像是一个人。如果没有这些事情，他们俩应该能成为非常好的朋友。"

"是啊！我不知道赵警官懂不懂电脑，但是我觉得他有点儿像高凡、阿帆和大勇这三种人格的结合。"

"飞哥可没有小威那样高超的黑客技术。阿彤，你说如果高凡的这几种人格融合在一起的话，他是不是就像超人一样厉害？"

"江水那么急，他又中枪了，他就算是超人也活不了了。"

魔 鬼

2017年4月5日　星期三

　　赵云飞和楚楚一起来到了那座废弃船厂，周围很安静，连江水的声音都听不见。两个人肩并肩朝着江边走去，虽然楚楚一路上都没有说话，但是赵云飞可以感觉到她的心情很好。楚楚穿着一件白色的连衣裙，看起来便像落入凡间的美丽仙女。

　　来到江边码头后，楚楚轻轻一跃便跳上了宽大的水泥栏杆。她转过身微笑着看着赵云飞："云飞，一切都结束了。"

　　赵云飞傻傻地看着楚楚，看着她的长发和白色长裙随着微风翩翩起舞。这时空中突然传来一阵轰鸣的雷声。

　　"楚楚，要下雨了，我们离开这里吧。"

　　然而此时的楚楚却像是静止了一样，一动也不动，微笑定格在脸上，没有任何变化。

　　"楚楚……"

赵云飞发现楚楚长裙的胸口部位出现了一个红点,这个红点随后变得越来越大,很快就浸满了整件长裙。

"云飞,小心!"

看着楚楚惊恐的表情,赵云飞清晰地感觉到一颗子弹射入了自己的头颅,随后整个头传来剧烈的疼痛。楚楚朝着赵云飞伸出了右手,赵云飞忍住剧痛,想去抓住楚楚的手,然而楚楚却苦笑着收回右手,变成了挥手的动作,接着她张开双臂,向后倒下坠入江中。赵云飞想喊却怎么也喊不出声音,他冲到水泥栏杆前,伸头朝着下方望去,发现下面竟然是万丈深渊。

"楚楚!"赵云飞终于喊出了声音,随后奋力爬上水泥栏杆。他满脸泪水地望着下方地狱般的黑暗,毫不犹豫地纵身跳了下去。

赵云飞双腿一蹬,睁开了眼睛。

刚才只是个梦,但是头部的疼痛仍然不断袭来。经过将近一分钟的时间,赵云飞才弄清楚自己此时身处何处。他从沙发上坐了起来,发现夏天工作室的门是开着的,没有任何灯光,而他卧室的门却是关着的,这说明他已经睡觉了。

月光从客厅沙发旁的小窗户照了进来,赵云飞抬手看了一眼手表,十一点五十。他又看了一眼日历,4月5日。

昨天是清明节!

就在赵云飞责备自己忘记了去看望楚楚的时候,楚楚穿着和梦中一样的白色长裙,从客厅的黑暗中缓缓走来,坐到了赵云飞的身旁。

"云飞,你几天前不是才去看过我吗?"

"楚楚,为什么只有我能看到你,听到你的声音?"

"那是因为你爱我啊!只有深爱着一个人,才会在心中看到这个人,听到这个人的声音。"

"楚楚,我好想你!"

赵云飞看着楚楚,任由泪水从眼角滑落。

"云飞,我一直在你身边啊。但是我希望你能听取丁医生的建议,重新开始你的生活。"

楚楚慢慢消失了,赵云飞擦干眼泪离开了沙发。他走进厨房,拧开水龙头洗了把脸。

随后赵云飞走进夏天的工作间,打开了一台闲置的笔记本电脑,将桌上的 U 盘插入电脑。他打开文件夹,点开了高凡发给夏天的视频。

高凡的上半身出现在了视频中,赵云飞这时才看清他的真实模样。坚定的眼神,刚毅帅气的面孔,很像十多年前的自己。视频中的背景有一张小床,小床上铺着蓝色的床单,被子叠得像豆腐块一样,整齐地放置在床头。视频录制的地方就是那栋湖边小楼中小威和大勇住的房间。

高凡先是自我介绍,随后从顾樊开始,逐一交代了自己的行凶过程。在这些案子当中,他利用黑客技术监听和监视被害人,并利用他人来掩人耳目,同时他也承认张莉、孙琦、樊勇少以及后来的崔凯对于案件完全不知情,和案件也完全没有关系,他们只是碰巧被他选中来转移警方的调查视线。

视频总时长有半个多小时，在观看过程中，赵云飞觉得自己并不像是在读取案件证据，反而像是聆听一位故友在回忆往事。视频结束之后，他甚至有种恋恋不舍的感觉。赵云飞的心中感慨万千，他更希望自己面对的是高凡真人，而不是他在摄像机前的影像。

赵云飞关掉电脑，重新回到了客厅。他闭着眼睛，躺在沙发上，回想着刚刚高凡交代的所有案件细节，其中大多数他已经推测出来了。过了一会儿，他突然睁开眼睛，大脑像是瞬间开启了快退模式，飞快地回顾刚刚视频中高凡说过的每一句话。

头痛再次袭来，赵云飞挣扎着起身，抓起茶几上的止痛药，又拿起刚刚喝剩一半的水杯。

高凡虽然详细地交代了其他作案过程，但是对于孟向明，他只是轻描淡写地一句带过："对于孟向明的死，我只能说他死有余辜！"他既没有交代杀死孟向明的作案过程，也没有明确承认是他杀死了孟向明。此外，对于这些凶案的作案原因，高凡只是说为了给一个叫梅瑰的女孩报仇，正是这些死者导致了女孩的自杀，但是究竟是如何导致的，高凡同样没有交代。另外，关于钱小丹，高凡更是只字未提。这样看来，梅瑰的死确实和钱小丹没有关系。

梅瑰到底是因为什么而自杀的呢？被高凡杀死的这些人究竟对梅瑰做过什么？为何高凡没有在视频中交代清楚呢？

所有这些本来就很困扰赵云飞的问题，在高凡出事后变得更加令人难以捉摸。

在止痛药的作用下，赵云飞感到眼皮越来越重，很快就再次闭上了眼睛。

2017年4月6日　星期四

"飞哥！"

赵云飞睁开眼睛，发现宋雪正伸着头看着他。

看到赵云飞睁开眼，宋雪微笑着问："你今天感觉怎么样了？头还疼吗？"

"我没事。周彤怎么样了？"

"她需要一段时间才能恢复，阿帆的死对她打击很大。我昨晚和她一起喝酒，陪她聊了好久，她真的很善良。"

"是啊，"赵云飞叹了口气，"高凡中枪前也是这么跟我说的。"

宋雪从包里掏出一部手机和一把车钥匙，递给了赵云飞。

"高凡已经不在了，小威也不会再继续窃听我们了。我今天早上去警队把你的手机和车都拿来了，小威之前在你车里安装的窃听器也早被找出来了。"

赵云飞接过手机和车钥匙，摸着手机的外壳，说："高凡并没有窃听我，是其他人干的，这个人很有可能是朝我和高凡开枪的人。"

"其他人？不是高凡身体里叫小威的人格窃听你的吗？"

"那天晚上我问过高凡,他说从来没有窃听过我们警方。待会儿你开车带我再去一趟船厂。"

宋雪没有说话,只是点了点头。对于她自己和周彤来说,那个船厂都是令人伤心的地方。在那里,高帆中枪坠入江中,生还无望,而赵云飞则头部中枪,好不容易才从死亡线上捡回一条命。

宋雪直接将车开进了船厂,张家帮的四辆车已经被拖走了,于是他们停在了之前越野车停的位置。

白天的船厂显得更加安静,就连江水拍打岸边的声音也比夜里温柔很多。不远处船台上的三艘废弃船只,虽然晚上看起来吓人,但是现在却显得孤独可怜。

赵云飞打量着船厂四周。这是一个私人的小型造船厂,没有大型船厂那么多的专业车间,只有一栋锈迹斑斑的钢结构大厂房、一个码头和一个停着三艘待完工的废弃船只的大船台。船厂南面靠江,其他几面被连绵的小山环抱。

宋雪指着厂房右侧的方向:"飞哥,咱们前天晚上就是从那里下来的。"

赵云飞点了点头,想起了那天晚上高凡发给夏天的邮件,里面附有船厂的航拍照片,拍摄的时间应该是傍晚,这意味着高凡天黑之前就已经埋伏在船厂周围了。他正是通过照片和地图才选择了那天晚上的路线。高凡为什么会那么相信自己的识图能力?

赵云飞沿着之前张家帮停车的路线往西走,没走多远,他就看见了地上已经风干的血迹,那是来自张家帮老大张锋胸口的血,鲜血喷射的时候他刚好就站在张锋身后。

宋雪看到血迹之后,加快步伐走到了赵云飞的身边。

"还好你没有出事。"

"多亏你救了我。"

"其实是你救的自己,没想到,你的刀片真派上用场了。如果不是高凡的大勇人格,我差点儿就被张超抓住了。"

"大勇这个人格非常像职业军人,我很想知道他是在哪里学习的军事技能。"

"可惜没机会问他了。"

两人来到了船厂的江边码头,水泥护栏的枪击痕迹仍然清晰可见。赵云飞蹲下身子,摸着墙上被子弹击中的地方。他转身望了一眼身后不远处的小山,随后爬上了水泥护栏。

"小心!"

"没事。"

赵云飞站直了身体,再次望向小山的方向,山上丛林密布。他又望了一眼身后,滚滚的江水正快速从码头下方流过。他目测了一下,水泥护栏距离江面的距离有十几米高,这意味着高凡相当于从六楼左右的高度坠入江中。

"飞哥,高凡就是在这儿中枪摔下去的吧?"

赵云飞点了点头,盯着子弹飞来的方向。他跳下水泥护栏,来到那天晚上他原本站着的位置。他看了一眼身后,先是蹲下,紧接着又快速在地上打了个滚。

"你在干吗?"宋雪赶忙将赵云飞扶起来。

赵云飞拍了拍身上的泥土,又走到之前商务车所停的位置,随后望向四周小山的方向。

"有什么发现吗?"

赵云飞指着四周不远处的小山峰,说道:"为什么会选择这里呢?这里地势很低,高凡如果藏在四周的山林里,结合他那天晚上的表现,张家帮的人会像靶子一样被一个个解决掉。"

"张家帮的人绑架了周彤和林姗姗,这个船厂肯定是他们定的,高凡应该是没有讨价还价的余地的。"

"射中高凡和我的枪手应该也埋伏了很久,我们潜入船厂的时候可能就已经被发现了。之前我们躲在树林里,有树挡着,枪手不好开枪,后来我被张家帮的人绑了起来,跪在地上的时候,子弹飞来的方向刚好被高大的越野车挡住了,枪手也不好开枪。另外,高凡救出周彤和林姗姗的时候,把她们安置在了车身左侧位置,他为什么不把她们安置在车身右边呢?右边有来自越野车的光源。"

"你的意思是高凡可能知道有枪手,故意避开了?但是他后来还是中枪了啊!"

"高凡为什么要走向码头,而且要站在码头边的水泥护栏上?他站的那个位置,会非常彻底地暴露在枪手面前。"

"我觉得高凡可能并不知道有枪手,这个枪手显然不是张家帮的,不然怎么会眼睁睁看着张锋和张超被高凡杀死?还有什么人知道张家帮这次的行动呢?"

"云飞,高凡杀死了张家三兄弟,如果再有人杀了高凡和你,那么梅瑰真正的自杀原因是不是就会不了了之?如果你和高凡都死了,梅瑰的自杀可能会再次被人遗忘。"

"赵警官,我可以向你保证,我从来没有窃听过你,更没窃听过你们警方,因为我觉得你们不会查到他们的死和梅瑰有关。"

"对于孟向明,我只能说他死有余辜!"

赵云飞的大脑又开始不由自主地快速运转,楚楚的声音、高凡说过的话交替在他脑海中响起。他闭着眼睛靠在车门旁。

宋雪赶忙扶住赵云飞,紧张地问:"飞哥,你怎么样?头是不是又疼了?"

赵云飞睁开眼睛,轻轻地说:"我们回去吧。"

回去的路上,赵云飞坐在副驾驶的位置一言不发,眼睛时而闭着时而又睁开。宋雪觉得他最近太累了,头部的伤又在恢复中,整个人的精神状态都不太好。快到夏天家的时候,赵云飞突然转向她,感叹道:"我从夏都回来有十五天了吧。"

宋雪笑着说:"是啊,才十五天,这十五天天天跟着你查案,感觉像是过了十五个月,你这个'亡命警探'真的是名不虚传啊!我算是领教到了。向你致敬!"

看着宋雪右手快速敬礼的严肃表情,赵云飞情不自禁地笑了,他想起了在吴飞家那天她的敬礼,严肃又调皮。

"今晚我打算从夏天家搬回去,在他家蹭吃蹭住快一个星期了。"

"我也蹭了几个晚上。飞哥,晚上我帮你一起搬吧,我还没去过你家呢!"

"我就一个包。"

"我帮你开车,你请我吃饭呗。"

赵云飞微笑着点了点头。

赵云飞的家位于夏阳市经济开发区的一个综合小区,离夏阳大学城不远。小区里有高层住宅、小高层住宅和多层洋房,按照从低到高的顺序错落有致地分布着。赵云飞住在多层洋房后方第一排小高层的东边那栋。整栋楼一共有九层,赵云飞家在八楼,是一套三居室。

赵云飞打开入户门之后,宋雪跟着走了进去,看到四周暖色调的原木装修风格,宋雪惊叹道:"飞哥,想不到你看起来这么硬派的汉子,家里的装修风格却如此温馨。反差太大了!我还以为你住的地方是浓浓的工业风呢,水泥墙,水泥地,家具都是钢制的。"

赵云飞被宋雪的话逗乐了:"我有那么硬派吗?当年装修房子的时候,我天天查案,这些都是楚楚一个人负责的,我什么都没管,也没心思去管。搬家那天,我人还在外地蹲点儿。"

"嫂子真是一位坚强的好警嫂!"

宋雪说完忍不住走向客厅外的阳台,阳台外的视野非常开阔,可以看到小区前面的一个小公园和不远处的一片大湖。

"你家周围的环境好漂亮啊,前面就是公园,一点儿也不比吴飞的豪宅差!"

赵云飞放下黑包,笑着说:"这个小区开发得早,买的时候周围基本上是荒地,没想到这几年变化这么大。"

"公园那边的湖就是南沙湖吧?"

"对。"

赵云飞也走进阳台,顺着宋雪的手指方向望去,可以看到南沙湖湖边的路灯和湖对岸高层住宅里的万家灯火。他终于明白楚楚为什么说她最喜欢在阳台上发呆了,这么多年,他从来没有发现家门口竟有如此美丽的景色。

看着赵云飞陶醉的样子,宋雪碰了碰他,开玩笑说:"你不会告诉我,你从没留意过这么美丽的湖景吧?你的表情就像是第一次看到一样。"

赵云飞尴尬地点了点头,随后叹了口气:"我真对不起楚楚,虽然我以前也陪她在阳台看过风景,但是其实看的时候很敷衍,脑子里想的都是案子。"

宋雪拉着赵云飞的手:"你也不要太自责了。我虽然调入刑警队不久,但是这段时间和你一起查案也成长了很多,如果不是每天都想着案子,那肯定破不了案啊。就像这次高凡的案子一样,如果不是你的坚持不懈,我们怎么会查到梅瑰。虽然现在还没有找到杀害高凡的凶手,但是我们一定会查下去而且一定能抓住凶手。"

"凶手……"赵云飞感慨道,"到底谁才是真正的凶手?吴飞他们不知对梅瑰做了什么，导致了梅瑰自杀，他们是害死梅瑰的凶手。但是梅瑰自杀的真相却被掩盖了，他们逃过了法律的审判。后来高凡出现了，他绕开法律，为了给梅瑰报仇，将吴飞他们一一杀死，他杀死了原来的凶手，自己又变成了新的凶手。虽然我们是刑警，但是有时候我们并不能百分之百地伸张正义。有时轮到我们刑警伸张正义的时候，就已经太迟了！"

两人一时间陷入了沉默。过了一会儿，宋雪笑着说："飞哥，今晚咱们就不聊案子了，偷个小懒放松一下，怎么样？这个公园和前面的南沙湖公园好像是通着的，咱们去走走吧。"

看到宋雪迷人的微笑，赵云飞觉得轻松了很多。

"是通着的，待会儿咱们可以逛到湖那边的大学城，那边有不少好吃的。"

"好啊！你请客哦！"

赵云飞和宋雪只在小区前的公园走了一圈便结束了，是宋雪主动提出来的，因为她担心走多了赵云飞的头会再次疼起来。之后，两人在附近的一家奶茶店买了两杯奶茶。赵云飞想送宋雪回去，但是宋雪没有答应，她让他好好休息，自己坐地铁回去了。

回到家，赵云飞又去了阳台眺望湖景。欣赏了很长一段时间之后，他走进了卫生间。他站在浴室柜前，看着浴室镜中的自己。黑色的胡须已经从嘴巴四周冒了出来，从夏都回来之后，他就没刮过胡子。他打开水龙头，双手捧水将脸打湿，涂上剃须膏，涂抹均匀之后，他拿起了剃须刀。洗完脸之后，他再次望向镜子。

"年底就三十七啦,真怀念年轻的时候啊!"

楚楚出现在赵云飞的身后,指着镜子中的赵云飞说道:"云飞,虽然你是奔四的人了,但是外表根本看不出来,你皮肤黑,不显老,你看起来最多也就三十出头。你现在的身体素质,绝对不比二十多岁的小伙子差。"

"真的?"

赵云飞红着脸看着镜子中的自己。

"当然是真的啦!男人三十多岁才真正开始成熟,那是男人最有魅力的时期。重新开启你的生活,什么时候都不算晚!"

赵云飞看着镜子中的楚楚,笑着说:"楚楚,我觉得你越来越像我的精神导师了。"

"'亡命警探'的精神导师不是我,是他自己。"楚楚笑着说。

2017 年 4 月 7 日　星期五

早晨四点多,赵云飞就醒了。他走到窗前,拉开窗帘,外面的天还是黑的。他打开房间的灯,坐在床尾,打量着床头墙上的结婚照。他盯着楚楚看了一会儿,随后目光落在了床头柜上的万年历上,上面的日期还是 3 月 31 日。他起身走向万年历,将日期翻到了 4 月 7 日,接着他又漫不经心地翻到了 4 月 8 日那天,随后皱着眉头盯着这个日期。

"云飞,怎么了?"

"之前高凡和李大爷儿子签订的协议上说,4月8日这天老李的儿子会联系梅瑰的爸妈商谈最后过户的事情。为什么选择这一天呢?这两个数字听起来很不吉利。"

"这两个数字听起来是不吉利,但是黄历上不也说这天宜搬家吗?而且,4也表示如意,8也代表发啊!看你怎么解读。"

赵云飞点了点头:"你说得有道理。"

宋雪上午要去一所小学开展安全教育讲座,于是赵云飞去医院换了药之后便独自一人前往四海酒店。这一次他没有看到钱江龙办公室外的美女秘书,不过上次的那个黑脸保镖倒是还在。

看到赵云飞头上裹着的一圈绷带,钱江龙显得惊讶万分,让保镖送上两杯茶水之后便打发他出去了。

"赵警官,您怎么受伤了?严重吗?"钱江龙关切地问。

赵云飞摸了摸头上的绷带,笑着说:"没事,就擦破了点儿皮。"

"我听说猴魁能够解毒消肿,您多喝点儿,这次真别客气了,走的时候带点儿。吴飞他们的案子查得怎么样了?您上次来之后,我紧张得好几晚没睡好觉。"

赵云飞拿起茶杯,喝了一口,温度刚刚好:"您女儿人还在英国,不用那么紧张。"

"之前是在英国,但是最近学校要放春假了。"

"春假？"

"是啊，这国外的学校我也搞不懂，每年还有春假。今年丹丹学校的春假从这个月8号放到23号，她要带她的英国男朋友来我们夏阳看看，我女儿那性格，我要不让她回国，估计她会几个月都不理我。"

"明天就是8号，您女儿明天就回国吗？"

"是啊，上次听您说可能有人要害她，我昨晚还失眠了呢。"

"您不用担心了，吴飞他们那几个案子已经破了，凶手也死了。"

"凶手死了？凶手是什么人？怎么死的？"

"不好意思，钱总，这个细节我就不能透露了。"

"吴飞他们的死和丹丹有关系吗？"

"凶手的杀人动机也交代了，并没有提到您女儿，和您女儿完全没有关系。我们之前的推测只是以防万一，这个还请钱总理解。"

钱江龙笑着点了点头："这个我肯定能理解，你们警察也很辛苦，也是为了广大市民的安全着想。对了，您这次来找我，还有什么事吗？"

"几名死者当中，孟向明的死还有些疑点，想向您再了解点儿情况。"

"孟老师和其他人难道不是同一个凶手杀的？"

"这个我们还不能确定，孟老师生前曾和您联系过吗？"

钱江龙想了会儿，说道："我没什么印象，最近几个月都比较忙,脑子不太好使。"

"我们调查发现,孟向明生前曾经三次联系过您,日期分别是2月28日、3月13日和3月24日,您还有印象吗?"

钱江龙笑着说:"赵警官,您这一提醒,我还真有点儿想起来了,孟老师确实和我联系过。他们最近几个项目销售情况不是很好,他的资金链出了点儿问题,想找我借点儿钱周转一下。"

赵云飞开玩笑说:"钱总,孟向明是您女儿高中三年的班主任,您也太不爽快了,让人家打了三次电话才肯借钱。"

"这事确实怪我,我最近比较忙,孟老师借钱的事也没太上心。不过说实话,我钱都准备到位了,哪知道他24号又跟我说钱不要了。"

赵云飞观察着钱江龙的表情,非常自然,没有任何紧张的神情浮现在脸上,正是这种过分的自然,让他觉察到一丝可疑,于是他决定进一步试探:"钱总,还有更巧的。"

"更巧的?"

"2月28日是凶手联系孟向明的那一天,3月13日是吴飞遇害的第二天,3月24日是孟向明自己遇害的前一天。"

钱江龙看着赵云飞,眼神中慢慢露出凶光:"赵警官,您这话我听得就有点儿不太明白了。"

赵云飞一直想捕捉的表情终于出现了,他其实有点儿失望,没想到钱江龙会暴露得这么快。他一口气喝完了剩下的茶水,感叹道:"亲生女儿的班主任还是不能和亲生女儿比啊!"

看到钱江龙略显诧异的表情,赵云飞接着说:"钱总,几年前您女儿毕业聚会的事情您都记得那么清楚,却不太记得孟向明这两个月给您打的三次电话?"

钱江龙从沙发上站了起来,整了整领带,笑着说:"赵警官,您说做父母的有哪个不在乎自己孩子?"

赵云飞想站起来,却突然发现自己四肢软弱无力,视野也开始变得模糊,他闭上眼睛后努力睁开,还是看不清东西,头也开始变得越来越沉。

"赵警官?您没事吧?"

赵云飞眼前一黑,倒在了沙发上。

赵云飞是被一桶冷水浇醒的,他的眼睛还没来得及睁开,他就已经感受到了手腕和肩膀处传来的坠痛,他被人绑住手腕吊了起来。

"赵警官,实在不好意思啊!"

是钱江龙的声音!

赵云飞努力睁开眼睛,看见钱江龙和他的保镖正站在他的面前,四周都是水泥墙,天花板上的白炽灯提供着充足的光源。另外,他还发现自己被剥了个精光,赤身裸体,活像屠宰场里去了毛等待被宰杀的牲畜。

赵云飞想说话,但是嘴巴被贴了胶布。黑脸保镖走向赵云飞,朝着他的腹部狠狠地打了一拳,随后撕开了他嘴巴上的胶布。赵云飞一边咳嗽一边忍受着腹部传来的痛感,但是他咳嗽刚停下,脸上又挨了保镖两记重拳。

钱江龙走向赵云飞，拿出手帕擦去了他嘴角流出的血水，然后将手帕扔在地上。

"赵警官，别人都说你傻，我本来还不相信，现在我信了，你确实很傻。你破了案子，凶手也死了，你还不见好就收？有些事情，没必要非要弄个水落石出，更没必要傻乎乎地把自己往火坑里推。"

赵云飞咳出一口血水，笑着说："想不到钱总除了是企业家，还是个哲学家。"

钱江龙叹了口气："赵警官，说实话，我很欣赏你。这年头，像你这样专心做事的人已经不多了。以你的能力，如果能为我做事，我钱江龙保管你提前实现财务自由。人生苦短，何必委屈自己呢！"

"钱总，你请我到这里来，不会就是想让我跳槽为你打工那么简单吧？"

"我钱江龙是爽快人，事到如今我就不拐弯抹角了。我现在给你两条路。第一条路，放了你之后，你从警队辞职。以你的精神状态，上面肯定会同意。你离开之后，船厂的事情也就不会有人像你那样傻乎乎地接着查下去了。不过你放心，到时候你来我公司，年薪百万的位子你随便选。赵警官，你觉得怎么样？"

赵云飞犹豫了一会儿，点了点头："年薪百万很诱人。说实话，我赵云飞工作这么多年，还没见过这么多钱呢。"

钱江龙看赵云飞心动，于是进一步说："赵警官，年薪百万只是底薪，如果干得好，还有奖金和分红。我钱江龙绝对不会亏待自己人的。你不信可以问问小黑,他当年来夏阳的时候身无分文,是我钱江龙收留了他,现在他住的是别墅,开的是路虎!"

赵云飞看了一眼小黑,接着问道:"钱总,我很好奇,你是怎么知道船厂的事的?"

钱江龙听完之后,看着赵云飞大笑起来,随后说道:"赵警官,我知道的事比你想象的还要多。也算你命大,不然你真的没机会再来四海酒店找我钱江龙了。"

"那个开枪打我的人是钱总的人吧?"

钱江龙指了指黑脸保镖:"我钱江龙请人只请精英,只要能认真做事,把事做好,多花点儿钱没关系。那天晚上开枪的人就是小黑。"

赵云飞的目光转向黑脸保镖,对方脸上依旧没有任何表情。

"我早应该想到,张家三兄弟的背后金主就是钱总。"

"张家三兄弟简直就是废物,一群人抓不住一个人。最后还是得靠小黑。对了,赵警官,我提出来的第一条路,你觉得怎么样?打不打算和我钱江龙一起打天下?"

赵云飞笑着说:"感谢钱总的赏识,我这个人没什么大志向,平时也就喜欢抓抓坏人,年薪百万的活我可干不来。你刚才说我有两条路选,那第二条呢?"

钱江龙脸色瞬间就变了,冷冷地说:"第二条路就是死!"

赵云飞长叹一口气:"看来我要去和我老婆团聚了。钱总,我死之前还有些问题想请教你,你不会拒绝一个将死之人吧?"

"你还有什么问题?"

"孟向明的死是不是和钱总有关啊？"

钱江龙又笑了，他指着赵云飞，边笑边摇头："赵云飞啊赵云飞，我真是服了你了，自己都快死了，还有心思关心案子。我非常佩服你这种锲而不舍的精神。我钱江龙今天就全部告诉你，也好让你死而无憾。孟向明的死的确和我有关，是我让小黑弄死他的。"

"孟向明的死和您女儿的同班同学梅瑰有关，对吧？是您女儿把梅瑰逼死的！"

钱江龙摇了摇头："只能说那个梅瑰心理素质太差，我家丹丹就吓了吓她，哪知道她就当真了，要死要活的。我咨询过律师，那孩子的死，我家丹丹是要负刑事责任的。当时孟向明联系了我家丹丹，丹丹一紧张就把恐吓那个孩子的过程告诉了他。孟向明帮我想了办法，最后让丹丹和她朋友成功置身事外。我为了感谢孟向明，给他介绍了他们公司的第一笔生意，之后我们也就不再联系了。事情都过了这么多年，哪知道2月下旬的时候孟向明突然打电话给我，说有人知道了那个女孩的死和我们家丹丹有关，还说事情曝光之后我们都会倒霉。一开始，我没想过要杀他，我安慰他说没事，我这边想办法解决。哪知道几天之后吴飞死了，孟向明又打电话给我。那个时候，我也没打算杀他，只是让他不要怕。后来第三次电话，他说他要自首，不然全家都会没命。我这才动了杀心，让小黑把他做掉了。"

"为什么要在夏阳山杀死孟向明，你知道梅瑰当年就是在孟向明被吊着的那棵树下自杀的吗？"

"这我当然知道,我钱江龙在夏阳的人脉广着呢!我是故意让小黑在那棵树下吊死孟向明的,我就是想告诉那个姓高的,他想曝光当年的事,下场就是死!涂黑孟向明的脸是想告诉他,我钱江龙不怕任何人。"

"你为什么又让小黑把孟向明的车开到吴飞遇害的监狱去?这样警方肯定会把吴飞的案子和孟向明的案子联系起来,最后很有可能会查到你女儿头上。"

"我可没那么傻,小黑只是把孟向明的车藏到了附近的树林里,不知道怎么就被那个高凡发现了。后来我怕小黑暴露,就让小黑找人做掉这个姓高的,小黑就向我推荐了张家帮,他和张家帮的张超以前一起在东南亚当过雇佣兵,觉得张家的人还可以。哪知道张超的兄弟能力太差,坏了大事。"

"把船厂作为交易地点,是不是也是钱总授权的?"

钱江龙向赵云飞竖起了大拇指:"赵警官,你是个人才,我的第一个建议,我真心希望你再考虑考虑。当时张超接到高凡的电话之后有点儿害怕,就找小黑商量。我让小黑安排他们在船厂交易。顺便说一下,船厂那块地已经被我买下来了,只不过还没公示,那里环境不错,我打算盖个度假酒店。我给小黑的要求很简单,张家兄弟和高凡都得死。但是哪知道,高凡会联系赵警官,我更没想到会来那么多警察。还好你反应快,躲过了小黑的子弹,不然那天晚上你也死了。"

赵云飞闭上眼睛,心中的疑惑基本都已解决,就差当年钱小丹等人如何逼梅瑰自杀的细节了。不过他宁愿自己永远不知道这些细节，因为他怕真实的场景会比自己想象的还要恐怖。他又想到了梅瑰寄给高凡的那封信，周彤告诉他，在信中，梅瑰写下这样一句话："我没想到，天堂里也藏有魔鬼。"这样看来，钱小丹就是一直伴随在梅瑰身边甚至到毕业都不肯放过她的魔鬼。

赵云飞睁开眼睛，感叹道："钱总，我和你女儿视频聊过，想不到她拥有天使般的面容，却有着魔鬼般恶毒的内心。"

钱江龙狠狠踹了赵云飞一脚，吼道："不要侮辱我的小公主！那个神经病高凡杀死了那么多人，他才是魔鬼！"

赵云飞忍住剧痛，从牙缝中挤出最后一个问题："我车里的窃听器是钱总找人放的吧？"

"是的，就在你自己住的小区的地下车库放的。我手下有个小伙子，只需要五秒就能打开你的车门。不过，我真没想到，堂堂赵警官竟然会因为一个死去的女人变成了精神分裂症患者，可悲啊！后来我让人把录音剪辑好寄给了报社和你们公安局，我的目的很简单，只要你不插手，那几个案子就够你们刑警队查的，到时候就会不了了之，成为死案。结果，你竟然还在偷偷查……唉，赵警官，你让我怎么说你？我已经想不到再用什么词夸你了。我只能说你赵云飞，牛！放心吧，我不会让小黑像对待孟向明那样对待你，我敬你赵云飞是条汉子，我会让你死得有尊严，死得像个男人！小黑，好好招待赵警官，到时候就在船厂送赵警官最后一程。"

钱江龙说完便离开了。

"赵警官,得罪了!"

赵云飞终于听到了小黑的声音,低沉嘶哑,仿佛来自地狱。随后小黑开始疯狂地击打赵云飞的腹部、头部和腰部,就像在击打沙袋一般,狂风暴雨般袭来的疼痛很快就让赵云飞失去了知觉。

赵云飞不知道自己是什么时候昏过去的,当他再次醒来的时候,他已经被人扛在肩上,手脚也被麻绳牢牢地捆住了。他的双眼又肿又痛,看不清四周的环境,但是能听到江水的声音。

"我们到船厂了?"

赵云飞听到自己微弱的声音时才发现,嘴巴上没有再被贴上胶布。

"到了,赵警官,你待会儿就自由了。"

依然是那个嘶哑的地狱之声。

自由!赵云飞嘴角露出了一丝微笑,他确实很快就自由了,他可以去和楚楚相聚了!

江水声越来越大了,赵云飞推测他们已经来到了码头。就在他以为自己头部很快会与之前错过的子弹再次相逢的时候,他感觉自己被抛了出去,也就在这时他才明白钱江龙说的让他死得有尊严是什么意思。钱江龙是想让他和高凡一样,溺死在夏阳江中。

赵云飞本能地快速深吸一口气,闭着眼睛坠入江中。刺骨的江水瞬间将他整个吞没,周围的一切突然变得很安静,这应该就是死亡前的宁静。赵云飞已经感觉不到肢体的任何疼痛了，可能是冰冷的江水麻痹了他的知觉，但是他的大脑却开始变得异常清醒，曾经的欢乐时光像一帧帧画面，快速从脑海中闪过，他甚至可以看到楚楚正穿着一身白衣在水中朝他缓缓走来。

自己已经死了吗？赵云飞不明白为什么他明明已经在深深的江水里了，却没有任何窒息带来的恐惧感，反而有一种阔别已久的感觉从体内传来并迅速蔓延全身。

"陆上猛虎，水中蛟龙，空中雄鹰。云飞，你还记得以前在部队的日子吗？手脚捆起来根本淹不死你！"

赵云飞觉得这个声音不像是楚楚，更像是自己的声音。他小心地屈膝调整姿势，又憋了大约一分钟，他开始蹬腿让自己慢慢浮出水面。吸入空气之后，赵云飞感觉更加清醒了。随后，他重复着刚才的动作不停地往下游游去。他不知游了多久，就在他快要筋疲力尽的时候，他隐约看到了不远处江面上的几艘渔船。

2017年4月8日　星期六

"爸爸，他醒了！"

赵云飞听到一个稚嫩的声音，他想睁眼，但是没有力气；想说话，嗓子里却像是被撒了把沙子，又干又疼。不一会儿，有人把他的上半身扶了起来，随后他听到一个粗粗的声音："来，喝点儿水。"

赵云飞张开嘴巴，一股温暖的液体流入他的口腔。他一直喝着，直到眼睛睁开才停下。

一张黝黑沧桑的中年男人的脸出现在他的视野之中。

"大兄弟，你终于醒了！"

赵云飞下意识地看了下四周，发现自己在一条渔船上，身上也被披上了衣服。

"老哥，谢谢你救了我。"

中年男人笑了："还好我看见你了，你到底发生什么事了，被人伤成这样？"

"有手机吗？"

"有。"中年男子赶忙掏出手机，"你要打电话吗？"

"帮我打个电话。"

赵云飞一边说号码，中年男人一边摁，电话刚接通他就又昏了过去。

赵云飞再次醒来的时候，已经躺在医院的病床上了，病床周围都是警队的同事。

"飞哥，你今天去哪儿了？是谁把你打成这样的？"

"老赵，是谁干的？妈的，我卢辉这个刑侦队长不当了也不会放过他！"

"师父……你快告诉我们！"

赵云飞的头疼得厉害，身体也滚烫，他不知道是不是之前的伤口感染了。他努力想坐起来，但是被宋雪及时制止了。

"你就躺着吧，你这次受伤很严重。你还记得是谁打你的吗?"

赵云飞看看宋雪,又看看其他人,虚弱地说:"孟向明是钱江龙派人杀死的,凶手是他的保镖小黑,小黑还杀了高凡。梅瑰是被钱江龙的女儿钱小丹逼着自杀的。"

卢辉听完看了一眼宋雪,严肃地说:"宋雪,你就在这儿照顾老赵,不要让他离开。大牛,通知特警队,我们马上去四海酒店!"

其他人离开之后,宋雪坐到了赵云飞的身边,满眼泪水地看着赵云飞:"飞哥,你的检查报告我都不敢看,太吓人了!"

赵云飞突然开始咳嗽,宋雪赶忙扶住他,轻轻地拍着他的背。咳嗽停止后,赵云飞轻轻地说:"还好我命大,不然再也见不到你们了。"

"好人有好报,所以你两次都大难不死!"宋雪笑着看着他,随后又问道,"飞哥,你怎么会在夏阳江里?是钱江龙让人干的吗?"

赵云飞点了点头,随后将这一天的经历慢慢讲了出来。听他讲述到遭遇的毒打时,宋雪感觉自己整颗心都是悬起来的。当赵云飞讲完整个遭遇后,宋雪又情不自禁地为他竖起了大拇指。

"你之前只说你当过兵,没想到你竟然是海军陆战队的特种兵!真厉害!"

"没什么厉害的,水下求生是每一个海军陆战队队员必须掌握的技能,退伍这么多年,想不到还能救我的命。"

"那是因为你当年训练认真,所以这些技能才能深深地刻在你的骨子里。我听阿彤说,阿帆曾经说过,大勇可以在极端恶劣的环境中生存。我觉得你也可以做到。"

宋雪满脸崇拜地看着赵云飞,却发现他脸上的表情越来越严肃。

"怎么了?"

"高凡很有可能没有死!"

"没有死?他不是中枪掉进江里了吗?"宋雪惊讶道。

"今天是8号!我终于知道他为什么选这天了。你还记得高凡和老李儿子签的过户协议吗?上面让老李儿子在4月8日这天联系梅瑰的父母。"

"是啊,然后呢?"

"今天是钱小丹回国的日子!"

四海酒店门前突然来了好几辆警车,甚至还有一辆特警防暴车。酒店被封锁的同时,卢辉带着大牛和枪神等人快速进入酒店大厅。身着黑色西装的女大堂经理吓得花容失色,紧张地问:"有什么事吗?"

卢辉满脸怒火地看着大堂经理:"我们是市刑警队的,你们四海酒店的董事长钱江龙涉嫌多起刑事案件,想请他回警队协助调查。他人在哪里?"

"钱总,他……他在楼上。"

"带我们上去!"

卢辉一行人跟着大堂经理乘坐电梯到达酒店的顶楼,来到总裁办公室的时候，一名女秘书拦住了他们。

"你们是什么人？"

卢辉厉声喝道："钱江龙在哪儿？"

女秘书被卢辉的严肃表情吓到了，她紧张地指了指里面的一扇大门："钱总在里面，你们有预约吗？"

"警察查案，要什么预约！"

卢辉说完走向大门，狠狠拍了几下，但是里面并没有人应答。

"钱江龙在里面吗？"卢辉问。

女秘书赶忙点头说："在的，钱总一上午都在里面的，没出来过。"

"你有钥匙吗？把门打开！"

女秘书摇了摇头："我没有钱总办公室的钥匙，我先打电话问他一下。"

女秘书用座机拨通了钱江龙办公室的电话，但是响了很久也没人接。钱江龙的办公室隔音效果非常好，卢辉贴着门都听不见里面的电话铃声。

枪神靠近卢辉，小声地说："队长，这个钱江龙不会跑了吧？"

卢辉再次向里面的房间喊话："钱江龙，你再不开门，我们就破门进来了！"

见里面仍然没有回应，卢辉朝大牛使了个眼色，随后喊道："三……二……一，大牛，准备破门！"

大牛拎起破门锤，瞬间将门撞破。然而进去之后，卢辉等人却被房间内的情景震惊了，钱江龙的女秘书更是吓得尖叫起来。钱江龙正靠在他宽大的旋转皮椅上，半颗头颅没了，鲜血全都溅在了他身子左侧的白色墙面上，仿佛一幅鲜红的泼墨画。

卢辉看了一眼窗户的位置，发现所有的落地窗都是打开的。枪神戴好手套后，从尸体附近的地上捡起一枚弹头，随后他将弹头放入证物袋中。

"队长，这枚子弹的口径和上次击中飞哥的是同一口径，如果我猜得没错的话，还是SVD狙击步枪！凶手和船厂的枪手可能是同一个人！"

卢辉看了一眼被吓傻了的女秘书，问道："你们钱总身边那个叫小黑的保镖呢？"

女秘书抬起头，好半天才缓过神，哭着说："今天早上钱总来的时候就没有看到他。"

这时，卢辉接到了宋雪打来的电话，他听了一会儿，又向女秘书问道："你们钱总家女儿今天几点到夏阳？"

"小姐是今天下午一点半到夏阳机场，钱总已经安排人在机场接小姐了。"

卢辉在电话里再次叮嘱宋雪把赵云飞照顾好，挂掉电话之后，他对枪神说："你和小松留在这里，大牛，你们几个跟我去机场！"

钱小丹挽着托尼的手走出闸机的时候，两人一路用英语谈笑风生，吸引了很多人的目光。对此，钱小丹并不在意，她面容娇美，身材高挑，而托尼则高大帅气，更何况他还是一个金发碧眼的外国人。

两人刚取完行李，钱小丹就见到了来机场接他们的司机。司机是一个皮肤黑黑的年轻人，长相倒是比较帅气，穿着一套黑色西装，戴着白色手套，手里还拎着两袋零食。

"小姐、先生，欢迎来到夏阳，这是我们夏阳著名的网红奶茶和糕点，请品尝。"

钱小丹和托尼听完都觉得异常惊讶，因为对方是用纯正的英式英语说的。钱小丹甚至觉得对方的英式发音比自己的发音还要地道。她很好奇她爸爸是从哪里找到英语这么棒的人做司机的。

"帅哥，你英语说得好溜啊！怎么称呼啊？"

"小姐，叫我小马就行了。"

待两人接过零食袋后，小马拖着两人的铝合金行李箱朝着停车场的方向走去。在停车场，小马用戴着白色手套的手打开了一辆黑色劳斯莱斯幻影的后排车门。

钱小丹上车前看了一眼托尼，托尼朝她竖起了大拇指。小马放好行李后，便开车驶出了机场。

钱小丹将座椅前方的隔断玻璃调模糊后，又拉上了隐私窗帘。静谧的空间加上头顶上方的星空顶，使得后排的空间显得更加浪漫。她和托尼抱在一起，随后两人开始在车里热吻。托尼感谢钱小丹，说他从小到大第一次坐劳斯莱斯，钱小丹笑着说等他们回英国结婚后，让她爸爸送他们一辆外加一名司机。

大约过了半小时,小马用驾驶室的通信器呼叫后座的钱小丹,但是却无人应答。小马随后将车驶出机场高速,穿过一条小路驶进一片小树林,树林里停着一辆黑色的路虎揽胜越野车。

钱小丹醒来的时候发现自己正躺在一张冰冷的铁床上,手脚都被牢牢地捆了起来,她想说话却觉得舌头根本不听使唤,像是被打了麻药。脸上也像是被盖了一层东西。

发生了什么事?托尼在哪里?通过眼角的余光,她可以瞥到没有窗户的窗洞。

"感觉怎么样?"

钱小丹听到一个男人的声音,她觉得很熟悉,但是想不起来是谁。她看不见这个人,想说话也说不出。

宋雪的手机突然响了起来,看到那个熟悉的新疆号码,她紧张地将手机递给赵云飞。赵云飞看了一眼宋雪,随后点击通话键并打开了免提和录音。听筒那端传来了一个熟悉的声音:"钱小姐,你不用害怕,我只想讲个故事给你听,故事有点儿长,希望你仔细聆听。"

"讲故事?这个男人把我绑起来,就是想讲故事给我听?"

虽然男人的语气很温和,但是钱小丹却感到无比害怕,她敢肯定自己遇到了变态。同时她也无比愤怒,如果让她爸爸知道,绝对会找人弄死这个人。

"七年前,一个漂亮的女孩以优异的成绩考入了夏阳八中。夏阳八中是夏阳市排名第二的重点高中,女孩非常开心,她决心高中三年努力学习,高考考入一所理想大学。然而女孩做梦也没想到,被她视为天堂的夏阳八中却藏着无比邪恶的魔鬼。"

当钱小丹听到"女孩"和"夏阳八中"的时候,她知道自己死定了。那个可怕的高凡来找她为梅瑰报仇了。爸爸明明告诉她,高凡已经被他找人杀了,为什么他没死?难怪在机场的时候,她觉得小马的声音有点儿熟悉,原来小马就是高凡!

高凡的声音停止了,他仿佛听到了钱小丹的心声。钱小丹紧张得喘不过气来。很快,高凡又继续讲了下去。

"高一下学期开学不久,一天下课,由于教室门口人多拥挤,女孩不小心踩脏了魔鬼的新鞋,她真诚的近似于卑躬屈膝的道歉并没有换来魔鬼的一丝原谅,取而代之的是毫无底线的侮辱和谩骂。女孩不知道为什么魔鬼会有这么大的反应,因为她不知道魔鬼其实已经嫉妒她很久了,魔鬼嫉妒她长得比自己漂亮,嫉妒班里的男生偷看她的次数比偷看自己要多得多。

"外表的美丽没有可比性,内心的美丑才是区分美丑的标准!这个道理,魔鬼是永远不会明白的。在随后的日子里,魔鬼创造一切机会诽谤甚至殴打女孩,班级里的其他同学,这些所谓重点高中的优秀学子却个个冷眼旁观,享受着一场又一场的霸凌盛宴，市级优秀班主任也因为魔鬼的家庭背景而选择沉默和偏袒。

"在女孩最无助的时候，同班的一名男生站了出来。这名男生被班里的同学视为怪物，怪物为了保护女孩，甘愿与魔鬼为敌。也正是为了保护女孩，怪物变成了魔鬼眼中的魔鬼，却也成为女孩心中的守护天使，陪着女孩度过了幸福快乐的一年。

"怪物在和女孩的相处中慢慢爱上了她，也向女孩诉说了自己身上最大的秘密。然而高二下学期开学的时候，怪物因为家事被迫退学离开了女孩，独自一人外出闯荡。离开夏阳前的那天晚上，黑暗的天空下着倾盆大雨，怪物与女孩约定，他会在上海那座大都市等着女孩，等女孩大学毕业之后两人就结婚，然后永远在一起。

"怪物离开之后，女孩再次成为魔鬼的目标。没有了怪物的保护，更大更频繁的伤害像风暴一样源源不断地向她袭来。魔鬼变得更加邪恶恐怖，而周围的同学和老师也变得更加冷漠，他们又有机会欣赏甚至参与更加精彩的霸凌盛宴了。

"女孩承受着巨大的心理压力，变得越来越忧郁，成绩也不断下降，她甚至想到用死来结束一切，但是为了不让怪物牵挂自己，也为了他们之间的约定，她咬牙承受着同龄人难以想象的身心痛苦。她心中只有一个信念，考上大学，与怪物重逢！凭着这个唯一的寄托，女孩通过超常努力最终考取上海的一所重点大学。拿到录取通知书的时候，她并没有把这份喜悦立刻分享给怪物，因为她想在上海给怪物一个惊喜。

"女孩没有想到，折磨她这么久的魔鬼也想在出国留学前给她一个'惊喜'。这个魔鬼真的很会演戏，她打电话给女孩，利用花言巧语和虚假的眼泪，很轻松就骗得了女孩的原谅。女孩没有想到魔鬼竟然会邀请她参加班级同学的毕业宴会，天真善良的她还以为同学们和她一样重感情。宴会期间，同学们和班主任的冷漠再次让她伤心落泪，但是魔鬼的热情关怀却又让她感受到了温暖。她感激魔鬼对她的友好，也不恨同学和班主任对她的无情。

"宴会结束之后，魔鬼邀请女孩单独小聚，女孩没有拒绝，因为她以为魔鬼已经变成了天使。当她被魔鬼骗到魔鬼自家的KTV豪华包厢并热情地介绍给魔鬼的几个朋友时，她甚至在心中还责备自己以前把魔鬼想得太坏。女孩就是这么善良！

"包厢门被锁上的一刹那，女孩怎么也不会想到她随后将会经历地狱般的折磨，程度远超高中的所有遭遇。魔鬼再次撕破了美丽的皮囊，突如其来的谩骂和殴打让女孩不知所措，失去了思考的能力。她甚至觉得自己是在做梦，直到自己的衣服被魔鬼和魔鬼的一个女性朋友野蛮脱去的时候，她才想起来大喊救命，但是豪华包厢的隔音效果实在是太好了，她的求救和哭泣声完全被淹没在歌声、笑骂声和喝彩声之中。

"女孩被魔鬼和魔鬼的朋友死死地按在沙发上，赤身裸体，她的衣服像抹布一样被胡乱地扔在地上。魔鬼的一个男性朋友淫笑着舔了一口女孩的乳房，魔鬼看到后觉得更加兴奋，她说想检查一下女孩是不是处女，于是魔鬼的这位朋友又将他肮脏的手指插入了女孩的下体。魔鬼朋友闻了闻带血的手指，嫌弃地摇了摇头，骂了一句'骚婊子'后便将手指上的血抹在了女孩的脸上。魔鬼很失望也很惊讶，她没想到女孩竟然还是处女，她原以为女孩已经和怪物发生了关系。

"女孩被折磨了将近一个小时，她早已哭得精疲力尽，甚至连挣扎的力气都没有了。尽管如此，魔鬼并不满足，她恶狠狠地对女孩说她绝对不会放过怪物，她一定会让她爸爸找人弄死他。女孩听了之后竟然扑通一声在魔鬼面前跪了下来，哭着恳求魔鬼放过怪物。

"魔鬼喜欢看到女孩这种屈膝跪地的可怜样，她假惺惺地说给女孩两条路选，她先说了第一条，拿钱帮怪物赎命。女孩问要多少钱，魔鬼其实也没有想好，但是魔鬼那位学金融的男朋友却高傲地说价值两百万元的黄金。女孩想都没想就答应了，她说自己一定会打工去挣这个钱，但是魔鬼却笑着说这些黄金第二天就得到位。女孩绝望了，一天之内她上哪儿去弄这么多的黄金呢？于是她又问魔鬼第二条路是什么。魔鬼抓住她的头发，贴着她的耳朵说：'第二条路就是一命换一命，用你的命来换怪物的命！'魔鬼松开了手，再次假惺惺地看着女孩，说：'我们之间的恩怨今天到此结束，但是我和怪物之间的恩怨，我劝你不要管，你也没能力管。'女孩绝望地跪在地上，赤裸着身体，低着头，长发垂落在眼前，被殴打过的瘀痕深深地嵌入白皙的皮肤之中。

"女孩停止了哭泣，抬头看着魔鬼，眼神中已经没有了恐惧，她对魔鬼说：'杀了我吧，放过他！'魔鬼被女孩冷静且充满勇气和力量的语气吓到了，但是她仍然装作镇定地说：'要死你自己想办法找个地方死去，我们可不想动手。给你三天时间想清楚。你穿衣服吧，待会儿我送你回去。记住，今晚的事不要对任何人说，你爸妈是干什么的，我了解得清清楚楚，我爸爸是什么人，你如果不知道也可以打听打听。'魔鬼很有心计，她和她的朋友殴打女孩时，只打她的身体，没有打她的脸。

"女孩回家后，默默地给怪物发了一条很长的信息。她说她考上了一所不错的大学，但是她想大学期间好好学习，不想谈恋爱。她想大学四年毕业后再与怪物相见。女孩知道怪物所有的秘密，她恳求怪物不要尝试去寻找她，也不要去搜寻有关她的任何信息。女孩说四年之后怪物会收到她的来信，到时候怪物就会明白。怪物收到女孩的短信之后，百思不得其解，不知道女孩为什么让他不要再联系她，但是怪物很信任女孩，就像女孩很信任他一样。怪物不再联系女孩，四年期间，怪物去过很多地方，最终又回到了他和女孩之前约定的上海，等着女孩的来信。

"最终他收到了女孩的来信，然而他等来的却不是和女孩再次重逢的画面。读了女孩的来信之后，怪物才知道女孩在四年前给他发了最后一条信息后就选择去了另外一个世界。

"怪物的世界开始坍塌，他甚至想到了死。但是怪物最终没有死，他选择将自己变成魔鬼。怪物开启了他的复仇计划，他要不惜一切代价完成，而且要做到完美。

"怪物的第一个目标就是玷污女孩身体的那个男人,于是此人的死相比较难看。价值两百万元的黄金真的能够买回一条命吗?怪物的回答是不能。第二个目标便是魔鬼的男朋友,准确来说,应该是前男朋友。这位偏执且有暴力倾向的金融界公子哥有个富豪父亲,虽然这个富豪父亲也有能力在短时间内筹集到价值两百万元的黄金,但最终还是亲手将自己的儿子送上了天堂。

"一个女孩要多阴险狠毒,才会想到要扒光另外一个女孩的衣服,而且是当着两个男人的面!都是女孩,何必痛下狠手?面对魔鬼闺蜜病态瘦弱的躯体,怪物没有任何兴趣,有的只是反胃和恶心。他不会像对待前面两位男士一样去折磨她,既然她那么喜欢吸毒之后的飘飘欲仙,那怪物就成全她,让她去天宫做真正的仙女。怪物给她注射了大剂量的毒品,让她快乐死去。这是第三个目标。

"现在只剩下魔鬼本人了,对于这个终极目标的实现,怪物也给出了自己的解决方案,他相信魔鬼一定会全力配合!钱小姐,故事讲完了,希望对你有所触动!"

宋雪的心脏跳得飞快,整个人几乎喘不过气来,她从来没有想到钱小丹他们竟然会如此歹毒地对待梅瑰!她浑身颤抖地看着赵云飞,发现他脸上也满是震惊和愤恨。

钱小丹的思绪还停留在四年前的那几天,梅瑰的哭泣声和惨叫声在她的脑海中不断闪现。她还记得梅瑰给她打的最后一个电话:"如果我死了,你们真的会放过高凡吗?"她也清楚记得她的回答:"当然,我可是个言而有信的人。"她更记得当时挂掉电话之后的兴奋,她没想到梅瑰居然会当真,她只是吓吓那傻女孩而已。但她又想,如果梅瑰真的自杀死了,那也是她自己活该,她就是该死!然而,班主任孟老师的电话再次让她紧张起来,孟老师告诉她梅瑰离家出走了并问她知不知道出了什么事。她当时一紧张就把那晚发生的事情说了出来,当然,在她的描述里,她只是和梅瑰吵了起来并威胁了几句,她没敢把细节说出来。后来,对她爸爸,她说得稍微详细了一点儿,但是仍旧保留了他们几人折磨梅瑰的细节。她爸爸咨询了律师,律师说如果梅瑰真的自杀死了,她是要负一定刑事责任的。关键时候,是班主任孟老师帮他们完美地策划了应对方案,洗去了他们身上的一切嫌疑。后来她出国了,10月份她父亲打电话告诉她警察发现了梅瑰的尸体,调查结果是自杀。她终于可以放下心来,之后也慢慢将注意力转移到了学习上。她和吴飞分手,经历了感情的低谷之后,遇到了现在的男朋友托尼,托尼很爱她,她没有拒绝他,梅瑰彻底从她的脑海中消失了。然而今年3月份她父亲的一个电话再次将她拉回现实,她父亲向她透露了顾樊和吴飞的死,并问她什么人会为梅瑰报仇,她当时立刻就想到了高凡。她敢肯定是高凡那个怪物回来为梅瑰报仇的,她高中的时候被高凡威胁过,一直怀恨在心,但是她怕他。她爸爸让她不要担心,说自己会安排人除掉高凡。她信任她的爸爸,从小到大,她想要什么,她爸爸都能满足她。几天前,她爸爸打电话告诉她高凡已经死了,她可以安心回国了。但是没有想到……

房间里再次变得异常安静,钱小丹闭上了眼睛,她知道高凡已经准备好要杀死她了。她还年轻,她害怕这么早就死去。她想到了英国那栋带花园的漂亮别墅,研究生一毕业她就会和托尼结婚并搬进去,她会和托尼生几个漂亮的混血宝宝,她会……

钱小丹不敢继续想下去了,因为一切都不会再有了。

钱小丹静静地等着高凡用刀割破她的喉咙,刺穿她的心脏……

但是,高凡却什么都没做。

高凡还在等什么?

高凡挂掉了电话,但是宋雪和赵云飞仍静静地盯着手机屏幕,梅瑰的哭泣声似乎还在他们的脑海中回荡。

宋雪收起手机,看着赵云飞,甩下一句话:"钱小丹死有余辜!"

卢辉赶到机场的时候,钱江龙的女儿已经离开了。通过机场监控,他们锁定了一辆黑色劳斯莱斯汽车,但是这辆车并没有驶入市区。几个小时后,机场高速上再次出现了这辆劳斯莱斯,一个高大的白人将车停在路边并朝着来往的车辆大声呼救,这名白人男子正是钱小丹的英国籍男友托尼。

在警队,托尼接到了打到钱小丹手机上的电话,他听到过这个声音,打电话的人正是来机场接他们并用流利的英语问候他们的司机。司机在电话中同样说的是英语,他让男子通知警察去钢铁新村的东村,并告诉了他具体楼栋和门牌号。

大牛刚带人前往钢铁新村不久,警队又接到了报警,说是在城北一个别墅小区里发现一具男尸,卢辉火速带人前往现场。死者经确认正是钱江龙的保镖小黑,尸体挂在别墅客厅中央的吊扇灯上,经法医检查,死者生前遭遇暴力折磨,全身重要关节全被折断。他们从死者家中搜出不少枪械和弹药,其中有一把SVD狙击步枪。在死者的电脑中,他们发现了大量录音和照片,记录着钱江龙买凶杀人和他贿赂政府官员的证据。

离开现场之前,卢辉又看了一眼客厅,窗帘是拉上的,从外面根本看不见里面。报警的人是怎么发现尸体的呢?这时,他接到大牛的电话,大牛说在钢铁新村东村的一栋旧楼里发现了钱小丹。钱小丹还活着,但是……卢辉问大牛但是什么,大牛没有详细说,只是说等他看到就知道了。

卢辉在医院见到钱小丹的时候,她正躺在病床上,脸上和头上都裹着白色的纱布。他看过钱小丹的照片,那绝对是大美女,但是此时躺在病床上的她却让他毛骨悚然。他问了医生,医生告诉他,钱小丹整张脸被人用刀划烂了,看起来非常吓人,就像被人撕掉了整张脸皮。另外她的头发也被剃掉了,头皮的生发毛囊被全部破坏,再也无法生长出头发了。

"请问,是赵云飞警官的病房吗?"

听到声音后,赵云飞和宋雪同时转向病房门口,只见一位年轻的女孩拿着一大束鲜花站在门口。

"是的,有什么事吗?"宋雪问。

"有人在我们花店订了一束鲜花,让我们送给在市人民医院住院的赵云飞警官。"

女孩说完走进病房,将花交到宋雪的手中。

"送花的人叫什么?"赵云飞问。

"这我就不知道了。我走了,祝您生活愉快!"

女孩走后,宋雪拿下花束上的卡片,将花小心翼翼地放在病床边的柜子上。

"永别了,赵警官。祝您早日康复!"

宋雪读完卡片上的留言后,惊讶地看着赵云飞,两人几乎同时说道:"高凡!"

"你说高凡会逃到哪儿去?新疆吗?"

赵云飞摇了摇头,沉思了片刻,突然说:"你打电话给卢辉,让他带人去梅瑰的墓地看看!"

一个多小时后,卢辉打来电话。他说他们在梅瑰的墓碑前发现了高凡的尸体,是服毒自杀的。高凡的衣服口袋里装着一封信,是写给梅瑰父母的,他希望死后可以和梅瑰合葬在一起。

2017年7月8日　星期六

一辆灰色的老马自达6在一家名为"凡舍"的民宿外停了下来。这家民宿是由一栋三层洋楼和两间瓦房围合而成。一男一女下车后走进了民宿的小院。一位长头发的漂亮女士正在和工人师傅交代施工的一些细节，她转身的时候看到了进来的一男一女。

"云飞！雪儿！你们怎么来啦？"

"阿彤，我们来看看你的凡舍装修得怎么样了。"宋雪笑着说。

周彤叹了口气："有些设计方案还要调整，我估计还要推迟一段时间才能开业。"

这时，一对中年夫妻从客厅快步走了出来，女的手上握着一部手机："彤彤啊，你看他们柜子的尺寸是不是不对啊？"男的则抱怨说："尺寸是对的，我跟你说你不信，是后来又调整了，你不信问彤彤。"

周彤笑着走向两人："阿姨，叔叔说得对，后来我们又调整了一下尺寸，调小了点儿，不然房间不够宽敞。"

赵云飞和宋雪微笑着看着这对中年夫妻，他们是梅瑰的父亲和母亲。周彤上个月带他们去染了头发，现在两人看起来年轻了不少，气色也好了很多。

"咦，这不是云飞和小雪吗？我们两口子只顾着跟彤彤说话，都没看见你们两个。"梅瑰爸爸说完向赵云飞伸出了右手，他边握手边问，"云飞，身体恢复得怎么样了？"

赵云飞笑着说："梅大哥，恢复得差不多了。今天我带了一坛上好的桂花酒，中午咱俩喝两杯。"

梅瑰爸爸小心地看了梅瑰妈妈一眼，梅瑰妈妈笑着点了点头："喝吧，但是不要喝多了！"

周彤和梅瑰爸妈带着赵云飞和宋雪参观了民宿内部，厨房没有进行改动，保留了原来的样子。原本楼下高帆的"实验室"被改造成了梅瑰父母的房间，周彤仍然住在梅瑰的房间里，房间内部也没有作任何变动。一楼的车库和大勇、小威的房间变成了两间民宿客房，二楼的客厅和高凡的房间也都被改造成了客房，三楼则被打造成了景观露台，躺在露台的躺椅上就能欣赏到不远处牛山湖的美丽湖景。

中午的时候，周彤亲自下厨，烧了几个好菜，赵云飞和梅瑰爸爸不知不觉喝了不少。借着酒劲，梅瑰爸爸抹着眼泪感叹，虽然他们失去了梅梅，但是又遇到了彤彤。他不停地夸彤彤善良、心地好，对待他们两口子就像亲生父母一样，他和梅瑰妈妈现在真的把她当成了梅瑰的亲姐姐。周彤也感动地流着泪说，一切都会好起来的，生活还是很精彩的。

下午赵云飞和宋雪离开不久，周彤独自一人默默地来到了梅瑰的房间，她打开窗，朝着牛山湖的方向眺望。她又想到了在这栋房子里第一次见到阿帆的场景，她很想念他，还有高凡、大勇和小威。

"是周彤家吗?有你的快递!"

院子里传来了快递员的声音。

"来了,请等一下!"周彤朝着院子喊了一句,赶忙跑下楼去。

"请在这里签收。"

快递员离开之后,周彤抱着快递盒走进了厨房。这时梅瑰妈妈也从卧室走了出来。梅瑰爸爸中午喝多了,赵云飞和宋雪刚走,他就回房间睡觉了。

周彤找到剪刀,划开了快递盒,里面有一本黑色皮革封面的笔记本和被塑料泡泡膜包裹起来的黑色U盘。她先将U盘放一边,取出了笔记本。

梅瑰妈妈站在厨房门口,紧紧地盯着这本笔记本。这个黑皮笔记本和高凡当年送给梅梅的复习笔记是完全相同的本子!

周彤小心地翻开笔记本的封面,看到了"四叶草"三个汉字,笔迹优美,仿佛印刷体般工整。她继续翻页,在正文开头看到了这样一段话:"彤彤,你好,当你收到这本笔记的时候,请不要为我难过,我已经和梅瑰在一起了,我们现在很幸福。请原谅我之前善意的谎言,这个名为'四叶草'的故事将为你解开我身上所有的秘密。"

周彤将笔记本合上,抱在胸前,流着眼泪看着梅瑰妈妈。

"彤彤,是凡凡寄来的吗?他不是已经……"梅瑰妈妈紧张地询问。

周彤低着头,小声地说:"是他生前写好,然后委托其他人寄来的。"

"唉,梅梅现在有凡凡陪着她,我和梅梅她爸反而觉得不那么难过了。"梅瑰妈妈将手放在周彤的肩膀上,"彤彤,现在我们最担心的是你,我们怕你……"

周彤抬起头,擦干了眼泪,微笑着看着梅瑰妈妈,"阿姨,我没事的,你和叔叔不用担心。我们一家人会继续幸福地生活下去的。"

"那就好,彤彤,生活还是很精彩的,对吧?"

"是的,阿姨!"

周彤说完带着笔记本和U盘去了楼上,她迫不及待地打开电脑,插入U盘。U盘里只有一个视频文件,周彤刚一点开,高凡就出现在了屏幕中,他说该视频是"四叶草"故事的真人叙述版。视频的内容足足有两个小时,高凡的四种人格相继出现,共同讲述了他们彼此之间从小到大的故事。视频结束的时候,四人齐声对周彤表达了感谢和祝福,并提醒周彤:"生活还是很精彩的!"

刚关上电脑,周彤就收到了宋雪发来的微信,只有一句话:"钱小丹刚刚在家自杀死了。"

图书在版编目（CIP）数据

四叶草 / 陈川著. — 成都：天地出版社，2024.3
ISBN 978-7-5455-8043-3

Ⅰ.①四… Ⅱ.①陈… Ⅲ.①长篇小说－中国－当代 Ⅳ.①I247.5

中国国家版本馆CIP数据核字（2023）第238016号

SI YE CAO

四叶草

出 品 人	陈小雨　杨　政
作　　者	陈　川
责任编辑	柳　媛　胡文哲
责任校对	马志侠
封面设计	OKMAKE STUDIO
责任印制	王学锋

出版发行	天地出版社
	（成都市锦江区三色路238号　邮政编码：610023）
	（北京市方庄芳群园3区3号　邮政编码：100078）
网　　址	http://www.tiandiph.com
电子邮箱	tianditg@163.com
经　　销	新华文轩出版传媒股份有限公司

印　　刷	玖龙（天津）印刷有限公司
版　　次	2024年3月第1版
印　　次	2024年3月第1次印刷
开　　本	880mm×1230mm 1/32
印　　张	12.75
字　　数	264千字
定　　价	56.00元
书　　号	ISBN 978-7-5455-8043-3

版权所有◆违者必究

咨询电话：(028) 86361282（总编室）
购书热线：(010) 67693207（营销中心）

如有印装错误，请与本社联系调换

喜马拉雅策划出品

《四叶草》精品有声剧
欢迎扫码收听

内容简介

　　夏阳市服装大王的儿子吴飞惨遭绑架撕票，市刑侦队调查一周无果。有"亡命警探"之称的赵云飞受命复职参与调查，菜鸟刑警宋雪成为他的新搭档。
　　命案连环发生，一桩多年前的少女自杀案件重新进入警方视野。
　　她为什么要自杀？她的死和连环杀人案之间又有怎样的关联？

欢迎收听更多精彩有声作品

《出走的春天》
难以抵达的真相尽头

《必须犯规的游戏·重启》
危机四伏的逃生游戏再度开启

《天下刀宗》
百万人日夜追更的武侠故事

以声音刻文字，分享人类智慧

天喜文化